회귀자 사용설명서

WISHBOOKS FANTASY STORY

회귀자
사용설명서 28

흙수저 판타지 장편소설

초판 1쇄 찍은 날 | 2020년 12월 16일
초판 1쇄 펴낸 날 | 2020년 12월 23일

지은이 | 흙수저
펴낸이 | 예경원

기획 | 위시북스
편집책임 | 이은송
편집 | 위시북스

펴낸곳 | 예원북스
등록번호 | 제396-2012-000132호
등록일자 | 2012. 7. 25
KFN | 제1-579호

주소 | 경기도 고양시 일산동구 호수로 646-24 위너스21Ⅱ빌딩 206A호 (우)10401
전화 | 031-819-9431 팩스 | 031-817-9432
E-mail | yewonbooks@naver.com

ⓒ흙수저, 2018

ISBN 979-11-365-4809-2 04810
        979-11-6098-877-2 (set)

회귀자 사용설명서

28

흙수저 판타지 장편소설

WISHBOOKS FANTASY STORY

Wish Books

회귀자
사용설명서

CONTENTS

205장
알고 있다

'우리 희라 누나 진짜 오늘 간지 폭발하네.'

개인적으로 점수를 매겨보건대 각성 김현성의 첫 등장 신보다 더 임팩트가 있는 모습이라 할 만했다.

시간 내에 제대로 도착할 수 있을지 불안함에 떨었던 것도 잠시, 딱 제때 도착했다고 생각이 든다. 아군의 피해는 전무했고 댐에 구멍이 나기 전에 틀어막았다.

'날 가져요. 누나. 진짜.'

흥분했는지 거친 숨을 몰아쉬고 있는 모습은 마치 짐승 같지 않은가.

'방금 그 말 취소여.'

어서 빨리 싸우고 싶다는 듯이 눈동자가 천천히 뒤바뀌기 시작했다. 누가 봐도 시동을 걸고 있는 듯한 모습.

빨리 뚝배기를 깨버리라고 이야기 하고 싶었지만 당장은 그렇게 할 수 없는 것이 문제였다. 전쟁터는 넓다. 짧게 끝날 전쟁도 아니다. 대륙의 북부 전체가 전쟁터였으니 무슨 말이 더 필요할까.

고개를 들어 올리자 수천 개가 넘는 화면이 시야에 들어온다. 마음의 눈이 있다고는 한들 저 정도 정보량을 모두 받아들인다는 것은 무리가 있다. 거기에 플러스로 망원경까지 사용하고 있으니, 점점 더 여유가 없어진다.

모든 성벽이 수성전을 벌이고 있는 상황은 아니었기 때문에 약간은 숨을 쉴 수 있었지만 전장 자체가 굳어 있는 것이 눈에 보였다. 제대로 전투에 들어간 지역이 50%도 되지 않는다. 적 병력의 일부는 아직도 북부의 먼 거리에서 이동하거나 상황을 지켜보는 중. 지금 상황에서 무작정 들어간다고 득이 되는 게 아니라는 걸 녀석들 역시 인지하고 있다는 거다.

"34번."

-네…… 네.

정하얀의 마법을 컨트롤하는 것도 일. 무한에 가까운 마력을 얻었다고 한들 정말로 무한한 것은 아니었다.

장시간 마력을 컨트롤해야 하는 만큼 정하얀은 마력의 소비를 최소화해야 했고, 그렇기 때문에 내가 계속해서 그녀의 상태를 봐줘야 했다. 조금 더 조여야 하는 부분은 어딘지, 풀어줘야 하는 부분은 어딘지.

수만 개의 손가락이 건반을 누르고 있다고 생각하면 이해하기 편하지 않을까. 몇 번 손가락에 들어가 있는 힘을 빼라고 말하는 것은 어렵지 않다. 그걸 컨트롤하고 있는 정하얀의 능력이 사기인 거지.

허벅지를 툭툭 두드려 본다. 아직까지도 제대로 반응하지 않고 있는 악마들의 모습에 의구심이 점점 불어닥친다. 상정하고 있던 여러 가지 상황 중에 가장 최악의 상황일지도 모른다는 생각에 기분이 점점 찝찝해지기 시작했다.

곧바로 빛의 군대가 더러운 악마를 쓸어버리는 모습을 기대하기는 했지만…….

"만만치 않다는 거네."

'전부 들어올 거라고 생각했는데…….'

그게 가장 원하고 있었던 그림이었다. 묻지도 따지지도 않고, 곧바로 전면전. 하지만 눈 앞에 펼쳐진 그림은 전혀 다른 그림이었다.

'어째서 케루빔 혼자 나타난 거지?'

다른 사대 천사들은 어디서 무엇을 하고 있나.

뻔한 이야기다. 갑작스러운 상황에 녀석들은 곧바로 대응했고, 마치 이쪽의 반응을 지켜보고 싶다는 듯이 케루빔을 던졌다. 말하자면 한번 찔러본 것에 불과하다는 거다. 아마 여기서 케루빔을 끝장낼 생각으로 들이민 것도 아닐 것이다.

'그렇게 생각해도 되는 건가?'

한 가지 확인할 수 있었던 것은 녀석들에게도 컨트롤 타워가 존재한다는 것. 전장을 넓게 보고 상황 판단을 내리는 녀석이 있다고 생각할 수밖에 없는 상황이었다.

'가면 쓰레기는 없잖아.'

1회차와는 다르게 2회차 외신 세력에는 머리가 없다. 혹시나 진청이 살아나 놈들에게 합류한 것은 아닐지 생각해 봤지만 가능성은 적다. 가면 쓰레기는 확실하게 죽었다. 지금 녀석들을 컨트롤하고 있는 것은 사대 천사 중 하나라고 생각하는 게 개연성이 맞다.

이런 상황에서 필요한 것은 언제나 그렇듯 정보, 그건 녀석들도 마찬가지일 거라고 생각했다. 그렇기 때문에 차희라와 케루빔의 이 만남은 중요하다. 어느 정도로 데이터를 얻을 수 있는지 알아야 했으니까.

'현성이는 아직 출격시키면 안 돼.'

나머지 녀석이 아직 모습을 드러내지 않았으니까.

'하얀이는 묶여 있는 상황이고.'

전쟁이 중반으로 치닫기 전까지는 정하얀을 뺄 수 없다.

'라파엘 얘는 진짜로 뒈졌나?'

슬쩍 바라보니 숨은 쉬고 있는 것 같다.

'다른 쪽은······.'

-빛의 성자를 위해 싸워라!

-베니고어의 아들을 위해 목숨을 바치자!

-더러운 악마 놈들에게 절대로 틈을 보이지 마라! 그들의 모습에 현혹되지 말고 그들의 말에 귀를 기울이지 마라. 우리가 믿어야 하는 것은 빛의 성자뿐이라는 걸 명심하고 싸워라. 목

숨을 아까워하지 마라. 죽음 끝에 빛의 성자가 우리와 함께할 것이니!

-아아아아아악! 사제…… 사제!

-올라온 녀석은 둘러싸! 넘어가지 못하게 해! 마법사들은 속박 마법 상시 유지하는 거 잊지 마! 퍼부어! 퍼부어!

-흐어어어엉…… 아아아악!

-나…… 이렇게…… 죽는 건가.

-명예추기경님이 보고 계실 거다. 마루앙. 대륙을 위해 싸운 네 목숨을 결코 헛되이 하지 않겠어.

한쪽에서는 이미 처절한 전투가 진행되는 도중. 악마들에게 쓰러지는 이들을 볼 때마다 괜스레 가슴이 먹먹해지는 기분이 든다.

아이스 커피를 들어 쭙쭙 빨아올리자 머릿속이 조금은 차가워지는 듯한 느낌. 슬픈 일이 일어나고 있었지만 다행히 전황은 예상했던 것보다 나쁘지 않다.

물론 사망자와 부상자가 생기고는 있었지만 그건 적들 역시 마찬가지다. 전쟁이라는 게 본래 그렇다. 뒤집을 수 있는 곳도 보이기는 하지만 녀석들이 패를 꺼내지도 않았는데 내가 먼저 꺼낼 수는 없는 노릇이다. 지속적으로 피해자가 생기고 있다는 사소한 문제가 있기는 했지만 크게 봤을 때는 패를 꺼내는 것보다는 낫다.

대충 고개를 돌린 이후 곧바로 차희라를 쪽을 응시한 것은 당연지사. 이성을 잃기 전에 원하는 것을 얻어야 했기 때문이다.

"희라 누나. 무리할 필요 없다는 거 알지? 어차피 미끼……."

콰아아아아아아아앙!!!

하지만 이미 싸움은 시작되고 있는 도중, 귀를 울리는 커다란 굉음에 괜스레 혀를 찰 수밖에 없었다.

-하하하하하하하핫!

콰드드드드드득!

'아…… 시바…….'

거대한 검과 도끼가 휘둘러지는 동시에 푸른빛이 번쩍인다. 성벽이 요란한 소리를 내며 터져 나가기 시작한 시점부터 주변의 다른 병사들은 거리를 벌리고 있다. 저 싸움에 휘말리면 곧바로 빛의 성자의 품으로 향한다는 걸 인지하고 있는 것이다.

'왠지 이럴 것 같더라니.'

태산도 가를 것 같은 거대한 대검이 움직임이 순간적으로 멈춘다. 케노보노가 한 손으로 대검을 붙잡고 있는 것이 보였다.

물론 차희라는 당황하지 않는다. 곧바로 대검을 손에서 놓아버린 이후, 그녀가 붙잡은 것은 녀석의 머리카락. 휘잉 소리와 함께 케노보노가 반대쪽 벽으로 처박히는 것이 시야에 들어왔다. 머리를 그대로 부여잡고 무기를 휘두르듯 휘둘러 버린 것이다.

왼손에 있던 도끼도 놓아버린 이후에는 곧바로 주먹을 내리꽂는다.

콰아아아아아아앙!!

마치 폭탄이 터지는 듯한 소리. 계속해서 머리를 부여잡고 주먹을 휘두르고 있는 희라 누나의 모습은 정말 이성을 잃은 것은 아닌지 걱정이 될 정도였다.

콰아아아아아아아아아앙!!

'아…… 이거…… 진짜…… 이러다 이기면 진짜 좋은데…… 생포하면 꿀 각인가?'

어떻게든 벗어나려고 하고 있지만 차희라는 그걸 허락하지 않는다. 고개를 돌려 피하려고 하고 있었지만 이번에는 팔꿈치가 턱에 그대로 내리꽂혔다.

콰드드드드드득!

'힘내라. 시바.'

마구잡이로 망치질하는 것처럼 주먹으로 얼굴을 내려치고 있다. 아마 일반인이었다면 첫 번째 주먹에 그대로 머리통이 터져 나갔으리라.

어떤 형식도 방법도 존재하지 않는 개싸움이라고 봐도 무리가 없을 정도의 광경이었지만 그들이 만들어낸 결과물은 개싸움과는 거리가 멀다. 거대한 파편이 여기저기로 튀어 나가고 퍼엉 퍼엉 하는 소리가 들려온다.

저런 상태로 정신을 잃지 않고 상대방을 마주 볼 수 있다는 것 자체도 대단해 보이기는 했지만, 녀석보다 눈에 들어오는 것은 붉은색 전신. 마치 금방이라도 터질 것만 같은 활화산을 보는 것만 같았다.

무난한 승리, 아마 이 싸움을 바라보고 있는 다른 이들은 모두 비슷한 생각을 하고 있을 것이다.

하지만. 대미지를 입었다는 기색이 없는 모습을 보고서는 그 기대감을 접을 수밖에 없었다.

언뜻 보면 조노보노의 새로운 친구가 마구잡이로 처맞고 있는 것처럼 보이기는 한다. 하지만 녀석은 여유가 있다. 당연히 차희라도 제대로 싸우고 있는 것 같지는 않았다. 아직까지는 주변이 제대로 정리되지 않았다는 걸 인지하고 있는 것이다. 일단 녀석을 다른 곳으로 밀어내거나 주변 병사들을 대피시키는 것이 먼저라는 걸 머릿속에 담고 있지 않을까.

스케일이 큰 만큼 커다란 무대가 확보된 이후에 본격적인 전투가 시작될 것 같았다. 물론 거기까지 가게 할 생각은 없다.

"누나! 누나!"

-끼어들지 마. 내 말 알아들어? 전투에 끼어들지 말라고.

암요. 알아듣고 말고요. 당연히 알아들어야겠죠.

"지금 싸우지 마. 정신 놓으면 안 돼. 누나."

······누구에게 말하고 있는 거지?

-네가 알 바 아니잖아. 파랭아.

콰아아아아아아아아아아앙!!

-강하군.

-뭐?

-그대는 강해. 인간이라고는 믿기지 않을······.

콰지지지지직!!

-뭐? 안 들리는데?

-믿기지 않을······.

콰아아아아아아아아앙!!!

-말을 좀 제대로 해야지.

-않을 정도…….

콰드드드드드드드드드득!!

-뭐라고?

-인간이라고는 믿기지 않을 정도야.

드디어 차희라의 팔을 뿌리친 녀석이 공중에 선 채로 입을 여는 모습이 시야에 비쳤다. 조금은 스타일이 구겨진 듯한 모습. 쥐어뜯기지 않은 게 다행일 정도로 엉망이 된 머리 스타일이 가장 먼저 눈에 띄었다. 그리고 조금은 더럽혀진 것 같은 외관도 말이다.

이질적인 빛이 녀석의 머리를 감싸는 것이 눈에 들어왔다. 풀어 헤친 푸른색의 머리카락이 단정하게 하나로 묶이는 모습이 시야에 비친다.

희라 누나는 흥이 식었다는 표정으로 녀석을 바라보고 있었지만, 몸은 언제든지 다시 전투에 들어갈 준비를 하고 있는 것만 같다.

'겉모습에도 신경을 쓰나?'

완전히 감정이 거세된 것은 아닐까 생각했었는데 그건 또 아니지 않은가. 본인이 의식하고 있는 건지는 모르겠지만 녀석들 역시 감정을 가지고 있다. 물론 그게 인간의 기준으로 해석할 수 있는지에 대해서 알아보는 것은 또 다른 문제였지만, 조노보노의 새 친구는 자신의 스타일이 구겨지는 것을 환영하지 않는 것처럼 보였다.

다시 한번 푸른색의 빛이 하나로 모여들어 낫의 형태를 취하기 시작하고 차희라는 놓아버렸던 검과 도끼를 들어 올린다.

'조금 더 정보를 얻을 수 있으면 좋을 것 같은데……'

기본적인 정보야 대충은 인지하고 있었지만 아직도 녀석들에 대해 모르는 것이 많다. 특히나 케루빔이라는 녀석에 대한 정보는 매우 한정적이다.

차희라의 눈이 계속해서 뒤바뀌는 게 보이고는 있었지만 일단은 정보, 무조건 정보다.

"여기에 온 목적이 뭐지?"

-여기에 왜 왔어. 퍼랭아.

-듣지 않았나. 구원을 위해서라고.

-말 같지도 않은 소리 집어치워.

-그대는 짐승이로구나. 붉은색 짐승, 내게 말을 건네면서도 싸우고 싶어 하고 있어. 누군가 네게 전하고 있구나. 지금은 싸우지 말라고 말이야.

"무시해. 누나."

-대륙은 썩어 있다. 무능한 빛과 어둠에 사이에서 암 덩어리 같은 존재에 의해 부서지고 있지. 착각이 아니다. 붉은 머리 짐승이여. 우리가 말하는 구원이란 대륙의 안전과 관리이다. 그것 외에 다른 뜻은 없다. 우리는 구원자다. 대륙을 구하기 위해 당도했을 뿐 다른 뜻은 없다.

"그렇게 말하는 것치고는 준비가 잘 되어 있는 것 같은

데…… 내 눈이 이상한가 봐? 무장한 악마들의 모습이 아주 잘 보이는데…… 응?"

-이렇게 될 것이라는 걸 알고 있었기 때문이다. 다른 뜻은 없다.

"어떻게 알 수 있었지?"

-내가 말하지 않았나. 네놈들 안에 대륙을 좀 먹는 암 덩어리가 있다고 말이야.

케노보노는 영문 모를 소리를 중얼거리며 천천히 이쪽을 응시하기 시작했다. 이상하게도 눈이 마주친 것 같은 느낌이 든다.

인정하기는 싫지만 어쩌면 상정하고 있는 최악의 상황이…… 정말로 도래했는지도 모르겠다. 이 새끼들은……. 이 새끼들은 1회차를 기억하고 있다.

'어떻게 기억하고 있는 거지?'

베니고어나 엘룬 역시 기억하지 못하는 걸 어째서 녀석이 기억할 수 있을까.

물론 확실히 결정된 것은 아니다. 아직까지는 단순한 가정에 불과했으니까. 하지만 점점 기억하고 있다는 쪽으로 마음이 기운다. 간단한 가정을 던진 것만으로도 모든 개연성이 성립되고 있다. 처음부터 싸우기 위해서 찾아온 것 같은 모습도, 또 컨트롤 타워의 모습도 말이다. 녀석들은 김현성이 회귀했다는 사실을 알고 있었고 2회차의 인류가 자신들에게 저항할 것이라는 사실 역시 예상하고 있다.

'완전히 기억하고 있는 건가?'

이 부분은 확실하지 않다. 아마 외신의 품에 있었기 때문에 회귀의 영향을 간접적으로 벗어난 것이 아닐까. 잃어버린 기억을 모종의 방법으로 찾았는지도 모르겠다.

당연하지만 인류에게는 안 좋은 소식. 회귀자라는 이점을 노린 것은 대류뿐만이 아니다. 녀석들 역시 회귀자라는 이점을 가지고 있다.

물론 아무것도 하지 못하고 차원을 떠돌아다녔다는 것을 떠올려 보면 가지고 있는 이점이 이쪽보다 크다고 생각되지는 않지만, 아주 조금이라도 대류의 저항을 가정하고 있었다면……인류에게는 커다란 위험으로 작용하게 될 것이다.

눈에 보이는 결과물이 그렇다. 녀석들은 전면전을 피하고 있었고, 일부 지역을 대치 상태로 만들었다. 놈들의 컨트롤 타워는 그게 더 유리하다고 결정을 내렸다. 아예 싸우는 것을 포기한 성벽들도 눈에 보인다.

'진짜 목적이 뭐야?'

아니, 목적은 이미 알고 있나. 본 것도 있고 들은 것도 있었으니까. 외신 세력은 대류를 관리하고자 했다. 인간의 개체 수를 줄이고 안정적으로 대류를 자신의 발아래 두려고 했다. 하지만 그것 모두 입에 발린 소리……. 어디까지나 녀석들이 표면적으로 취하고 있는 입장이었다.

'놈들은 악마야.'

달콤한 말들로 인류를 유혹한 이후, 빨아먹을 거 전부 다 빨아먹고 빈껍데기만 남은 대류이 쓸모가 없어지자 스스로 대류 멸망 스위치를 스스로 눌러 버린 놈들이다. 우리 사랑스러운 회귀자도 매번 말하지 않았던가. 그들은 위선으로 가득 찬 악마들이며 죽어야 마땅한 놈들이라고.

-암 덩어리?

-그렇다. 붉은 짐승아. 그자는 썩은 암 덩어리다. 차원 자체에 존재하는 게 구역질이 날 정도로 위선으로 뭉쳐 있는 쓰레기, 교화의 여지마저 보이지 않은 괴물이며, 자신밖에 생각할 줄 모르는 위선자, 배신자, 달콤한 말로 사람들을 속이는 사기꾼이지.

-내 눈에는 네가 개소리하는 것처럼 들리는데 말이야. 남의 집에 갑자기 쳐들어온 침입자가 이쪽의 사정에 대해 이래라저래라 할 입장은 아니지 않아?

-그대들의 보호자가 잘못되어 있다면 이야기가 다르지. 우리들은 응당 그러한 책임을 지고 있다. 잘못된 보호자를 밀어내고, 대륙과 그 아래 살아가는 생명체들을 올바른 길로 인도해야 할 책임 말이다.

-그건 네 입장이야. 누가 누구를 관리하고 누가 누구를 올바른 길로 인도해야 한다고? 개소리 집어치워. 애초에 그 책임은 누가 부여해 준 건데?

-조금 더 커다란 관점에서 생각해 보라 붉은 짐승아.

-뭐?

-대륙은 죽어가고 있다. 인간들은 서로를 죽이고…….

-무슨 개소리를 할지 뻔히 보이는데 개똥철학을 중얼거릴

거라면 내려와 새끼야. 지금 이러고 있는 시간도 아까우니까.

'아니야. 누나. 조금만 더 들어보자고. 진정해.'

-스스로를 좀 먹고 있다. 그들은 언제나 모든 걸 망쳐왔지. 역사가 말해주고 있지 않은가. 그들은 자연의 섭리를 거부하고 부수며 종국에는 모든 것을 집어삼킨다. 쓸데없는 욕망에 몸을 맡기고 더욱더 높은 곳으로 올라가기를 바라지. 본능을 거부할 수 있는 척하지만 종국에는 거부하지 못한다. 대륙 역시 마찬가지다. 인간들에게 멸종된 종족과 생물들을 떠올려 보라. 그들은 한없이 이기적이며 우리의 눈으로 보기에도 두려운 종족이다.

-귓구멍에 들어오지도 않는 다큐멘터리는 집어치워.

-우리는 인간을 싫어하는 것이 아니다, 붉은 짐승아. 오히려 그들을 사랑하지.

"누나 조금만 더 들어봐. 어차피 분위기 식었잖아."

-말 그대로 우리는 인간들을 사랑한다. 인간이라는 종족을 동경해. 그들은 욕망에 충실하고 추악하며 본능을 거부하지 못하지만 우리는 그들을 사랑할 수밖에 없다. 당장 자기 자신을 내려다보라, 붉은 짐승아. 네가 가지고 있는 강함. 네가 쟁취한 힘. 그것이 바로 인간이 가진 가능성이다. 우리를 짓누르고 있는 중력, 그리고 너희들이 마법이라고 부르는 마력의 선물을 보라. 그것이 인간이 가지고 있는 힘이다. 우리는 인간들이 가지고 있는 빛을 조금 더 오랫동안 보고 싶을 뿐이다. 이 땅 위에 살아가는 모든 생명체가 더욱더 번영하고 균형을 유

지하고 살았으면 한다. 인간들은 그렇게 살아가야 해.

　-이미 우리는 그렇게 살아가고 있어.

　-겉보기에는 그렇게 보일지도 모르지 하지만 당장 몇백 년, 아니, 몇십 년 후를 바라봐도 그렇게 될 거라 단언할 수 있나? 아직 그대에게는 이른 이야기일 수도 있다만 그대들을 관리하는 이들 역시 안전하지 않은 이들이다. 그들 역시 불안전하며 감정에 흔들리는 이들이야. 어둠은 항상 그대들을 노리고 있고 빛은 그들로부터 그대들을 지켜줄 수 없다. 이토록 못난 보호자가 또 어디에 있을까.

　-…….

　-지금의 보호자는 그대들을 보호할 자격도, 능력도 없다. 일부는 그대들을 단순한 벌로만 생각하고 있으며 그대들이 가지고 있는 개개인의 고통에 공감해 줄 수도 없지.

　-입에 침이나 바르고 개소리 지껄여. 누가 누구에게 싸움을 걸고 있는지 안 보여?

　-우리는 합리적이다. 절대다수를 위해 일부 소수의 희생은 언제나 일어나는 불가피한 이야기지. 우리를 비난하고 싶은 그 마음도 이해할 수 있다. 하지만 어떤가. 언제나 인간은 그렇게 행동하지 않았나. 그뿐만이 아니다. 소수를 위해 다수를 희생시키기도 했고 현재를 위해 미래를 희생시키기도 했다. 일관성이 없는 것보다는 더욱더 합리적이지 않은가.

　-…….

　-병력을 거두어라. 무의미한 희생자를 내고 싶지 않은 것은

우리 역시 마찬가지. 우리의 검을 우리를 보호하기 위함이지 그대들을 해하기 위한 것이 아니다. 우리는 악마의 탈을 쓴 것이 아니다. 그대들의 새로운 보호자이며 구원자이다.

'이 새끼 이거 뭐야?'

계속해서 대화를 듣고 있는 와중에도 계속해서 의문이 생기기 시작한다.

'진심으로 하는 소린가?'

마음의 눈으로 보이는 성향은 선의의 혁명가. 대륙을 삼키러 온 녀석치고는 너무나도 정상적인 성향을 가지고 있다.

사실 틀린 말도 아니다. 대륙의 빛은 무능하고 어둠은 호시탐탐 이곳을 노리고 있다. 일부이기는 하지만 엘룬 쓰레기처럼 자신의 신자들을 돈벌이로 생각하는 녀석들 역시 존재한다. 녀석의 말에 나 역시 공감할 수 있을 정도였으니 무슨 말이 더 필요할까.

커다란 관점에서 본다면 녀석의 사상에는 허점이 없다. 지금 당장은 인류가 하나가 된 것처럼 행동하고 있지만 이후에는 어떨까. 공통의 적이 사라지고 난 뒤에 인류는 또다시 어떤 선택을 하게 될까. 긍정적인 방향으로만 달려가지는 않을 거라 단언할 수 있다.

'단순히 신성 농장으로 사용하려고 한 게 아니었나?'

정말로 어떤 대의를 가지고 있는 건가? 라고 생각할 수밖에 없었다.

목적은 개체 수를 조절해 인간들을 사육하는 것이 아니다.

오히려 참된 보호자로서의 자세를 갖추고 있지 않은가. 인간이 가진 부정적인 이면에 감춰져 있는 가능성에 대해 생각하고 그 가능성을 키워줄 생각을 하고 있으시단다. 못난 보호자를 밀어내고 안정적인 방향으로 성장할 수 있는 환경을 마련해 주고 싶단다. 이 얼마나 달콤한 울림인가.

어쩌면 굶주리는 이들이 사라질지도 모른다. 전쟁과 다툼도 사라질 테고 모두가 천국에 온 것처럼 본인이 하고 싶은 일에 열중할 수도 있겠지. 안에 잠들어 있는 가능성을 끊임없이 탐구하고 발견하며 새로운 방향으로 한 발자국 도약할 수 있을지도 모른다.

어째서 김현성과 일부 대륙이 녀석들에게 저항했는지 이해가 가지 않을 정도였다. 만약 놈들의 말이 거짓 없는 사실이라면…… 이전에 한 생각에 오류가 있다는 것을 인정할 수밖에 없었다. 정말로 녀석들이 대륙을 신성 농장으로 사용하려고 했다면 최대한 인간들을 죽이려고 하지 않았을 것이다. 끊임없는 싸움은 벌어지지 않았을 거고 그로 인해 대륙이 붕괴하지 않았을지도 모른다.

물론 다른 관점도 존재한다.

'저 말이 전부 다 개소리일 경우지.'

급진파의 악마들처럼 크게 한탕 치고 빠져나가려는 경우, 저 모든 발언이 거짓말일 경우, 진실은 인간 사육 농장이나 대륙의 멸망인 주제에 말만 번지르르하고 있을 경우다. 표정만 보면 거짓말을 하는 것처럼 보이지는 않지만 세상에 겉과 속이 다른 놈들은 많다.

'조금 건드려 볼까?'

조금 위험한 발언일 수도 있겠지만 건드려 보는 것도 나쁘지 않을 것 같은 느낌. 어째서 저렇게 말이 많아진 건지는 모르겠지만 눈 앞에 있는 차희라를 대등한 존재로 인식했기 때문이 아닐까. 이쪽에게는 호재로 작용했다고 판단해도 상관없으리라.

천천히 말을 내뱉자 차희라의 표정에 의문이 떠오른다. 어째서 이런 걸 알고 있는지, 어째서 지금 이걸 전하라고 하는 것인지 궁금증이 뒤섞인 얼굴이었다. 하지만 결국에는 내가 말한 대사를 입에 담는다.

-너희들은 한 번 실패했잖아?

-…….

-너희들은 실패했어. 그렇지 않아?

-…….

-말은 번지르르하게 해놨지만 결국에는 다른 목적이…….

-실패한 것은 우리가 아니다.

-뭐?

-실패한 것은 우리가 아니야. 그…… 그 더러운 암 덩어리 때문이었어. 그 개자식 때문이었단 말이다.

'뭐야. 시바. 쟤 표정 왜 저래. 표정 관리해.'

-그 역겨운 놈을 믿은 것이 실수였다. 우리는 하지 않아도 되는 싸움을 했고, 마땅히 대륙에 살아가야 할 인간들을 우리

의 손으로 죽였다. 그 개자식 때문이다. 우리가 실패한 것은 그 개자식 때문이야!

'야. 너 왜 그래. 캐붕 일어났자녀…… 이미지 관리 좀 해.'

-그 거짓말을 일삼는 혓바닥에 속아 넘어간 것이다. 결코 우리의 실패가 아니야! 본래대로라면 모든 게 계획대로 돌아갔어야 했다. 모든 이들이 고통 없이 살아야 했고, 대륙은 번영해야 했다. 자연이 대륙을 채워야 했고 마력은 풍족해야 했다. 고민과 번뇌가 사라지고 대륙 위 모든 생명체는 그들이 마땅히 누려야 할 것을 누렸어야 했다.

'케노보노 시바 다혈질이었어?'

-즐거움 대신 자리 잡은 것은 고통과 비명으로 가득 찬 삶이었고 자연 대신 자리 잡은 것은 역병과 죽은 자였다. 인간들은 끊임없이 서로를 죽였고 갈등은 커져 봉합할 수 없을 정도였다.

'야…… 울지마. 왜 울어. 악어의 눈물 맞지? 맞다고 말해줘.'

-모든 걸 되돌리려고 했을 때는 이미 늦었다는 걸 눈치챈 이후였지. 그 쓰레기가 마련한 무대에서 내 형제가 죽었고, 형제들이 아끼는 인간 역시 죽었다. 그 암 덩어리는 그 누구의 편도 아니다. 그 역겨운 쓰레기가…… 그 쓰레기가 모든 걸 망쳤다는 말이다. 거짓된 천사와 거짓된 얼굴로, 거짓된 혓바닥과 거짓된 행동으로 대륙을 오물 사이로 던져 버렸다. 결코 우리의 실패가 아니다. 그런 마지막은…….

-…….

-그런 마지막은 우리가 원한 것이 아니었어. 결코…… 내가 보고 싶은 풍경이 아니었다. 나는 아직도 기억한다.

-…….

-아무것도 남지 않은 황폐한 이곳을…… 아직도 기억하고 있다.

'야. 그런 소리 하니까 너네가 정의의 편 같자너…… 왜 그래.'

-이번에는 절대로 그렇게 만들지 않겠다. 내 눈이 감기는 한이 있더라도 그런 엔딩은 맞이하게 하지 않겠다. 절대로 이 대륙을 그 암 덩어리의 손에 넘어가게 하지 않을 것이다. 아픈 일이라는 것도 고통스러운 일이라는 것도 알고 있지만…… 우리는…… 우리는 싸울 수밖에 없다.

'무슨 말도 안 되는 출사표 던지고 있어. 시바. 그냥 솔직하게 이야기를 해.'

-대륙의 번영을 위해.

'뭐야. 시바. 이 새끼 이거 진심인 거야?'

믿기지는 않지만 연기도 이 정도라면 수준급. 만약에, 아주 만약에 녀석의 말이 사실이라면…… 내가 알고 있는 사실이 대륙의 진실이 아닐 가능성도 존재한다.

'정말인가?'

대륙과 외신을 이간질해 서로 싸우게 했다고?

'그럴 리가…… 아무리 그래도 그럴 리가…….'

그 누구의 편도 들지 않고 갈등만을 유발시킨 것으로도 모자라 역병과 죽은 자로 대륙을 가득 채웠다고?

'이건······.'

김현성이 바라본 붉은 풍경을 만든 게······ 녀석이었다고?

이미 쓰레기라는 사실 정도는 알고 있었다. 구제할 방법이 없는 악독한 빌런이라는 사실도 이미 깨닫고 있었지만······.

"넌 도대체 어느 정도까지 망가져 있었던 거냐. 진청."

녀석의 악행은 내 예상을 뛰어넘었다.

206장
소울메이트

"잘하면 그냥 넘어갈 수도 있겠는데?"

"무슨 말이에요? 언니?"

"말 그대로야. 이렇게 치고받고 싸우지 않아도 일이 해결될 수도 있겠다고."

"네?"

'이 언니는 지금 도대체 무슨 소리를 하는 거야?'

"일을 너무 크게 벌여서 수습하는 데 애를 먹기야 먹겠지만 적당히 잘 넘어가지 않을까 싶어. 오빠도 비슷한 생각을 하고 있을 것 같고…… 이미 악마라고 이빨을 털어놨으니 몰아내는 연기를 한 이후에는 합의서 쓰고 좋게 좋게 마무리될 수도 있다는 거지. 연수야, 언니 커피 좀. 한 잔 마시고 바로 연락해 봐야겠다."

"지금 커피가 문제가 아니잖아요. 방금 무슨 말씀을 하신 거예요? 좋게 좋게 넘어간다니…… 이해가 잘 안 되는데…….'

"방금 저 파란색의 말이 거짓말이 아니라면 싸우지 않을 수도 있다는 거야. 아깝잖아. 인력 손실이라는 거. 더군다나 여기 모인 사람들은 대륙을 위해 진심으로 싸우는 사람들이고 상위 모험가로 분류할 수 있는 고급 인력들인데……. 그렇다고 정신이 썩은 사람들도 아니지. 새로운 대륙으로 커다란 발걸음을 옮기기에 적절한 인재들이라 이거야. 이런 사람들이 희생된다는 건 가슴 아픈 일이지 않아? 쟤들이 정말로 원하는 게 대륙의 번영이라면 우리와 이해관계가 일치한다고 봐도 되는 거 아니야?"

"저는…… 정말로 이해가 안 되거든요. 어떻게 결론이 그렇게 날 수 있는 건지. 방금 같은 걸 본 게 맞아요?"

"그럼. 왜 내가 이상한가?"

'도대체 무슨 생각을 하는 거야. 이 언니는…….'

조금이지만 등 뒤로 소름이 돋는다.

'뭐야? 도대체. 정말로? 정말로 그렇게 한다고?'

실소조차 나오지 않을 정도로 당황스럽다.

'이게 뭐야.'

눈에는 흔들림이 없다. 웃자고, 농담 삼아 던진 말도 아니었고 교묘하게 돌려 말하는 것도 아니다.

틀림없이 저 눈은 진지하게 저 개소리에 수긍하는 듯한 얼굴이었다. 저들의 보호하고 관리한다는 걸 용인하고 인간을 울타리 안에 가두고 키우는 것에 동의하는 표정이다.

'진심이야?'

이런 생각이 드는 것도 무리가 아니리라. 조금 쓰레기 같은 사람이라고 생각은 했었지만 정말로 저렇게까지 생각하고 있을 줄은 몰랐으니 말이다.

"너무 복잡하게 생각하지 마, 연수야. 그렇게 고민할 필요도 없다고……. 이렇게 생각해 봐. 뭐가 우리에게 더 도움이 되는가. 뭐가 우리에게 더욱더 이득을 가져다주는가. 그렇게 생각하면 금방 답이 나올걸? 언니 그렇게 꼬인 사람은 아니야. 쟤들 말이 이상론이라는 사실도 알고 있고."

'이상론이니 뭐니가 중요한 게 아니잖아.'

"윤리적으로 걸리는 부분이 많다는 것도 알고 있지."

"그래서 이게…… 이득이 된다는 거예요? 아무리 그렇다고는 해도 이건…….'

"왜?"

"이건…… 아닌 것 같아요. 언니."

"연수야."

"네?"

"검은 백조에서 어땠어?"

"무슨 뜻이에요?"

"자유로운 것 같았어?"

"어떤 대답을 원하시는 건지 잘 모르겠어요."

다른 의도가 없는 질문이라면 자유로웠다고 고개를 끄덕일 수 있다.

물론 무력 집단으로 분류할 수 있는 단체였기 때문에 어느 정도의 통제가 있었다는 건 부정할 수 없는 사실이다.

'과거에는 특히 그랬다고 했었나.'

지혜 언니가 출범하기 전에는 그랬다고 들었던 적이 있다. 규율은 엄격했고 처벌 수위 역시 높았다. 실제로 길드에 피해를 끼친 길드원들이 실종됐다거나 사라졌다거나 하는 일들은 너무나 당연하게 이루어졌었다. 차마 말로 표현하지 못한 일도 많이 일어났었고 길드 내 상하 관계는 완벽하게 나누어져 있었다.

길드의 분위기가 달라진 것은 박연주 님으로 길드마스터가 바뀌고 난 이후, 정확히 말하면 이지혜가 그에 상응하는 권력을 손에 넣은 이후였다.

시스템은 변했다. 길드의 변화가 너무나도 빨라 이전 길드원들이 제대로 적응하지 못했을 정도.

급진적인 변화에 우려를 표현하는 이들은 많았지만 새로운 시스템은 길드에 완벽하게 자리 잡았다. 자유로워진 분위기처럼 일의 능률은 올라갔고 이제는 붉은 용병과 파란을 따라갈 수 없게 될 거라고 입을 모아 떠드는 이들의 입을 닥치게 만들었다.

그래. 결론을 말하자면 자유로웠다. 검은 백조에서의 삶은 마치 판타지 소설의 주인공이 된 것 같은 기분을 느끼게 했고 내가 세상의 주인공이 된 것 같은 완벽한 환경을 마련했다.

천천히 고개를 끄덕였을 때 이지혜가 천천히 입을 열었다.

"어때? 정말로 자유로웠을까?"

"……."

"정말로 검은 백조의 길드원들이 자유로웠을까? 그렇게 느
낀 게 아닐까?"

"무슨 말씀을…… 하고 싶으신 거예요?"

"그냥. 한번 생각해 보자는 이야기야. 이런 게 가능할지도
모른다는 가정이지. 울타리를 크게 만들면 양들은 본인들이
울타리 안에 있는지도 몰라. 아, 미안, 연수야. 네가 양이라는
소리는 아니야. 검은 백조를 가지고 사회 실험을 해본 것도 아
니고…… 하지만 쟤들 말도 일리가 아예 없는 소리는 아니라
이거야. 물론 입장 차이야 존재하겠지. 우리가 허용할 수 있는
윤리적인 선이라는 것도 있을 테고…… 그래서 필요한 게 합
의라는 거잖아. 그렇지?"

"……."

"울타리는 아주 커다랄 거야. 울타리를 친 놈들은 우리 눈
에 보이지 않을 테고 인류는 저런 놈들이 존재한다는 사실조
차 모를걸? 전쟁에서 승리했다는 사실 하나만 기억하는 거야.
인류는 자유롭겠지. 번영을 누리며 자기 자신이 안전하고 자
유롭다고 느끼겠지. 보호자들의 든든한 지원에 자원은 마를
날이 없을 거고……."

"말, 말도 안 되는 소리예요. 말도 안 되는 소리라고요. 제정
신으로 할 수 있는 소리가…… 그렇게 생각하고 싶지는 않지

만…… 검은 백조랑은 달라요. 단순한 무력 단체에서 언니의 시스템이 성공했다고 한들 대륙에서도 같은 걸 할 수 있을 거라고는……. 아무리 언니라고는 해도……."

"나 혼자서는 불가능하지."

"네. 그…… 그렇……."

"하지만 이기영과 함께라면 가능해."

'미…… 미친년.'

자신도 모르게 속으로 욕을 해버릴 정도였으니 무슨 말이 더 필요할까.

"언니 역시 울타리 안에……."

"아니야. 연수야. 나는 더 위에 있을 거야. 울타리를 공사한 노동자 비둘기들보다 더 높은 곳에. 나는 끌려다니는 쪽이 아니야. 끌고 다니는 쪽이지."

'미친년이야. 미친년이라고. 미친……미친년이라고.'

이런 여자가 뭐가 좋다고 지금까지 쫓아다녔을까. 순식간에 머리가 복잡해지기 시작했다.

차라리 농담이었으면 좋겠다. 파란색의 천사가 단편적으로 말한 것만 듣고 어떻게 저기까지 생각이 닿았는지는 모르겠지만 갑자기 치밀어 오르는 구역질을 참을 수가 없다. 항상 귀엽다고 느꼈던 얼굴이 일그러져 보이는 것도 무리가 아니리라.

머리가 어지럽다. 확정된 것은 아니었지만 저렇게 미친 생각을 할 수 있다는 것도 한편으로는 경이롭다. 인류를 장기 말로 보고 있는 것 같은 느낌. 확실히 본인 이외의 인간들을 아래로 내려다보고 있다. 저기 위에 있는 천사들이나 눈앞에 있는 이 여자나 다를 게 없다.

'자기 자신이 우월하다고 생각하고 있나? 다수의 인간보다 본인이 더 위에 있다고 생각하는 건가?'

그렇지 않다. 하지만 언니는 틀림없이 생각하고 있을 것이다. 자기 자신이 남들보다 우월한 인간은 아니지만 우월해질 수 있는 인간이라고.

어째서 저런 생각을 하게 된 건지는 모르겠지만 아마 지구에서부터 그녀가 살아온 환경이 그녀를 저렇게 만든 것은 아닐까. 단편적으로밖에 듣지 못했지만 충분히 그럴 수 있는 환경이었으니까.

하지만 그렇다고는 해도…….

'이해하기 힘들어.'

정체를 알 수 없는 불안감까지 생겨나고 있지 않은가.

이 여자는…… 나를……. 하연수를 어떻게 생각하고 있을까. 똑같이 장기 말로 보고 있는 것은 아닐까. 진심으로 나를 아끼기는 했었나. 달콤한 말들에 진심이 조금이라도 섞여 있었을까? 애초에 같은 인간으로 보고 있는지도 모르겠다.

목소리가 떨리기 시작했다. 자신답지 않은 행동이었지만 결국에는 입을 열 수밖에 없었다.

"언, 언, 언니는…… 저를……."

"어떻게 생각하고 있냐고?"

"……."

"조금 불안했어?"

불안하다, 불안하지 않다가 중요한 것이 아니다.

"연수야."

"네."

"이거 하나만 기억해 줬으면 좋겠네."

"……"

"원래 우리 같은 사람일수록 자기 사람은 끔찍하게 아낀다는 거."

"……"

"대륙 1/3의 인간을 준다고 해도 우리 연수랑은 안 바꾸지. 아무리 대의가 중요하다고는 해도 사랑하는 사람과 바꿀 수야 있겠어? 저 비둘기들이 아무리 좋은 조건을 제시한다고 한들, 연수 없으면 안 해. 더 극단적으로 예를 들어서 만약 연수가 죽으면 언니는 포기할 수도 있어."

"뭐…… 뭐를요?"

"내가 가지고 있는 이상과 꿈, 그리고 야망."

"……"

"그렇게 만든 당사자뿐만이 아니라 그렇게 만든 세상까지 하나도 남김없이 복수해 줄게. 그걸 원하는 건 아니지?"

"아…… 아니에요."

"내가 별생각 없이 던진 생각은 나를 위해서이기도 하지만 내가 아끼는 이들을 보호하기 위해서이기도 해. 물론 합의가 될지 안 될지는 언니도 알 수 없지만 내가 아끼는 사람들이 아파하는 건 보기 싫거든. 전쟁터에서 연수가 다친다면 언니는 정말로 견디지 못할 거야."

'그러니까 그게 어떤 감정이야?'

묻는 게 무섭다. 대등한, 같은 인간으로서 말해주는 것인지, 아니면 애완동물이나 장기 말 같은 느낌으로 바라보고 있는 건지 알 수가 없다.

아니, 애초에 저 말이 진실이기는 한 건가? 단순히 듣기 좋으라고 한 립 서비스는 아닐까. 원래부터 이 사람은 거짓말을 달고 살았으니까.

천천히 눈을 바라보자 평소답지 않게 진지한 눈이 시야에 들어왔다.

뭐가 뭔지, 정말로 이 사람이 나쁜 건지 착한 건지도 알 수 없어. 혼란스럽다.

한 가지 확실한 건…… 한 가지 확실한 것은 이지혜의 눈에 비친 자신의 얼굴이…… 무척 기쁘게 웃고 있었다는 것. 마치 세상을 다 가진 것 같은 얼굴로 미소 짓고 있었다는 것이었다.

"언니 팔 아픈데. 무안하게 할래? 안 잡아줄 거야?"

"아니요. 아니에요."

돌이킬 수 없는 강을 건너는 것일 수도 있다. 어쩌면 지금 손을 잡은 걸 후회할지도 모른다는 생각을 하며 천천히 손을 뻗는다.

가까운 곳에서 인기척이 느껴진 것은 바로 그때였다.

'뭐야.'

"어떻게……."

눈에 들어온 것은 갈색의 머리카락을 가지고 있는 천사. 인간 같지 않은 아름다운 외형에 저도 모르게 숨이 턱 막혀왔다.

'어떻게…… 들어온 거지?'

본부 안에 어떻게 들어올 수 있었지? 경비들은 뭐 하고 있었던 거지? 방어 시스템은? 의문에 의문이 꼬리를 물지만 답은 나오지 않는다. 이런 생각을 한다는 것 자체가 의미가 없었으니까.

생각보다는 행동이 더 빠르다. 곧바로 무기를 뽑아 녀석에게 쇄도하는 것은 순식간.

살짝 뒤를 바라보자 당황한 표정이 역력한 언니의 표정이 시야에 비친다. 일그러진 얼굴로 중얼거리는 목소리도 눈에 들어온다.

"협상 결렬이네. 아니…… 그것보다는 여기서 살아 돌아갈 수 있을지가 문제인 것 같은데."

'언니는 내가 살려.'

갈색의 땋은 머리를 한 여자는 슬픈 표정으로 천천히 손을 뻗는다. 영창을 막아야 한다고 생각했지만 몸이 제대로 움직이지 않는다.

"당신은 위험한 인간입니다. 대륙에 존재해서는 안 되는…… 인간입니다."

"그렇게 평가해 주니 영광이네. 이름이?"

"제 이름은 도미니온스. 부디 저를 용서하시길."

"언니! 도망쳐! 언니!"

"얘는 여기 도망칠 데가 어디 있다고."

"내 뒤로 숨어!"

"전부 소용없어. 연수야. 이미 늦은 게 빤히 보이는데 뭐. 내가 아무리 전투에 문외한이라도 그 정도는 알아요. 도미니온스라고 했나? 그것보다 너 실수하는 거야. 아마 후회할걸? 지금의 선택을 두고두고 후회하게 될 거야. 만약 네 목적이 정말로 대륙의 번영이라면 말이야."

"……."

"내가 말했지? 원래 우리 같은 놈들일수록 자기 사람이 돼지는 꼴은 못 본다고……."

"언…… 언니?"

"그 컨트롤 프릭이 미쳐 날뛰는 꼴은 꼭 보고 싶었는데 그걸 못 보고 가게 생겼네. 저기 오빠. 보고 있지? 우리 사이에 이런 말 하기도 쑥스럽고 엄청 웃기기는 하지만 나는 정말로 동생을 사랑했어."

"……."

"반쯤은."

"……."

"아니, 반의반쯤이었던가."

"……."

"그럼 지옥에서 보자. 소울메이트."

위이이이이이이이잉!

거대한 폭발이 공간을 꽉 메우는 것이 시야에 비쳤다.

"언니이!!"

콰아아아아아아아아아아아아아아앙!!!

◼

"어디서부터 이야기하면 좋을까……. 음…… 안 해본 일이 없었어요. 지구에 있을 때."

"……."

"정말로 안 해본 일이 없었어요."

"뭔 소리야, 누나. 갑자기 분위기 조성하면서 이빨 털어봐야 안 믿어."

"왜? 우리는 이렇게 진지한 이야기는 하면 안 돼요? 그냥 하고 싶어서 하는 말이에요. 오빠가 믿든 안 믿든 상관 안 할래. 그냥 들어요."

"지금까지 지구 이야기를 몇 번이나 한 줄 알아? 할 때마다 말이 바뀌었는데 내가 어떻게……."

"몰래카메라 하는 거 아니에요. 꼭 이런 이야기 나오면 피하려고 그러더라. 이것도 병이에요, 병. 오빠가 정신적으로 문제가 있다는 걸 이런 식으로 어필할 필요는 없잖아요? 서로에 대해서 조금 더 이해하는 시간을 가져보자는데 그게 뭐 대단하고 엄청난 일이라고……. 한심하다, 진짜. 한심해. 이럴 때 보면 진짜 겁쟁이가 따로 없다니까. 피하지 마요. 나한테까지 정

안 붙이려고 할 필요는 없잖아. 이미 다 끝난 마당인데."

"……."

"아무튼 다시 이야기해 보자면 안 해본 일이 없어요. 정확히 무슨 일들이라고 말할 필요는 없겠네요. 어차피 한 귀로 듣고 한 귀로 흘릴 테고, 제대로 믿지도 않을 테니까. 반쯤은 거짓 말이라고 생각하고 들어요. 원래 과거라는 게 이야기로 풀다 보면 과장되는 부분이 많잖아요?"

"요점이 뭔데?"

"요점만 이야기하자고 이야기를 꺼낸 게 아니잖아. 오빠가 생각하기에 저는 어떤 사람 같아요?"

"……."

"미친년으로 보이겠죠. 사이코패스? 악당?"

"……."

"처음 만났을 때부터 그랬으니까. 드라마에 흔하게 나오는 악녀 일 번이나 구제할 길이 없는 인간쓰레기로 보고 있을 수 도 있겠네요. 애초에 범죄자 비슷한 년이었으니 그랬을 수도 있겠네. 범죄자 비슷한 년이 아니라 범죄자였구나. 그렇게 생 각했겠네. 아, 정곡 찔렸다는 표정 짓지 마요. 괜히 아닌 척, 미 안해하는 척하지도 말고요. 나도 오빠를 그렇게 보고 있거든. 그리고 솔직히 내가 오빠보다는 쓰레기가 아니지."

"……."

"뭐 어때요? 마지막이 온 김에 진솔해진 건데. 지구에서도 별반 다를 바 없었어요. 남들이 바라보는 이지혜는 어떨지 모르겠지만 저는 위로 올라가고 싶었거든요. 지금도 다르지 않지만 계속, 계속 위로 올라가고 싶었다 이 말이에요. 제 기준으로도 나쁘지 않다는 위치까지 올라가 본 적도 있어요. 근데 나는 욕심이 끝이 없었나 봐. 위로 가면 더 위로 가고 싶고 이 풍경을 보면 또 다음 풍경을 보고 싶더라고."

"……."

"만족을 모르는 건지 원래부터 제정신이 아니었던 건지, 나름대로 선을 지키기야 했지만 남들 기준으로는 더러운 일을 하는 것처럼 보였을 거예요. 뭐 남이야 어떻게 생각하든 상관없었어요. 나는 나 자신에게 긍지를 가지고 있었으니까. 더 올라갈 수 있다고 생각했고 실제로도 길이, 눈앞에 길이 보였거든."

"……."

"열심히 줄을 잘 타고 있었고 가지고 있는 패도 많이 있었으니까. 자신감도 있었죠. 그런데 그게 아니었나 봐요."

"……."

"진짜 위에 있는 사람들의 눈에는 그게 아니었나 봐. 나한테는 허락된 자리가 아니라고 생각했나 봐. 새삼스레 깨달은 거 있죠. 아, 내가 여기까지 올라갈 수 있었던 이유는 오롯이 이 개자식들이 내가 이곳에 있는 걸 허락했기 때문이었구나. 위에 있는 몇몇 놈들이 나를 이 자리에 있게 허락한 거구나. 물론 내가 가지고 있는 능력을 부정할 생각은 없었지만 내가 능력을 발휘할 수 있게 된 무대를 마련해 준 것은 위에 있는 놈들이었구나. 애초에…… 애초에 나한테는 허락된 자리가……

아니었던 거구나."

"……."

"주제넘었던 거죠. 주제넘었던 거예요. 내가 아무리 날고 기고 지랄을 한다고 해도 진짜 위에 있는 양반들의 눈에는 키 작은 계집애 한 명이 알랑거리는 거로밖에 비치지 않았다 이거죠. 그렇게 모든 걸 잃었어요. 순식간에 너무나도 어처구니없이 모든 걸 잃었다니까. 믿어져요? 모든 게 내 거라고 생각하고 있었는데, 내 손 안에 이미 들어온 것들이라고 생각하고 있었는데. 눈 한 번 깜빡하는 순간 모든 걸 잃었다고."

"……."

"발버둥 치고 내가 가지고 있는 패들을 쥐고 흔들기도 했지만 말 그대로 계란으로 바위 치는 것밖에 되지 않았다는 거예요. 진짜 위에 있는 놈들이 보고 있는 것처럼 키 작은 계집애 한 명이 발광하는 꼴이었던 거죠. 제기랄. 씨발. 인정하기는 싫지만 현실이 그랬어요. 열 받아. 개 씨발! 콜록. 콜록."

"……."

"그래서 내가 도박을 안 해. 오빠."

"……."

"내 주제를 깨달아 버렸거든. 사람은 태어날 때부터 가진 게 달라. 누구는 노력 하나 하지 않아도 공으로 얻는 걸, 어떤 놈들은 태어나면서부터 얻어버리거든. 그리고 그게 자신이 정말로 얻은 것인 양 떠든다 이거야. 환경이 준 걸, 본인이 얻은 것처럼 으스댄다고. 걔들 근처에서 그런 걸 바라보고 있으면 그게 얼마나 아니꼬운 줄 알아?"

"……"

"그래서 오빠를 선택한 거야."

"……"

"오빠가 나를 선택한 게 아니라. 내가 오빠를 선택한 거라고. 오빠는 가지고 있었거든 위로 올라갈 수 있는 조건, 가지고 있었잖아. 으스대지 않고 그 특별한 두 눈으로 똑똑히 바라보고 있었지. 여기가 어떻게 돌아가고 있는지, 내가 여기서 무엇을 할 수 있는지. 내가 어디까지 갈 수 있는지. 물론 그 얼굴이 내 타입이었다는 게 가장 커다란 이유이기는 했지만 이건 너무 속물적인 이유인 것처럼 보이니 빼도록 할게요."

"보통 사람들은 앞의 이유가 더 속물적이라고 생각해. 누나."

"그래요? 그건 몰랐네. 콜록. 콜록."

"……"

"아무튼 그래요. 이지혜는 그렇게 살았어요. 그래서 말인지는 모르겠지만 나는 처음에 여기 왔을 때 웃었다니까. 기분이 좋아서 나도 모르게 웃고 있었다니까."

"……"

"처음 대륙에 떨어졌을 때, 튜토리얼 던전에 들어왔을 때, 다른 사람들이 울고 있었을 때, 저는 구석에서 한참을 웃었네요."

"……"

"거기서는 손에 쥘 수 없는 것들을 여기서는 쥘 수 있다고 생각했으니까. 지구에서 보지 못한 풍경을 여기서는 볼 수 있을 거라고 생각했으니까. 애초에 올라가 본 적이 없었으면 이런 거에 집착하지 않았으려나. 어때요, 오빠가 보기에는……. 잠깐이라도 위에서 아래를 내려다본 게 지금의 나를 만드는 데 조금이라도 기여했을까? 내가 위에 올라가 보지 않았으면 이런 거에 집착하지 않았을까?"

"아니. 누나는 원래부터 권력에 미친 쓰레기였어. 태생이 그래."

"말이 심하네. 콜록. 콜록. 콜록. 자기가…… 콜록. 콜록. 더 쓰레기면서."

"……."

"……오빠는 어때요. 뭐 할 이야기 없어요?"

"나는 없어. 누나."

"굳이 캐묻는 건 조금 아닌 것 같고…… 사연과 비밀이 많은 남자는 매력적이야."

"누나 남자 취향 에반 거 알고 있지?"

"남자 취향만 구릴 것 같아요? 콜록. 콜록."

"……."

"……괜찮냐는 말을…… 한마디도 안 해주네. 이 쓰레기는."

"누가 봐도 괜찮지 않아 보이니까."

"그래요? 나…… 이대로 죽나 봐."

"……."

"마무리는 조금 멋있게 하고 싶었는데 역시 사람이 뒈질 때가 되니 말이 많아지네요. 오빠는 어때요. 눈물이 나오기는 해요?"

"아니."

"질리도록 쓰고 있는 그 가면 벗어봐요. 지금 울고 있는 것 같은데. 목이 메이는 것 같은데?"

"안 울어."

"그래도 마지막 소원인데…… 한 번쯤은 벗어주지 그래요?"

"……."

"벗으라고…… 새끼야."

"……."

"……다행이네."

"뭐가."

"당연히 들어가 있을 거라고 확신하기는 했지만 그래도 조금은 불안했거든, 내가 오빠한테 영향을 끼칠 수 있을까…… 이기영의 사람이라는 카테고리 안에 들어가 있을까. 콜록. 콜록. 불안했지만 지금 보니 일말의 영향이라도 있었던 것 같아서. 아. 다시 가면 써도 돼. 콜록. 콜록. 섹시하기는 한데 우는 모습을 보는 건 역시 별로네."

"……."

"오빠가 아끼는 그 돼지 새끼. 그 돼지 새끼랑…… 누구…… 였더라. 아. 그…… 그 일본 여자…… 그 맹인…… 카스가노 뭐시기…… 만큼인 거네. 나도 걔들만큼은 지분을 가져간 거네. 아니면 그 이상일지도 모르겠네. 나는 욕심이 많아서 그 이상이었으면 좋겠어. 아니, 돼지 새끼만큼은 아닌가? 진짜 질린다. 그 돼지 죽은 지가 언젠데…… 아직까지…… 아니, 됐다. 돼지 이야기는 안 할래. 모처럼 이 이지혜의 턴인데……
자꾸 돼지 이야기하면 오빠 또 죽은 돼지 생각할 거잖아. 콜
록. 콜록. 우리 이야기해요. 즐거웠죠? 우리."

"즐거웠어. 누나. 정말로."

"죽여주는 한 쌍이었잖아. 소울메이트. 영혼의 단짝. 이렇게
화끈하게 개판을 칠 수 있었다는 것도 정말 재미있었…… 콜
록. 콜록."

"……."

"재미있었지. 우리가 이 정도까지 해낼 수 있을 거라고 누가
알았겠어. 저 위에 있는 놈들도 몰랐을걸. 신성 제국을 부수고
공화국을 부수고 깡그리 쓸어버렸잖아. 본인들이 신이라고 생
각하는 놈들의 뒤통수도 크게 한 방 먹여줬지. 우리 둘이 이
정도까지 해낼 수 있을지 아마 아무도 몰랐을 거야. 물론 오빠
덕이 크기는 했지만 그래도 완벽한 한 쌍이었다고."

"아니야. 누나."

"……."

"나 때문이 아니야. 누나의 덕이 컸지. 누나가 없었다면 여
기까지 오지 못했을 거야. 누나는 천재고 위에 서 있을 자격이
있는 사람이야. 믿어져? 아무것도 가진 게 없는 누나가 위에
있는 개자식들한테 엿을 먹인 거라고. 누나는 내 덕분이라고
생각하고 있었지만 그게 아니야. 오히려 내가 누나의 덕을 본
거지."

"말이라도…… 콜록…… 콜록…… 기쁘네."

"입에 발린 소리가 아니라……."

"그렇게 말해주니…… 행복해. 오빠."

"처음 여단에 왔을 때 나를 받으라고 한 것도 누나였고 수차례나 내 목숨을 구한 것도 누나였어. 우리 계획의 반 이상은 누나가 주도한 것도 알고 있잖아. 이미 가는 양반 듣기 좋으라고 떠드는 개소리가 아니야. 다시 한번 말하건대 누나가 없었다면 여기까지 오지 못했을 거야."

"기쁘다. 그렇게…… 생각해 주니 너무…… 기뻐. 콜록. 콜록."

"……."

"……그런 말은…… 살아 있을 때 많이 해줬으면…… 더 좋았을걸. 이 쓰레기 새끼."

"……."

"가면…… 가면 쓰게 해줘. 가면 쓴 채로 이렇게…… 갈래. 여단의 이지혜는 역시 이렇게 가야지."

"……."

"그래. 그렇게. 졸리다, 기영아. 누나 졸려. 이제 정말로 됐나…… 콜록…… 콜록…… 끝인가 봐. 후회는 없…… 없어. 정말로 없어. 내가…… 내가 누군지 보여줄 수 있었으니까."

"……."

"사…… 사랑……."

"……."

"콜록. 콜록. 콜록…… 사…… 랑해. 동생…… 내 소울메이트. 지옥에서…… 지옥에서 보자."

"나도 사랑해. 누나. 내 영혼의 단짝."

"매번 하던…… 키스. 콜록. 콜록."

툭.

"다음…… 다음…… 다음 계획은?"

"복수. 그리고…… 완전한 멸망."

"하…… 하……."

"……."

"하…… 하하하…… 하하."

"……."

"하하…… 콜록. 콜록. 하하하하하."

"……."

"역시…… 나는……."

"……."

"야망 있는 남자가 취향……."

"……."

"취향…… 이라니까."

"……."

"……."

"……누나?"

"……."

"누나?"

"……."

툭.

"······사랑해. 누나."

"조금만 기다려."

"······."

"다시 시작할 수 있으니까."

'뭐?'

"거의 다 왔어."

'뭐라고?'

화아아아아아아아아악.

소리가 들려오는 것 같은 느낌이 든다. 순식간에 꿈에서 깬 듯한 감각이 온몸을 감싸 안는다. 그것 외에도 여러 가지 장면 이 눈앞을 스쳐 지나간다.

너무나도 빠르게 흘러 지나가는 것들은 뭐가 뭔지도 제대 로 인식하기가 힘들다. 한 가지 확실한 것은 박덕구의 마지막 을 봤을 때처럼 눈물이 계속해서 흐르고 있다는 것. 멈추지 않고 계속해서 흐르고 있었다는 것뿐이었다.

'뭐야. 이게······ 갑자기.'

정황상 1회차의 이야기라는 건 알 수 있었지만 방금 봤던 것들에 대해 자세히 파고들 수 있을 리 만무했다.

갑작스레 검은색 세계로 빨려 들어가기 전에 일어났던 상황 이 떠올랐던 탓이다. 희라 누나와 케루빔의 대화를 듣고 있는 도중이었다. 이상한 비둘기 하나가 지혜 누나가 있는 곳에 모습을 드러냈고 망원경으로 그쪽을 바라보고 있던 타이밍이었다.

'그럼 지옥에서 보자. 소울메이트.'

본격적으로 이상한 게 보인 시점은 이지혜의 목소리가 들려온 직후였다.

'제기랄.'

사태를 파악한 이후에 허겁지겁 다시 그녀를 들여다본 것도 무리가 아니리라.

아니, 머리가 어지러워 내가 어딜 바라보고 있는지도 모르겠다. 지금 보고 있는 게 1회차의 검은색 세계인지, 아니면 현실인지도 알 수가 없었지만 일단은 현재 이지혜의 상태가 어딘지부터 확인할 수밖에 없었다. 1회차의 일에 대해서 판단을 내리기에는 내가 너무 정신이 없었으니까.

하지만 여신의 거울에 보이는 화면은 거대한 폭발음과 뿌연 먼지 때문에 제대로 보이지도 않는다. 망원경으로도 마찬가지였다.

"시발. 시발. 시발."

이지혜가 죽어? 죽은 건 아니지? 그렇지? 어떻게 들어간 거지?

'도미니온스?'

그런 능력이 있었다는 건 못 들었는데. 정하얀과 같은 순간 이동 능력이라도 가지고 있지 않은 이상에야 이지혜가 있는 곳에 들어간 것은 불가능하다.

아니, 순간 이동 능력을 가지고 있다고 하더라도 그녀의 상황실 주변에 걸쳐져 있는 방어 시스템을 뚫고 들어가는 것은 결코 쉬운 일이 아니다.

이런 일이 일어날 리가 없다고, 정말로 벌어질 리가 없다고 생각했지만 저들이 가지고 있는 능력을 생각해 보면 이상하지도 않다고 느껴진다. 방심했다고밖에 생각할 수가 없다. 적어도 나와 이지혜가 있는 상황실은 절대로 적의 침략을 허용하지 않을 거라 자신하고 있었으니까.

어쩌면 이곳 역시 도미니온스라는 비둘기의 목표물이 될 수도 있을 거라고 생각했지만 그런 가정에 제대로 대처할 수 없을 정도로 혼란스러웠다. 어떻게 이 상황에 나 살자고 몸을 피할 수 있겠는가.

"지혜 누나! 들려? 들려?"

여기서 들릴 리가 없지만 자신도 모르게 커다랗게 목소리를 내볼 정도. 머리가 하얀색으로 변하는 것 같은 기분이 든다. 이럴 리가 없다고 생각했지만 몸은 점점 더 초조하다는 신호를 보내오고 있었다.

만약 이지혜가 죽는다면…… 아니, 이미 죽었다면 어떨지에 대해 생각하자 저도 모르게 입이 꾹 다물어졌다.

'제기랄. 시발.'

[일반 등급의 강제 퀘스트를 생성합니다.]

[지혜 누나. (0/1)]

[이지혜에게 일반 등급의 퀘스트를 전달합니다. 퀘스트 클리어 보상을 등록하지 않았습니다. 플레이어 이지혜는 보상을 받으실 수 없습니다.]

'개 시발…… 개 시발!'

[이지혜 들려? 들리면 대답해. (0/1)]

"이지혜! 이지혜!"

[대답하라고 이 미친년아! 빨리 대답하라고! (0/1)]

"이지혜! 대답하라고 했잖아! 이 머저리 같은 년!"

신경질적으로 책상을 쾅 하고 발로 차버렸지만 아직까지도 목소리가 들려오지 않고 있다.

'어떻게 하지?'

뭘 어떻게 해.

'이지혜가 죽으면?'

이전이랑 똑같이.

'뭐가 이전이랑 똑같은데.'

내 것인지 알 수 없는 절망감이 순식간에 온몸을 감싸 안는다. 머리는 어지럽고 몸은 무기력하다. 아까 흘린 눈물은 계속해서 흘러내리고 있었고 정신을 차리기가 힘들다.

사방에서 들어오는 비둘기들이 화면에 비치고 있다. 집중하고 다음 명령을 내려야겠다고 생각하고는 있지만 나 자신의 심장 소리밖에 들리지 않는다.

-자기. 방금 뭐였어? 나 다음 명령 기다리고 있는데. 지금 무슨…… 신경 안 써도 되는 거지? 싸워? 이 새끼 죽여도 돼? 자꾸 개소리 뱉는 게 아니꼬운데.

-부길드마스터. 다음에는…….

-명예추기경님. 현재 적들이 계속해서 몰려들어 오고 있습니다.

-방금 일어난 폭발에 대해서…… 관리위원장님. 관리위원장님?

"대답하라고!"

[지혜 누나. 죽지 마. 지혜 누나. (0/1)]

'어떻게 하지? 이거 어떻게 하면 좋은 거지?'

머리가 뜨거워지기보다는 점점 차가워진다. 다른 생각을 아예 할 수 없을 정도로 급속도로 차가워지기 시작했다. 바보 같은 실수를 저지른 나에게 실소가 나올 지경.

조용히 허벅지를 두드리며 다음 계획에 대해서 떠올리고 있었지만 머리가 점점 더 차가워지기 시작한다.

[이지혜. (0/1)]

거대한 무언가가 위에서부터 나를 덮쳐오는 것 같다. 호흡이 가빠지고 정신이 없다. 눈물은 마르지 않고 자꾸만 매몰되는 것만 같다. 눈 깜빡할 사이에 어두운 곳으로 내리 떨어지는 기분이라 이 짓거리를 멈춰야겠다고 생각할 수밖에 없었다.

'그래. 시바. 이 정도면 만족했겠지. 뭐.'

이 정도면 리액션이면 이지혜 역시 충분히 만족했으리라.

[구란 거 아니까 그냥 일어나. 누나. 진짜. 재미없어. 제발 이런 짓 좀 하지 마. (0/1)]

'지옥에서 보자 소울메이트는 개뿔. 말도 안 되는 소리 하지 마. 진짜.'

[아니, 진짜. 그만 좀 해. 무슨 쌍팔년도도 아니고 이상한 연출 자제 좀 합시다. 진짜. (0/1)]

아직까지도 아무 반응이 없는 모습에 당황스러워서 헛웃음이 나온다.

'이지혜가 여기서 죽어?'

김현성의 가방 쇼핑을 끊는다는 소리보다 더 설득력 없는 소리다. 이토 소우타가 베니고어의 독실한 신자라는 것보다 더 설득력 없다. 담담히 죽음을 받아들이는 모습을 보이는 것 또한 실소가 나온다.

무려 1회차의 가면 쓰레기다. 세상을 완전히 나락으로 빠뜨렸던 빌런 중에 빌런이었고, 항상 본인 빠져나갈 구멍은 기가 막히게 만들어놓았던 쓰레기였다. 외신과 인간의 뒤통수를 때리다 못해 아주 너덜너덜하게 만들어 버린 장본인이 아니었던가.

물론 1회차 이지혜와 2회차 이지혜의 성장 방향이나 목표가 달라 어느 정도는 나비 효과를 받았다고 한들 그래도 가면 쓰레기의 본질은 변하지 않는다. 그녀는 태어날 때부터 가면 쓰레기로 태어났고 겨우 이 정도로 죽을 정도로 멍청하지 않다. 당연히⋯⋯.

'보험을 들어놨겠지.'

나도 그녀에게 숨기는 것이 있듯이 그녀도 나에게 숨기는 것이 있다. 백 퍼센트 장담할 수 있다. 만약 이지혜가 보험을 들어놓지 않았다면 지금 당장 옥상에서 몸을 던져도 상관이 없을 정도였다. 솔직히 걱정스럽지도 않다.

'누나 그렇게 멍청한 사람 아니지 않아?'

애초에 이 쇼에 내가 걸려들 거라고 생각한 것도 우스워. 하려면 조금 제대로 해야지 이게 뭐야. 처음에 시스템이 뚫린 것도 지가 방어막도 풀어버린 거 아니야? 아무리 그래도 그건 아닌가. 뭘 계획하고 있는지는 모르겠는데 빨리 예X 전생 하세요. 진짜. 지옥에서 빨리 살아 돌아오라고 헛소리하지 말고 진짜.

'이거 조혜진 때문 아니야?'

그건 좀 너무했지.

아무리 그래도 그건 너무 설득력 없다. 조혜진한테 뭐 하나 제대로 보여준다고 호언장담하던 목소리가 떠오르기는 했지만 방어 시스템에 일부러 구멍을 내서 적을 안으로 들일 정도로 멍청이는 아니다. 자기 밑천을 보인다는 건 이지혜로서도 환영할 만한 상황이 아닐 테니까.

아마 도미니온스라는 녀석이 방어 시스템을 뚫고 침입할 만한 능력을 가지고 있고, 이지혜가 빠른 판단력으로 시나리오를 짰다는 게 더 설득력 있지 않을까.

'와, 고새를 못 참고 시나리오를 써? 얘도 진짜 놀랍다. 진짜 너무 놀라워.'

"아니, 왜 근데 안 나와."

애초 걱정 따위는 하지 않았지만 아직까지도 다른 액션이 없다.

"아, 진짜 거짓말하지 말고 나오라고. 사람 초조하게 만들지 말고."

아직도 다른 소리가 들려오지 않는다.

"야! 진짜 시바! 하지 말라고! 진짜! 하지 마! 누나!"

새끼손톱 때 정도의 불안감이 살짝 마음을 뒤흔들었을 때였다.

-어휴…….

조용한 목소리가 들려오기 시작한 것.

-좀 속아주지. 오빠도 정말 쓰레기야. 이 정도까지 했는데

조금이라도 불안해하면 어디 덧나나?

　-언, 언니?

　-연수야. 몸으로 받아주겠다고 생각한 건 너무 기특하고 좋은데. 언니 너무 무거워. 조금 떨어질래? 아, 그리고 오빠. 혹시 의심할까 봐 하는 소린데 이거 주작한 거 아니에요. 저도 깜짝 놀랐다니까요. 이런 것까지 주작할 이유도 없으니까 괜한 의심하지 마요. 내가 오빠 같은 줄 아는 건 아니죠? 아, 그나저나 진짜 신기한 비둘기가 다 있네. 이게 뚫릴 수도 있는 상황을 가정하기는 했지만 진짜였을 줄은 누가 알았겠어요? 어떻게 들어왔는지 너무 궁금한데 그건 차근차근히 들어보면 될 것 같고…….

　-언니…… 지금…… 지금 뭐예요?

　-뭐긴, 언니가 연수를 지켜준 거지.

　-언니가 어떻게…….

　-원래 언니 같은 사람은 비밀이 많은 법이야. 그게 더 매력 있잖니. 잠깐 떨어질래? 아니, 너무 떨어지지는 말고 연수도 전투 준비해야지.

　-어? 어? 언니…….

　-사람이라는 게 참 재미있지. 계획이라는 게 꼬이게 마련이야. 세상사 자기 뜻대로 되는 게 하나도 없어요.

　이지혜는 웃었다.

　-저기 아줌마. 왜 여기에 찾아온 줄은 모르겠는데. 당신 실수한 거야.

-역시 그랬군.

의자에 거만하게 앉은 모양새는 어딘가의 높은 양반처럼 보인다. 도미니온스를 내려다보는 모습에 나도 입꼬리를 올리게 된다.

-원래 이런 성격은 아니었는데 험한 세상을 살다 보면 이런 일이 있을 것 같더라고. 원래 나 같은 여자가 그래. 최악의 상황을 가정하고 미끄러질 걸 생각하면 계속, 계속 대비할 수밖에 없잖아. 힘이라는 거 가질 수도 없을 것 같았고 현장에서 뛰는 체질도 아니라 그다지 신경 쓰고 있지는 않았지만 보험을 들어두기를 잘했네. 오빠처럼 주사위를 던져보는 것도 나쁘지 않아.

-언니…….

틀림없이 위에 선 자의 표정이었다. 대충 눈으로 보기에도 자기 자신에게 취한 것이 보일 정도였으니 무슨 말이 더 필요할까.

약간이지만 이지혜의 심정이 이해가 가기도 한다. 끊임없이 위에 올라가고 싶어 하는 그녀의 욕망이 분출되는 순간, 나도 그녀와 같은 것을 느끼고 있다. 그녀는 저 순간을 즐기고 있다. 틀림없이 저런 순간을 위해 위에 서는 것에 집착하고 있다고 장담할 수 있다.

신이라고 불려도 위화감이 없을 정도의 존재를 본인의 밑에서 발이나 핥고 있는 쓰레기로 만들고 있지 않은가. 적어도 눈빛만 보면 그런 것 같다. 넌 그런 표정으로 나를 바라볼 수 없다는 듯, 곧 너는 땅바닥을 기게 될 것이라는 듯, 네가 몇 분 뒤에도 그런 표정을 나에게 보낼 수 있겠냐는 듯한 얼굴로 위대한 존재에게 비웃음을 보내고 있었다.

'패가 좋긴 좋은가 봐.'

그렇게. 1회차의 가면 빌런은 입을 열었다.

-나와도 돼. 로노베.

내 입으로 말하기에는 뭣하지만.

-나의 작고 귀여운 주인님의 뜻대로.

정말로 쓰레기 같은 얼굴이었다.

-구두라도 핥아볼래? 그럼 용서해 줄지도.

"오이오이! 진짜냐구."

-꿇어.

"지혜 누나! 내가 믿고 있었다구! 젠장!"

-내 말이 안 들리는 모양이네.

"도대체 로노베랑은 언제 계약한 거야?"

어떻게 계약했는지도 모르겠지만 어느 정도 개연성은 충족된다고 생각했다. 로노베는 꿈속으로 이지혜를 만나러 갈 수 있었을 테니까.

아마 베니고어와 벨리알이 드잡이질을 하고 있는 도중이 아니었을까. 이전에는 27군단의 만인장이었지만 지금은 당당히 악마 72군주의 한자리를 차지하고 있는 서큐버스 로노베. 아무리 이지혜가 편법을 썼다고 한들 지금의 로노베와 계약하는 것은 불가능하다. 아마 로노베가 군단장의 지위를 얻기 전에 계약했다고 생각하는 편이 더 설득력 있다.

'누나가 고민 많이 했겠는데.'

물론 당시 로노베도 충분히 강력하다고 할 수 있는 존재였겠지만 아무래도 어떤 페널티를 안고 로노베와 계약했다는 사실이 그리 달갑지는 않았을 것이다.

로노베는 어떤 비전을 내세우며 이지혜를 설득했을 테고…… 이지혜는 주사위를 던졌다. 결과적으로는 완벽하게 이득을 보는 계약을 한 셈이다.

누나가 뭘 보고 그녀와 계약을 했었는지는 모르겠지만 로노베는 자신의 가치를 증명했으니까. 군단장의 자리에 자신의 이름을 박아 넣은 것으로 모자라 루시퍼의 총애까지 받고 있지 않은가. 반신반의하는 마음으로 주식을 산 이후 몇 년이 채 지나지 않아 열 배 이상으로 돌려받은 셈이다.

'얼마나 좋아했겠어?'

이지혜가 역겹고 구역질 나는 영혼을 가지고 있다는 건 이미 만인이 알고 있는 사실이라는 걸 떠올려 보면 더욱더 그렇다.

의문점은 어떻게 계약에 필요한 마력을 공급받고 있냐는 것. 이런 상상을 하기는 싫지만 아마 대륙 어느 한구석에 이지혜의 계약을 유지시켜 주는 흑마법 공장이라도 운영되고 있을지도 모르겠다.

사실 별로 파고들고 싶지도 않다. 과정이 뭐가 중요하겠는가. 여기서 중요한 것은 현재 이지혜가 그녀와 계약했다는 사실이고 그게 천장을 뚫을 정도로 떡상했다는 사실뿐이다.

콰아아아아아아아앙!!

하는 소리와 함께 좁은 실내에서는 이미 전투가 진행되고 있다. 하연수가 사막을 처음 본 바다거북 같은 표정으로 주변을 두리번거리고 있었지만 그녀도 자신이 무엇을 해야 할지 잘 이해하고 있다.

이지혜의 옆에 나타난 서큐버스 로노베는 웃으며 팔을 휘둘렀고 이윽고 거대한 검은색의 마력이 도미니온스를 덮친다.

-악마와 계약한 것도 놀랍지만, 정상적으로 계약한 것 또한 아니로군요. 당신 대신 고통받는 인간들은 어디에 있습니까?

-어머. 말이 심하네. 누가 보면 내가 강제로 흑마법사 공장이라도 돌리고 있는 건 아닌지 오해하겠어. 너무 걱정하지 않아도 돼. 나는 노동자들한테는 좋은 대우를 해주는 사장님이거든. 복지도 괜찮고, 편한 삶을 선물해 주고 있으니 따로 걱정하지 않아도…… 우리 직원들 업무 환경은 항상 최상으로 유지시켜 주고 있으니까.

-구역질 나는 인간.

-당신 때문에 우리 직원들 전부 야근하게 생겼는데…… 야근 수당도 나가게 생겼잖아. 저기 자기는 야근 수당 받으면서 일하는 거 맞아? 내 쪽으로 와보는 것도 생각해 봐. 당신 윗대가리보다는 더 잘해줄 자신 있거든. 여러 가지 의미로.

-당신의 말에는 답변하지 않겠습니다. 역시 당신은 사라져야 하는 인간입니다. 악마를 이 대륙에 불러들인다는 게 얼마나 위험한 일인지…….

-내 눈에는 비둘기나 악마나 똑같아. 무기는 어떻게든 쓰게 마련이야. 아, 그런 표정 짓지 마. 로노베 너를 무기로 표현한 게 아니라. 굳이 예를 들자면 그렇다는 거야. 잠깐 동안 혹하기는 했지만⋯⋯. 도미니온스, 너희들 사상이 말도 안 되는 거라는 건 인지하고 있는 거지? 모든 인간은 자신의 자유 의지를 가지고 살아갈 자격이 있다 이거야.

'이 누나 태세 전환 봐.'

-정의의 편에 선 입장에서는 결코 받아들일 수 없는 사상이라 이거지. 하하하하하하! 인간의 존엄성! 네놈들은 그걸 배제하고 있는 거라고. 우리가 정의고 너희들이 악이야. 아니, 내가 정의야. 더 위에 선 자가 정의지. 너도 그걸 알고 있기 때문에 여기 온 거잖아.

-저를 당신처럼 역겨운 인간과 엮지⋯⋯.

-누구나 다 생각은 다른 법 아니겠어?

-당신을 죽이고 고통받는 모든 인간들을 해방시키겠습니다.

-우리 직원들 복지 괜찮다니까 그러네. 진짜 악마가 여기 있었어. 나 죽으면 우리 직원들 전부 실업자 되는데. 한 사람 한 사람의 가정을 지키기 위해서는 싸울 수밖에 없나 봐.

초월자들의 싸움이다.

이제 막 1티어에 들어선 하연수는 감히 끼어들 수도 없는 싸움이었다. 어떻게든 이지혜를 지키는 것이 그녀의 임무다.

도미니온스는 로노베를 배제한 채로 이지혜를 죽이려고 하고 있었지만 그게 뜻대로 될 리 만무했다. 아무리 로노베가 특기가 전투가 아니고, 소환 상태로 내려와 페널티를 안고 있다고 한들, 그녀는 72군단장 중에 하나다. 하위 서열이었지만 등급만 놓고 본다면 신이나 다름이 없다.

'직원들 능력이 부족해서 다운그레이드된 것 같기는 하지만……'

도미니온스를 상대하기에는 충분하다.

어느 쪽이 우세한지는 대충 봐도 보인다. 로노베는 끊임없이 손톱을 휘두르거나 권능을 사용하며 도미니온스를 몰아붙이고 있었고, 그녀는 막아내는 데 여념이 없다.

잠깐잠깐 퓨즈가 걸린 것처럼 멈칫하는 것도 전투를 방해하는 요소 중 하나다. 그 쿨타임이 굉장히 짧기는 했지만 로노베가 그녀의 정신 속으로 침투하고 있다는 걸 말해주는 것만 같았다.

-더러운 것들을 보인다고 하더라도 서는 흔들리지 않습니다.

-그건 두고 봐야 아는 거지. 비둘기.

-그 더러운 입 다물어라. 이 악마야.

'심지어 얘네는 감정도 실린 것 같네.'

싸우는 모습이 꽤나 살벌하다. 여러 가지로 묘사하기 힘들 만큼 살벌하게 싸우고 있는 모습이 보인다. 계속 저 싸움을 구경하고 싶기는 했지만 현재의 상황에서 그런 선택을 할 수 있을 리가 없다.

-이쪽에도 들어오고 있는 것 같은데. 오빠가 잘할 수 있죠?

상황실 하나가 완전히 망가져 버리며 이쪽이 지게 된 부담이 늘어난 것이다.

'이거…… 조금 꼬였는데.'

차희라는 참지 못했는지 다시 한번 케루빔과 드잡이질을 하고 있었고, 수성전도 원활한 방향으로 진행되는 도중이기는 했다.

문제가 있다면 도미니온스와 로노베가 싸우고 있는 지역으로 병력이 집중되고 있다는 것이다. 역겨운 영혼을 가진 인간과 악마가 튀어나왔다는 소식에 비둘기들이 단체로 몰려들고 있는 것만 같다.

원래부터 지리적으로 중요한 거점이었기 때문에 더욱더 내버려 둘 수가 없다. 그나마 위안이 되는 것이 있다면 붉은 용병이 메인으로 자리한 거점이라는 것. 심지어 이지혜 사단도 몇 명 포진되어 있다.

'전부 다 아는 얼굴들이군.'

아마 굳이 내가 아니더라도 충분히 현재 벌어지고 있는 상황에 대처할 수 있지 않을까. 때마침 붉은 용병의 최영기가 시야에 비치기 시작했다.

"영기 씨. 제 말 들려요?"

-네, 들립니다. 이기영 님.

"알고 계시겠지만 현재 그쪽 상황실에 문제가 생겼습니다. 지혜 누나한테 따로 지시를 받을 수 없으니 당분간 전장은 영기 씨가 통제하는 것으로 하겠습니다. 별다른 특이 사항이 없을 때까지는 매뉴얼대로 진행합니다. 적 병력이 몰리고 있으니 따로 지원도 보내 드릴 수 있도록 하겠습니다. 일단은 버티면서 소모전으로."

-네. 이해했습니다. 이기영 님. 실례가 되지 않는다면 혹시 용병여왕님의 상태는 어떤지에 대해 물어도 되겠습니까?

'아, 그거?'

-너라면 이해할 줄 알았다. 붉은 짐승아.

-지랄.

잘하고 있다고 쉽게 이야기할 수 있는 상황은 아니다.

서로 치고받고 싸우고 있는 도중, 붉은색과 파란색이 뒤엉키며 전장 자체를 마비시키고 있는 모습을 뭐라고 설명해야 할지 모르겠다. 양산형 비둘기들도, 아군 진영의 인간들도 이미 자리를 벗어난 지 오래였다.

"현재 케루빔이라는 천사와 전투 중입니다. 상태는 나쁜 것처럼 보이지는 않네요. 전장은 마비 상태가 됐습니다. 제가 잘 체크하고 있으니 걱정하지 않으셔도 됩니다."

-부디 잘 부탁드리겠습니다.

"저야말로요. 특이 사항 있으면 곧바로 연락하셔야 합니다. 제가 지금 눈이 조금 바빠서요."

-네, 너무 무리하지는 않으셨으면 합니다. 건강이…….

"네, 네."

차희라 대 케루빔. 이지혜 대 도미니온스.

'일단 두 마리는 묶어둔 건가?'

이동 능력을 가지고 있다고 판단되는 도미니온스를 완전히 묶었다고 표현할 수 있을지 모르겠지만 최소한 케루빔은 묶어 놨다고 판단해도 될 것 같았다. 어떻게든 녀석과 싸우고 싶어 하는 차희라에게 걸렸으니 당장은 빠져나가기가 힘들다. 전체적으로 상황을 평가해 보자면 좋지도 나쁘지도 않은 상황이었다.

'아니, 이건 나쁘다고 해야 하는 건가.'

예상외의 전력이 사대 천사 중 하나를 묶어놓고 있다는 건 환영할 만한 이야기이기는 했지만 냉정하게 말하면 이지혜는 저 천사에게 묶이는 것보다 전장을 컨트롤할 때 빛을 발한다. 사대 천사를 막을 패들은 어떻게든 만들 수 있지만 이지혜의 컨트롤 능력을 대체할 수 있는 사람은 없다. 물론 붉은 용병의 최영기가 잠깐은 그 역할을 해줄 수 있다고 한들, 그래 봤자 본인이 맡은 작은 구역들에서만 영향력을 발휘하는 수준이 아니던가.

무엇보다 마음에 들지 않는 부분은 이쪽과 함께할 수 있는 파트너를 잠깐이나마 잃어버렸다는 것.

'이게 커.'

이지혜의 부재는 크다.

이기영은 완벽하지 않다. 대가리 하나보다 대가리 두 개가 더 쓸모 있다는 건 기본적인 상식이다. 어떤 결정을 내릴 때 이지혜가 없다는 건 내게는 크게 다가올 수밖에 없었다. 그녀는 내 이해자였고 내가 정말로 원하는 게 뭔지 알고 있었으니까. 전술적인 측면에서 의견을 나눠야 했고 여러 가지 커다란 선택에 대해 짧은 회의를 나눠야 했다.

'지혜 누나 코멘트 없이 가봐야 한다는 거네.'

우리가 녀석을 묶어둔 것이 아니다. 녀석들이 우리를 묶어둔 것일 수도 있다. 갑작스레 그런 가정이 머리를 스치고 지나갔다.

"이 새끼들한테 컨트롤 타워가 있다는 가정은 사실이고."

'이 새끼들이 1회차를 기억하고 있다는 것도 사실이지.'

녀석들이 정말로 가면 쓰레기들에게 뒤통수를 후드려 맞았다면 그 듀오가 가장 커다란 걸림돌이라고 판단했을지도 모른다. 일단 두 명을 떼어놓는 것이 최우선 과제라고 결정을 내리는 것도 어찌 보면 자연스러운 일이다.

'두 가면 쓰레기를 따로 떨어뜨려 놓겠다는 수작인가.'

가면 쓰레기 진청의 업보 때문에 내가 고생하는 형국이 된 것 같기는 했지만…….

'이거 상대 얼굴 한번 보고 싶네.'

굳이 그게 아니더라도 병력을 운용하고 있는 타워의 수준이 높다.

누가 이 병력을 운용하고 있는지 알 수가 없으니 답답해지기까지 한다. 적어도 얼굴이라도 마주 보고 있다면 무슨 생각을 하고 있는지 알 수 있을 텐데.

망원경으로 적의 컨트롤 타워를 찾고는 있었지만 보이는 것이 없다. 이렇게 쉽게 위치를 발견할 수 있을 거라고는 생각하지 않았지만 애초 상정하고 있는 것보다 더 진전이 없다. 게다가.

'허투루 배운 것도 아니야…….'

전장을 운용하는 걸 보면 느껴지는 것이 있다.

'어디에서 병력을 더 빼 오지?'

붉은 용병이 맡고 있는 전선은 지원이 필요하다. 추가 병력을 지원해야 한다는 걸 실감하고 있지만 어디에서 병력을 빼내야 할지는 온전히 내 선택이 달린 문제, 주변 전선에서 적 병력의 움직임이 보인 것은 바로 그때였다.

의도는 뻔하다. 추가 병력을 붉은 용병 쪽에 밀어 넣는 순간 약해진 틈으로 추가 병력을 밀어 넣겠다는 거겠지. 이를테면 수 싸움이다. 유치한 비율 싸움을 해보자는 것처럼 느껴진다. 마치 지혜 누나가 생각날 정도로 깔끔한 운영이었다.

"재미있네. 애초에 너희들이 이런 걸 필요로 할 리가 없잖아."

외신 세력과 천사들이 수준 높은 병법을 구사하고 있다는 건 예상하지 못했던 상황이었다.

애초부터 중력의 영향을 받게 될 거라는 걸 생각했다면 모를까 이 새끼들이 병법과 친한 종족들도 아니었으니까. 1회차 놈들의 컨트롤 타워는 가면 쓰레기 듀오가 아니었던가. 수박 겉핥기식으로 배워서 이런 전술을 운용할 수 있을 리가 없다.

'사대 천사 중 하나.'

허벅지를 툭툭 내려치며 자리에서 일어나자 거대한 책상에 펼쳐져 있는 전장의 모형이 눈에 들어왔다.

천천히 말을 움직이자 병력들이 움직이는 게 눈에 들어온다. 이쪽이 실시간으로 말을 움직이고 있다는 게 제대로 전달이 되기는 했나 보다. 한번 떠보는 식으로 병력을 던져보자 곧바로 적들의 움직임이 변하는 게 눈에 보였다.

'반응 빠르네. 그리고…… 무시해?'

아무 의미 없는 수라는 걸 알고 있는 것 같은 느낌이었다.

아니, 그것뿐만이 아니다.

"하……."

비둘기들이 일사불란하게 움직이는 게 보인다. 정말로 목적이 나와 이지혜를 떨어뜨려 놓는 것이었다는 듯 본격적으로 적 병력 전체가 한 발자국을 내디디고 있다.

적들의 목표물은 아군이 주요 거점들이라고 판단하고 있었던 14개의 거점이었다. 조금만 생각해 보면 중요한 위치라는 것을 누구라도 알 수 있겠지만 사방에 깔아놨던 모든 함정을 배제한 채, 비둘기들은 우리의 약점을 향해 창을 들이밀고 있었다.

"뭐야?"

몇 개의 말을 더 움직여 봤지만…… 아니, 움직이기 전에도 이미 막히고 있다. 적군의 컨트롤 타워는 마치 내 생각을 읽고 있는 것처럼 움직이고 있다. 자존심 상하지만 이쪽보다 수준이 높다.

'완벽해.'

내가 이 전장을 공략하기로 마음먹었다면 녀석과 같은 선택을 했을 것이다. 어쩌면 내가 이상향으로 그리고 있는 그림. 거기에 플러스알파까지 되어 있으니 무슨 말이 더 필요할까. 어울리는 예가 아니라는 건 알고 있지만 마치 거울을 보고 체스를 두는 듯한 느낌이었다.

"이 새끼…… 누구야."

저 멀리서부터 비둘기 하나가 다가오는 것이 시야에 비친다. 녀석이 뭘 하려고 하는지 그 의도를 파악할 수 없었지만 왠지 모르게 알 수 있을 것 같다. 나였다고 하더라도 똑같은 선택을 했을 것이다. 꽉 막힌 전장에 변수를 추가하기에는 이것보다 적절한 수가 없었으니까.

'전술 김현성?'

"정말로 전술 김현성이야?"

적의 컨트롤 타워가 사대 천사를 사용해 전술 김현성을 흉내 내고 있었다.

"이걸 따라 한다고?"

거의 완벽하게 운용하고 있다고 느껴질 정도였다.

의도는 확실했다.

'1인 전술.'

내가 갑자기 멍청이가 된 것이 아니라면 말이다. 꽉 막힌 답답한 전장에 균열을 만들어야 하는 작업은 현재 비둘기들이 가장 필요로 하는 작업이었다. 녀석들의 날개는 완전히 봉인되어 있었고, 거대한 성벽이 아군을 완전히 막고 있는 상황, 정공법으로 공성전을 진행해야 했기 때문에 마치 조이기를 당하는 것처럼 느껴졌을 것이다.

분명히 공격은 본인들이 하는 것 같은데…….

'포위당하고 있는 것 같았지?'

사실 그게 맞다. 애초 성벽의 형태를 북부를 감싸 안을 수 있도록 설계했으니까. 시공에 들어가기 전 이미 수천 번이 넘는 시뮬레이션을 거쳤고, 아군에게 유리하게 싸울 수 있도록 온갖 전문가들과 함께 회의를 진행했다.

북부의 전진 기지와 성벽은 그렇게 만들어진 결과물이다. 1차 성벽이 뚫린다고 하더라도 그 뒤에 다른 전진 기지가 버티고 있는 것은 물론, 정하얀의 마법이 영향력을 끼칠 수 있는 방향까지 철저하게 계산했다.

거기다 하늘 위를 날아다니던 녀석들이 순식간에 땅바닥으로 떨어지기까지 했으니 답답함을 느끼게 되는 것도 무리가 아니라는 거다. 보통 이런 전장에 변수를 가져오는 것은 소위 네임드라고 불리는 영웅들, 물론 네임드라고 하더라고 영향력을 끼칠 수 있는 부분은 한정적이다. 녀석들이 뚫어낼 수 있는 네임드를 보유하고 있다면 우리 측 역시 카운터를 칠 수 있는 네임드를 보유하고 있는 게 당연했으니까.

'그게 아니더라도……'

정말로 전장을 뒤흔들 수 있는 영웅을 찾기는 힘들겠지. 조건은 까다롭다. 전장을 자유롭게 이동할 수 있는 민첩함을 가져야 했고 스스로 판단할 수 있는 경험도 가지고 있어야 했다. 압도적인 무력은 기본적으로 탑재되어 있어야 한다. 그래야 1인 전술로 써먹을 수 있다. 넓은 시야, 빠르게 판단을 내릴 수 있는 두뇌, 변수에 대처할 수 있는 침착함, 여기에 주인공같이 잘생긴 얼굴까지.

마지막은 별로 상관없을지도 모르겠지만 아무튼 이 조건에 부합하는 인재는 김현성밖에 없다고 생각했다. 전장을 휘젓고 있는 한 마리의 비둘기를 목도하기 전까지는 말이다.

-아아아아악!

-적 네임드 출연! 지원이 필요하다. 지원!

-움직일 수 있는 공간을 제한해! 높게 날아오르지 못하게 해!

-아아아아아아악!!

-제기랄! 어디야. 어디냐고!

-뒤, 뒤다. 피해. 피하라고 제기랄!

-그래 봤자. 단신이다. 곧 아군 네임드들이 도착할 거다. 마법으로 방어해. 최대한 버틴다. 탱커들을 앞세우고 사제들을 최우선으로 보호해. 놈은 후방을 노리고 있다. 전력을 깎아 먹게 하지 마.

-왼쪽!

-제길!

-사제! 여기…… 여기 사제!

-이게…… 이게 뭐야. 제기랄…… 이게 뭐냐고!

-이 괴물 새끼! 괴물! 커헉!

-죽어라! 죽…….

빠르다. 내 눈으로도 제대로 따라갈 수 없을 정도로 빠르다. 난전에 빛을 발하는 타입이라고 판단하는 것이 맞다.

애초 평범한 병사가 녀석의 모습을 잡을 수 있을지 없을지 모르겠지만, 만약 놈이 움직이는 걸 캐치할 수 있다고 하더라도 당해낼 수 없을 것이다. 인간의 시야는 한정되어 있으니까.

아군이 밀집되어 있는 상황이라면 더욱더 그렇다. 아군 동료가 시야를 가리게 되는 것은 물론이거니와 놈을 제압할 수 있는 수단 역시 사라진다. 적의 컨트롤 타워는 우리 측 아군 병력을 방패로 삼을 정도로 똑똑하고 녀석이 갈 길을 차근차근 안내해 주고 있었다. 내가 가장 거슬려 하는 방향으로 말이다. 화살을 날릴 수도 없고 마법을 사용할 수도 없다. 말 그대로 양 떼들 사이에 늑대 한 마리를 풀어놓은 격이다.

순식간에 전장이 혼란스러워지는 것은 당연지사. 제대로 공성전에 임할 수 없게 되는 게 자연스러운 일이었다.

놈의 첫 번째 목적은 현장 지휘관을 처리하는 것이었고 녀석은 훌륭하게 자신의 임무를 완수하고 있었다. 짧다면 짧다고 할 수 있는 시간에 벌써 15명이 넘는 야전 지휘관이 목숨을 잃었다. 녀석들은 모두 네임드라면 네임드라고 분류할 수 있는 영웅들.

물론 진짜 네임드와는 비교하는 게 미안할 정도로 하위에 있는 녀석들이었지만 손 한번 써보지 못하고 당할 정도로 멍청한 이들은 아니었다. 자기 자신에게 프라이드를 가지고 있고 실제로 능력을 인정받아 저 자리까지 올라간 놈들이다.

'아무리 그래도. 저렇게 쉽게 당한다고?'

성벽 위의 양 떼들이 혼란스러워하는 것이 보인다. 지금 이게 뭐가 어떻게 된 건지, 무슨 문제가 생긴 건지 당혹스러워하고 있다. 아군 병력이 뭉텅이로 썰려 나가고 있는 마당에 야전 지휘관의 목소리도 들려오지 않고, 심지어 아래에서는 비둘기들이 기어 올라오고 있다. 이것보다 더 공포스러운 상황이 또 어디 있을까.

'안 좋은데.'

균열을 더 벌어지게 만들면 안 된다. 댐에 생긴 구멍처럼 기하급수적으로 넓어질 것이다.

빠르게 녀석을 바라보자 여전히 입술을 꽉 깨문 채로 움직이는 비둘기의 모습이 보였다. 악마의 상징처럼 자리 잡은 찰랑거리는 은발을 가지고 있는 남성형. 복잡한 얼굴로 검을 휘두르며 정신없이 움직이고 있다.

김현성보다는 아니었지만 봐줄 만했고 이야기 속에 나오는 전형적인 용사 같은 얼굴이었다. 녀석은 빠르고 또 빨랐다. 그 중에서도 가장 인상적이었던 것은 녀석의 움직임이 무척 익숙해 보였다는 것이었다.

'처음이 아닌데.'

1인 전술로 사용된 것이 처음이 아니다.

'도대체 언제?'

외신&비둘기 세력은 차원을 떠돌아다니고 있었다.

'1회차?'

어쩌면 녀석은 1회차 때 1인 전술을 경험했는지도 모르겠다. 물론 가정일 뿐이었지만 왠지 모르게 그런 것 같은 느낌이 든다.

"쓰로누스?"

1회차 가면 쓰레기는 녀석이 1인 전술을 사용하기에 적절한 천사라고 판단했다. 너무나도 위화감이 없다. 조금 과장이 섞인 발언이었지만 수백, 수천 번을 움직여 본 것 같은 느낌이었다. 컨트롤 타워에서 내려오고 있는 지시를 완벽하게 이해하고 있었고, 본인의 역할이 무엇인지 완벽하게 인지하고 있다.

확신할 수 있다. 놈은…….

"1회차를 통해서 학습한 거야."

쓰로누스도 쓰로누스지만 녀석을 부리고 있는 컨트롤 타워의 존재에 대한 궁금증도 생겨난다. 가면 쓰레기는 없다. 녀석은 이미 죽었고 세상에 존재하지 않는 사람이다. 이토록 자연스럽게 쓰로누스를 사용할 수 있는 걸 내가 어떻게 받아들여야 할까.

'천사 중 한 명이 1회차 가면 쓰레기를 보고 배운 거라고 봐야 되나?'

아니면.

'가면 쓰레기가 지옥에서 살아 돌아오기라도 했나?'

뭐가 됐든 최우선 사항은 녀석을 막아야 한다는 것. 곧바로 전술 김현성이라도 등판시켜 놈을 제압하는 것이 좋지 않을까? 아니면 조금 더 숨기는 게 좋을까?

'아끼다 똥 돼.'

일단은 등판시키는 것이 옳다. 망원경으로 김현성을 바라보자 성벽에 자리를 잡는 녀석의 모습이 시야에 비쳤다.

불현듯 '엿이나 먹으라지'라고 외친 삐뚤어진 현성이가 생각나기는 했지만 컨디션 자체는 나쁘지 않아 보인다.

'이거 괜찮은 건가?'

얘 이거 정신적으로 문제 생긴 거 아닌가. 제대로 임무 수행할 수 있는 건 맞지?

살짝 의욕이 떨어진 것 같기도 했지만 무난하다고 표현해도 위화감이 없을 것 같은 모습을 보여주고 있기는 하다.

심경이 복잡한 것과 전투에 참여하는 것은 전혀 다르다고 생각하면 이대로 보내고 싶기는 했지만, 김현성이 의외로 멘탈이 약하다는 걸 떠올려 보면 조금 걱정되기도 한다. 외신을 상대해야 하는 우리 소중한 현성이가 혹시나 결전을 앞두고 다치면 어떻게 하나. 평소라면 하지 않을 걱정이었지만 그만큼 은발의 악마가 보여주는 모습이 인상적이었다.

김현성이 천천히 날개를 펼친 것은 바로 그때. 조용히 쓰로 누스를 바라보던 녀석이 천천히 몸을 움직이기 시작했다. 분명히 다른 오더가 있기 전까지는 대기하고 있으라는 명령을 전달했던 기억이 있다.

드디어 김현성과 내 마음이 통한 걸까 싶기도 했지만 그게 아니라는 것을 깨닫는 데에는 그리 오랜 시간이 걸리지 않았다.

'이 새끼…….'

그냥 지 하고 싶은 대로 움직여야겠다고 마음이라도 먹었나 보다.

"현성 씨?"

-가서 막겠습니다.

"네. 좋네요. 그럼 지시 사항을 계속해서 전달해 드릴 테니."

-괜찮습니다. 기영 씨.

'이 새끼 이럴 줄 알고 있기는 했는데.'

왠지 불안하더라니.

-저자는 이전에도 상대해 본 적이 있습니다. 제 손으로 직접 죽인 적도 있고요.

'아, 그게 쟤였어? 근데 지금은 조금 다른 것 같은데…… 쟤한테 머리 하나 더 붙어 있어. 현성아.'

-기영 씨에게 부담을 드리고 싶지는 않습니다.

'네가 다치면 형이 더 부담스러워지는데.'

-뭘 걱정하고 계시는지는 알고 있습니다. 하지만 너무 걱정하지 않으셔도 됩니다. 저도…… 강해졌으니까요. 다른 전장을 보시면서 저까지 따로 봐주신다는 건…… 네. 너무 기영 씨를 힘들게 하는 일입니다.

"아니, 그건……."

-제가 짐을 들어준다는 걸 믿고 있다고 말씀하시지 않으셨습니까. 짐을 들어드리기는커녕 부담을 얹어드릴 수는 없습니다. 부디…….

'아니야. 현성아. 너 발릴 것 같아. 왠지 불안하단 말이야.'

쓰로누스 하나라면 모르겠지만 쟤 위에 있는 애가 진짜 신경 쓰인다고.

-잠깐 연결을 끊겠습니다. 그럼. 다녀오겠습니다. 기영 씨.

"잠, 잠깐!"

뚝.

하는 소리와 함께 연결이 끊긴 것이 보인다. 물론 내게는 김현성에게 메시지를 보낼 수단이 존재하기는 하지만 이 새끼의 각오가 새삼스레 당황스럽다.

'뭐야, 시바. 너 지금 형 깐 거야?'

중2병에 걸렸다는 건 이미 알고 있었지만 걸려도 단단히 걸린 것 같은 모습에는 실소가 나올 지경, 너무 어처구니가 없어 웃음도 나오지 않았다.

'일단 지켜봐야 하는 건가?'

김현성이 혼자 잘해낼 수 있을지 없을지 지켜보고 판단을 내려야 하나?

'아니, 걱정할 필요가 있어? 사랑스러운 회귀자 김현성인데? 1회차 때도 쓰로누스 1킬 성공했다잖아.'

우리 현성이 날개 달고 욜라 세졌잖아.

'지켜보자.'

일단은 지켜보자.

혼자 고개를 끄덕이기가 무섭게 검은색의 날개가 펄럭인다. 갓 태어난 새처럼 아직 제대로 날지도 못하는 나와는 반대로 김현성은 이미 날개를 다루는 것에 익숙하다.

검은색의 빛이 순식간에 하늘을 가로지르고 거대한 마력이 녀석의 주위를 감싸 안기 시작했다.

신이라도 단칼에 베어낼 수 있는 모습에는 소름이 돋는다. '저래야 우리 회귀자지'라는 생각이 머릿속을 스쳤지만 점점 더 커지는 환호성 때문에 김현성의 모습을 제대로 감상할 시간이 없었다.

아군 병력이 김현성이 오고 있다는 걸 알고 환호를 보내고 있는 도중이니 쓰로누스 역시 김현성이 자신에게 향하고 있다는 걸 알고 있을 것이다.

예상했던 그대로. 일반 검보다 두 배는 더 길 것 같은 검을 든 쓰로누스는 천천히 하늘을 올려다보기 시작했다.

'김현성은 얘가 1회차를 기억한다는 사실을 알고 있나.'

이것도 전하는 게 좋겠지? 아니, 어쩌면 김현성 스스로도 알게 될 것이다. 예전에 싸운 적이 있었던 적이 오랜만에 만나 한마디도 주고받지 않을 리 없을 테니까.

예상했던 대로 은발의 악마가 입을 여는 것이 보였다. 냉정한 녀석이라고 생각했던 것도 잠시, 김현성의 모습에 순식간에 얼굴을 구기는 모습이 보인다. 손은 부들부들 떨리고 있었고, 믿을 수 없다는 듯이 머리를 감싸 쥐는 것이 보였다.

루시퍼와 계약을 맺은 흑화 김현성에게 분노를 보내는 것일까. 어쩌면 내 생각이 맞을지도 모르겠다. 저 비둘기가 보기에도 1회차의 김현성은 올곧은 사람이었을 테니까.

하지만 들려오는 목소리는 내 예상을 완전히 넘어서고 있었다.

-너였구나.

-…….

-네가 원인이었어. 언제부터 악마와 계약을 한 거지?

-…….

-이전부터였나? 그는…… 그 역시 네 꾐에 넘어간 것이냐.

아니, 물어볼 필요도 없겠군. 그 모습처럼 가장 확실한 증거도 없을 테니. 무언가 이상하다고 생각했었다. 그가 그런 선택을 할 리가 없지. 다른 동지들은 모두 우리가 배신당했다고 말했지만 역시 내가 틀리지 않았던 거야. 그가…… 그가 우리를 배신할 리가 없어. 나의 이해자, 내 소중한 친우가 나를 배신하고 죽일 리가 없었어. 역시 그랬던 거야.

-무슨…….

-대답해라! 김현성! 이 더러운 기만자야! 네가 그를 타락시킨 것이냐고 물었다!

'이 새끼는 도대체 무슨 미친 소리를 하는 거야. 누가 네 이해자고 네 친우였는데?'

가장 먼저 시야에 비친 것은 김현성의 당황한 것 같은 얼굴이었다. 도대체 무슨 개소리를 지껄이고 있는지 이해가 되지 않는다는 표정이 눈에 보인다. 내가 김현성이었어도 어처구니없다는 반응을 보였을 것이다.

'타락? 친우? 이해자? 악마와의 계약?'

무슨 개소리를 하는지 모르겠다. 김현성은 1회차에 악마와 계약한 적이 없었다. 루시퍼와 계약한 것은 이번 회차가 처음이었고 그마저도 라파엘 사태가 아니었더라면 계약하지 않았을 것이다. 녀석은 올곧은 영혼을 가지고 있었으니까.

1회차에는 특히 그랬을 거라고 생각했다.

'오해하고 있는 것 같기는 한데.'

자세한 사정을 알 방법은 없었지만 녀석이 뭔가 단단히 오해하고 있는 것 같은 느낌.

물론 김현성의 입장에서는 굳이 귀 기울여 들어볼 필요가 없는 소리처럼 느껴졌을 것이다. 잔뜩 흥분한 채로 이해할 수 없는 말을 지껄이는 놈에게 어떻게 귀를 기울일 수가 있을까. 애초에 적이기도 했고 정상적으로 보이지도 않았으니 미친놈이 미친 소리를 지껄이는구나 정도로 받아들이는 것 같았다.

한 가지 확실하게 할 수 있는 것은 쓰로누스가 자신을 기억하고 있다는 것 정도가 아닐까 싶다. 김현성의 표정이 서서히 굳어가는 것이 보이기 시작했다. 외신 세력이 1회차를 기억하고 있다는 것을 깨달은 게 분명하리라.

김현성은 조용히 입을 열었다. 많은 대화를 할 것 같지는 않았지만 1회차 자신의 반대편에 있던 녀석을 바라보니 생각이 많아진 모양이다.

-기억하고 있는 건가. 쓰로누스.

뭐 대화를 시도한다고 하더라도 딱 이 정도겠지.

'일단 카리스마 먹어주고요.'

-그렇다면 어떻게 할 생각이냐. 이 더러운 기만자여.

-해야 하는 것은 변함이 없다. 너는 죽을 것이다. 이전에 그랬던 것처럼.

'우리 현성이 싸늘하네. 1회차에는 그랬어?'

-나는 모든 걸 기억하고 있다. 죽지도 않고 이렇게 살아 있지. 더러운 기만자. 내 질문에 대답해라. 김현성. 그는 어디에 있지?

-······.

-그는 어디에 있냐고 물었다.

라파엘을 바라보는 표정과 유사하기는 했지만 그것과는 조금 다르다. 정말로 오래된 적을 바라보는 것 같은 느낌이었다. 서로가 서로를 그런 식으로 바라보고 있으니 무슨 말이 더 필요할까. 실제로도 정적이었을 것이다.

1회차에 있었던 전쟁은 무척이나 길었다. 매번 전투가 벌어질 때마다 각 진영의 중심이었던 그들은 서로를 향해 검을 들이밀었을 거라는 건 눈으로 확인하지 않아도 그려진다.

결국 최후의 승자는 김현성으로 결정됐지만 그 과정에는 무척이나 많은 일이 있었을 거라 장담할 수 있다.

'지독한 인연이라고 봐도 되는 건가?'

-…….

-모르는 척하지 마라! 역겨운 악마의 하수인아. 네 검은 날개가 말해주고 있다. 네놈이었어. 모든 원흉이 바로 네놈이었단 말이다.

-못 본 사이에 머저리가 됐군.

김현성의 말대로 정말로 머저리처럼 행동하고 있다.

-닥쳐. 세라핌.

-뭐?

-입 다물어라. 세라핌.

-…….

-다시 한번 생각해 볼 필요가 있다. 세라핌. 네 눈에도 이 더러운 기만자의 모습이…… 아니, 아니야. 네 생각이 틀려. 세라

핌. 그는 우리를 믿어줬어. 우리도 그를 믿어줘야만 해. 그가 고통받고 있을지도 몰라. 끔찍한 꼴을 당하고 있을지도 모른 다고. 아직도 그가 배신했다고 생각하는 건 아니겠지? 저 기만 자의 모습을 보고도 그런 생각을…….

-…….

'갑자기 웬 또라이 새끼가 나와서…….'

이제는 혼잣말을 하는 모습이 가관이다. 눈을 보니 제대로 알겠다. 이 새끼는 제정신이 아니다. 무슨 알콜 중독자 같은 눈을 하고 있지 않은가.

-어떻게 네가 그런 말을 할 수 있는 것이냐, 세라핌! 그와 함 께하고 싶다고 말한 것은 너였다. 그를 그렇게나 따르던 네가 어떻게…… 어떻게…… 그런 말을…….

정황상 세라핌이라는 비둘기와 대화를 나누는 것 정도는 알 수 있었지만…….

'1인 전술은 세라핌을 통해서 하는 건가?'

점점 더 험악해지는 분위기 때문에 제대로 집중을 할 수가 없다.

-제정신이 아닌 것은 내가 아니라 너다, 세라핌. 너야말로 직 시해야 할 것을 직시하지 못하고 있어! 다시 한번 그 입을 놀 린다면…….

'뭐야. 이 새끼 왜 이래. 무서워. 현성아 형 지켜줄 거지?'

-네가 하지 않겠다면…… 혼자서라도 되찾을 것이다. 혼자 서라도!

미친 비둘기가 쇄도하며 김현성을 향해 검을 내뻗는 것은 순식간이다. 약 먹을 때가 된 녀석의 갑작스러운 발작에 김현성도 조금 긴장했는지 검을 꺼내 들었다.

은색과 검은색이 서로를 향해 검을 겨누는 것이 눈에 보인다.

-김현성!!

-쓰로누스!!

소년 만화처럼 서로의 이름을 부르며 검을 부딪치는 장면은 사진으로 한 장 찍어놓고 싶기는 했지만 갑작스레 전환되는 장면에 머리를 부여잡을 수밖에 없었다.

콰아아아아아아앙!

굉음이 들려오고 빛이 퍼져 나간 직후에 정신이 뒤흔들린다.

'또?'

또야?

이지혜의 마지막 기억을 봤을 때처럼 다른 곳으로 빨려 들어가는 듯한 감각이 온몸에 스며든다. 눈 깜빡할 사이에 시야가 전환된다.

찰나였지만 긴 시간처럼 느껴지는 감각이 사라진 이후, 시야에 비치는 것은 이미 한 차례 전쟁이 끝난 것만 같이 느껴지는 장소였다.

폐허가 되어 쓰러진 건물에 앉아 있었던 인형은 가면을 쓴 남자와 방금까지 보고 있었던 쓰로누스.

이건 1회차의 기억이다.

'아니 뭐 볼 게 있다고 또 보여주고 난리야.'

머리가 지끈거리기 시작했지만 중간에 끊을 수가 없는 것이 문제, 이미 뇌 속에서 상영을 시작한 파노라마는 계속해서 내 눈과 머릿속으로 흘러들어 오고 있었다.

"어째서…… 나를 선택한 거지."

"선택이랄 게 있겠습니까. 그저……."

"그런 걸 묻는 것이 아니라는 걸 알고 있지 않느냐. 내가 궁금한 것은 어째서 나를 쓰기로 마음 먹었는지에 대해서다. 나는 세라핌이나 케루빔처럼 압도적인 무력을 가지고 있는 것이 아니다. 운이 좋아 권좌에 올라왔지만 도미니온스처럼 똑똑하지도 않지. 빠른 날개가 있다고 한들, 그것뿐이야."

"……."

"심성은 유약하기 짝이 없지. 나는 아직도 인간을 죽이는 것이 마음에 들지 않는다. 전쟁 역시 마찬가지다. 커다란 뜻을 품고 있다고 한들, 파괴와 폭력은 우리와 어울리지 않아. 물론 어쩔 수 없는 일이라는 것은 알고 있다."

"……."

"반드시 이뤄야 할 일이라는 것 역시 알고 있어. 우리는 그렇게 태어났으니까. 하지만 마음 한구석이 무거워지는 것은…… 도저히."

"쓰로누스 님은 약하지 않습니다."

"아니…… 나는……."

"쓰로누스 님은 결코 약하지 않아요. 케루빔 님, 아니, 어쩌면 세라핌 님보다 더욱더 강해지실 수 있으실 겁니다."

"하지만."

"쓰로누스 님은 어째서 인간을 사랑하십니까."

"우리는 모든 것을 사랑하도록……."

"어째서 인간을 그리 아끼시는 건지 묻고 싶습니다."

"……."

"……."

"생각…… 생각해 본 적은 없지만……."

"네."

"별."

"네?"

"인간은 저 밤하늘에 별과 같으니까."

잠깐 동안 손발이 오그라드는 것 같은 느낌이 들었지만 알 콜 중독 비둘기의 표정은 진지했다.

'도대체 이건 뭐야?'

거짓 하나 없는 진심으로 저런 대사를 내뱉을 수 있는 게 신기할 지경이다. 괜스레 시야를 돌리고 싶어졌을 때 다시 한번 입을 여는 놈의 모습이 눈에 보였다.

"그래. 그런 표현이 어울릴 것 같다. 인간은 밤하늘의 별 같아. 그들은 빛나고 있다. 내가 말주변이 없어 설명을 못 하겠지만 그들은 항상 빛나고 있어. 인간의 가능성은 무한대로 열려 있다. 그 가능성이 바로 그들이 자리한 우주야. 그들은 그렇게 각기 다른 방식으로 도화지를 빛내고 있지. 하핫. 물론 그 빛이 꺼지기도 하고 너무 커다란 빛이 주변의 다른 별들의 빛을 바라게 만들기는 하지만 그것 또한 아름답다."

"……."

"그 모든 것이 아름답다."

"네."

"나는 같은 크기로 빛나는 별들을 본 적이 없다. 그들의 개성 역시 아름다워. 어떤 별은 크게 빛나고 또 어떤 별들은 작게 빛난다. 각기 다른 빛을 비추며 밤하늘을 밝게 비추고 있다. 그래. 나는 그들의 개성이 아름답다고 생각한다. 스스로 빛날 수 있는 그 능력이 아름답다고 생각해. 커다란 가능성에 그림을 그릴 수 있는 그들의 모습이 멋지다고 생각한다. 그들 자체가 아름답다고 생각한다."

"……."

"내 대답이 이상했나?"

"아닙니다. 딱 쓰로누스 님에게 어울리는 말이라고 생각해서 말입니다. 잠깐 웃음이 나왔습니다."

"나를 비웃은 것은……."

"절대로 아닙니다. 제가 어떻게 쓰로누스 님을 비웃을 수 있겠습니까. 아까 어째서 자신을 선택했는지 물어보지 않으셨습니까."

"그렇다."

"그건……."

"그건?"

"쓰로누스 님이 인간과 닮았기 때문입니다."

"……"

"기분 나쁘라고 드리는 말씀이 아닙니다. 쓰로누스 님이 하신 말씀 그대로입니다. 제게는 쓰로누스 님이 저 하늘에 빛나는 별 중에 하나로 보입니다. 인간은 유약합니다. 제가 인간이기 때문에 아주 잘 알고 있습니다."

"……"

"때문에 고민합니다. 문제에 대해 괴로워하고 끊임없이 생각합니다. 이게 옳은 것인지, 틀린 것인지 생각에 빠집니다. 덕분에 그들은 옳은 선택을 하기도 하고 그른 선택을 하기도 하죠. 하지만 그렇기 때문에……"

"……"

"그렇기 때문에 빛날 수 있는 거라고 생각합니다."

"……"

"불완전한 존재이기 때문에, 수많은 시행착오를 겪고 있기 때문에, 후회하고 괴로워하며, 매일 같이 고뇌에 빠지기 때문에, 누구는 이전의 일을 되돌리고 싶어서, 누구는 같은 실수를 반복하고 싶지 않아서, 끊임없이 다음을 준비합니다. 그게 바로 그들이 빛날 수 있는 이유입니다."

"그런가."

"그런 면에서…… 닮았다는 생각이 들었습니다. 쓰로누스 님은 인간들처럼 고민하고 후회합니다. 걱정하고, 별것 아닌 것들 때문에 깊은 생각에 빠집니다. 이런 질문을 제게 던진 것처럼 말입니다. 그렇게 스스로에게 질문을 던지는 쓰로누스 님을 볼 때마다 항상 생각했었습니다. 쓰로누스 님은 빛날 수 있다고, 더 강해질 수 있고, 더 성장할 수 있다고, 다른 천사님들보다 더 욱더 높게 떠 있을 수 있다고 말입니다. 그게 제가 쓰로누스 님을 선택한 이유입니다. 쓰로누스 님은 결코 약하지 않습니다. 오히려 제가 본 모든 이들을 통틀어 제일 강하신 분입니다."

"과, 과찬이로군. 그대의 말은…… 나를 부끄럽게……."

"거짓 하나 없는 진심입니다. 쓰로누스 님."

"부끄럽게 만들어."

"……."

"인간, 그 가면은 벗지 않는 건가?"

"추한 얼굴입니다. 누군가에게 보이기에는 부끄러운 얼굴입니다. 말씀드리지 않았습니까. 가면을 벗는 일은 없을 거라고요."

"하지만……."

천천히 녀석이 가면으로 손을 뻗는 것이 보인다. 가면 쓰레기는 굳이 그 손을 피하지 않는다. 절대로 자신의 가면을 벗기지 못할 거라고 생각하고 있는 것 같다.

예상했던 것처럼 중간에 주저하는 은발 비둘기의 모습이 눈에 보였다. 결국에는 완전히 뻗지 못한 손을 내려놓는 모습.

천천히 자리에서 일어난 녀석은 괜스레 앉아 있는 가면 남을 바라보기 시작했다. 그에 응답하듯 가면 쓰레기의 가면 사이로 쓰레기 같은 목소리가 흘러나왔다.

"밤하늘의 별. 쓰로누스 님의 말을 듣고 보니 정말로 멋진 풍경이로군요."

'이 쓰레기 새끼…… 이빨 터는 거 봐.'

"다음에도 함께 바라볼 수 있다면 좋겠습니다."

어디에선가 많이 본 것만 같은 레퍼토리였다.

"그래, 그랬으면 좋겠군. 진심으로 말이다."

"……."

"밤하늘의 별…… 그래. 다시 함께."

잘 기억은 나지 않았지만 말이다.

곧 귀를 찢을 것 같은 굉음이 들려오기 시작했다.

'시바. 도대체 뭔데.'

어째서 1회차 가면 쓰레기의 이야기를 계속해서 내게 보여 주는 것인지는 알 수 없었다. 계속해서 머리가 핑 도는 것 같은 감각이 혼란스럽다.

똑바로 눈을 떠 김현성과 쓰로누스를 바라봤지만 마치 화면이 섞이는 것만 같다. 계속해서 검을 휘두르는 김현성과 그걸 막아내는 알콜 중독 비둘기. 사방이 전부 다 터져 나가고 있는 모습에 주변의 지형지물들이 형태를 잃어가고 있는 게 시야에 비쳐왔다.

문제가 있다면 구별할 수 없었다는 것.

'이게 뭐야. 지금은 2회차인 건가?'

아니.

'방금 전에 1회차로 전환된 것 같은데? 다시 2회차?'

뭐가 1회차고 뭐가 2회차인지 구분할 수가 없다. 그만큼 연속적인 장면들이 뇌에 전달되고 있다.

이건 같은 장면이라고 판단해도 되지 않을까. 저 둘은 1회차에서도 같은 싸움을 했을 테니까. 1회차와 2회차를 구별할 수 있는 것은 김현성 등 뒤에 달린 날개 말고는 없다. 그마저도 계속해서 겹쳐 보이는 마당에 뭐라 코멘트를 내리기가 힘들었다.

하지만 그들이 얼마나 이질적인 무력을 가졌는지는 똑똑히 보인다.

'강해.'

1회차 김현성은 강하다.

'어떻게 저럴 수 있는 거지?'

루시퍼의 힘을 받아들이지 않은 상태로도 비슷한 움직임을 선보이고 있지 않은가. 오히려 더 빠르게 느껴질 정도였으니 무슨 말이 더 필요할까.

무척이나 잘 만들어진 한 자루의 검. 1회차의 김현성은 그것을 떠올리게 했다. 거추장스러운 날개나 어두운 힘 없이도 녀석은 사대 천사라고 불리는 이들 중에 하나와 당당히 맞서고 있었다.

그런 김현성과 검을 부딪치고 있는 알콜 중독 비둘기 역시 만만치 않기는 마찬가지였다.

'쓰로누스가 사대 천사 중에 가장 약하다고?'

말도 안 되는 소리. 적어도 내 눈으로 보기에는 그렇게 느껴진다. 녀석은 강하다. 김현성과 비견될 정도로 경지에 올라가 있는 검술, 아니, 그 이상이라고 느껴지기까지 한다. 불편하게 느껴지지 않을까 걱정되는 기다란 검을 다루는 솜씨는 경지에 올라 있다. 확실히 보통 천사와는 다르다는 것이 느껴진다.

본인이 가지고 있는 힘으로 차희라를 상대하는 케루빔이나 이지혜를 상대하고 있는 도미니온스와는 다르다. 녀석이 사용하고 있는 것은 틀림없이 인간의 기술이었다. 누군가에게 배운 적도 없었으니 본인이 직접 체득했을 것이다. 경험으로, 눈대중으로 인간을 동경했던 녀석은 인간의 기술을 훔쳐 배워 경지에 올라섰다.

지금 보고 있는 1회차의 광경은 아마 녀석이 성장한 이후였을 거라고 생각했다.

콰아아아아아아아앙!!! 콰드드드득! 콰직!!

두 사람은 대화를 나누지 않는다. 1회차에서도 2회차에서도 말이다. 이빨을 털면서 상대방을 도발해 정신을 뒤흔들 만도 하건만 이 새끼들은 그저 검을 부딪치고 있을 뿐이었다.

나였다면 실컷 털었을 텐데. 뭐 경지에 오른 검사들끼리는 검만 부딪쳐도 서로의 마음을 알 수 있는 그런 거라도 하고 있는지 모르겠지만, 녀석들은 계속해서 긴 싸움을 이어나가고 있었다.

밀어붙이고 있는 것은 쓰로누스 쪽.

'현성이가 밀리나?'

완전히 1회차로 전환된 화면 속에서 점점 더 얼굴이 굳어가는 김현성의 표정이 시야에 들어왔다. 쓰로누스가 새로운 검술을 선보인 이후였다.

물론 나는 저 새끼가 무슨 짓을 하는지 모른다. 어떤 검술을 펼치는지도 모르고 도대체 무슨 짓거리를 하는지도 모른다. 그럼에도 불구하고 내가 알아차릴 수 있었던 이유는 다른 게 아니었다. 말 그대로 이미지가 그려졌기 때문이다. 마치 별들이 쏟아지는 것만 같다. 제대로 알아볼 수 없지만 느낌이 그랬다.

당연히 김현성은 막아내기 급급해하는 중, 결국에는 몸을 뒤로 빼 한 차례 숨을 고르려고 했지만 알콜 비둘기가 그걸 가만히 내버려 둘 리 만무. 녀석들이 사용하는 전장이 넓어지는 것도 당연한 수순이었다.

두 녀석이 검을 휘두르는 것만으로도 지형이 변한다. 아마 전과 후를 보여준다면 대부분의 갤러리들이 믿을 수 없다는 반응을 보여줄 것이다. 검을 한 번 휘두르는 것만으로도 나무들이 뭉텅이로 잘려 나가고, 튕겨 나가는 김현성은 폐건물을 몇 번이나 뚫고 나가 벽에 부딪힌다.

콰아아아아아아아아앙!!

얼굴을 가격당한 쓰로누스는 폐허가 된 도시로 튕겨 나가고 그들의 무대는 근처의 숲으로 뒤바뀐다.

"으아아아아아아아아!!"

점점 더 피투성이가 되고 있다. 천사에게도 혈액이 흐르는지, 녀석의 얼굴 역시 붉은색으로 뒤덮여 있다.

김현성은 왼손이 불편해 보인다. 온몸은 이미 넝마가 되어 있다. 그들의 모습은 처절해 보이기까지 하다. 말 그대로 처절한 사투였다.

조금 이상했던 것은 쓰로누스의 몸이 계속해서 삐걱거리고 있었다는 것. 올바른 표현인지는 모르겠다. 하지만 마치 버퍼링이 걸린 것 같은 모습이 눈에 보인다. 조금씩 아주 조금씩 변하고 있어 위화감을 느끼지 못했지만 녀석의 움직임이 변하고 있었다. 무척이나 안 좋은 쪽으로 말이다.

뭐라고 설명을 해야 할지 모르겠다. 하지만 녀석이 무리하고 있다는 것은 보인다. 충분히 유리한 상황이었는데도 불구하고 자꾸만 무리한 공격을 이어나간다.

'뭐지?'

김현성의 검이 녀석의 심장을 꿰뚫은 것은 바로 그때였다. 거대한 싸움의 끝은 예고 없이 찾아왔고 녀석은 그 자리에서 바로 허물어져 버렸다.

사랑스러운 회귀자 김현성의 승리였다. 검으로 놈의 심장을 꿰뚫은 김현성 역시 이미 한계를 맞은 상황, 계속해서 숨을 헐떡이고 있는 김현성의 눈에 성취감은 없다. 남아 있는 것은 지독히도 힘들었고 길었던 이 싸움을 끝냈다는 안도의 감정이었다.

"하아…… 하아…… 하아……."

김현성 역시 옆으로 쓰러진다. 다시 일어나 발걸음을 옮기지만 몇 걸음 가지 못해 옆으로 풀썩 쓰러져 버렸다.

가면을 쓴 남자가 모습을 드러낸 것은 시간이 얼마 지나지 않은 시점이었다. 녀석은 심장에 검이 박힌 채 죽어가는 쓰로누스의 앞에 서 있다.

멍하니 하늘을 바라보며 죽어가는 녀석의 옆에 서서 의미를 알 수 없는 눈빛을 보내고 있었다. 작은 목소리가 들려온 것은 바로 그때였다.

"……이렇게 죽는…… 건가."

"쓰로누스 님."

"이게 내 마지막이었구나."

"쓰로누스 님……."

"이게…… 내 마지막이었어. 끝이 있을 거라고는 생각하지 못했다."

"……."

"죽음에 대해서도 많은 생각을 해본 적이 없었다. 태어나고 사라지는 것에 의미를 부여하지 않았으니까. 우리는 그것에 대해 생각하지 않게 태어났으니 말이다. 하지만 아쉽구나."

"……."

"하지만 아쉬워. 네가, 아니, 우리가 그렸던 세상을 함께 볼 수 없다는 게 아쉽다. 약속을 지키지 못해 아쉽고 이렇게 사라진다는 게 아쉽고 무섭구나."

"……."

"네 잘못이 아니다. 내가 패배하고 죽어가는 것은 네 잘못이 아니야. 네 지시는 언제나처럼 곧았다. 내가 패배한 것은 네 지시를 수행하지 못한 내 탓이다. 가능할 거라고 생각했었지만…… 네 기대를 충족시킬 수는 없었……."

"푸…… 푸흡."

"없었던……."

"푸……푸흐하하하핫."

"……"

"푸흐하하하하하하헤헤핫!"

"뭐?"

"비웅신. 푸하하핫! 멍청한 새끼."

"지금……."

"아직도 모르겠어? 이 멍청한 비둘기야. 그렇게 눈치가 없어서 어떻게 하나 몰라. 이러니까 다른 비둘기한테 아둔하다는 소리나 듣지."

"너……."

"정말로 일이 어떻게 된 건지 감이 안 와? 비둘기 새끼야. 미안해할 필요도 없고 사과할 필요도 없어요. 이게 내가 바라던 상황이었으니까. 오히려 감사할 따름입니다. 쓰로누스 님. 너는 훌륭히 임무를 완수했거든. 좋은 배역으로 좋은 마무리를 하게 된 거야."

"지금 무슨 소리를…… 하는……."

"내가 너를 죽인 거야. 이 아둔한 비둘기야. 김현성이 너를 죽인 게 아니라 내가 너를 죽인 거라고."

"……"

"나는 처음부터 네가 이기길 바란 적이 없어. 쓰로누스. 넌 여기서 죽어야 했으니까. 너는 처음부터 끝까지 죽기 위해서 내 지시를 기다려 왔던 거야. 무슨 말인지 이해돼? 김현성의 품 안으로 뛰어들라고 지시했던 건 네가 검에 찔려 뒈지길 바랐기 때문이라고. 푸하핫!"

"무슨 말을…… 하는 것이…… 콜록. 콜록."

"이렇게 잘 설명해 줬는데도 알아듣지 못하는 거 보면 너도 참 멍청한 놈이다. 쓰로누스. 내가 처음부터 너를 선택했을 리가 없잖아. 병신아. 냄새나는 비둘기한테, 퉤, 정말로 맡길 거라고 생각했어?"

"너…… 너……."

"내가 선택한 건 여기 있는 이자야. 훌륭히 자신의 과업을 달성하고 지쳐 쓰러져 버린 영웅 말이야. 이겨내지 못한 자. 희생을 등에 업은 자. 깨달은 자. 실패한 영웅 김현성. 크으…… 좋은 울림이야. 그렇지 않아? 실패한 영웅 김현성! 모든 짐을 짊어진 영웅 김현성. 세상을 바꾸는 건 너희 비둘기들이 아니라 이거야. 여기 있는 이자가 너희들을 대신해서 이곳을 구원할 거다."

"뭐……."

"왜 내가 여기 와서 울고불고 드라마라도 한 편 찍어줄 줄 알았어? 멍청한 새끼야. 이 멍청한 놈아. 하하핫. 이 멍청한 새끼야. 아! 이건 말해줘야겠네. 고맙다. 쓰로누스. 김현성에게 죽어줘서 고마워. 너는 큰 경험치가 된 거야. 자신감을 심어주고 할 수 있다는 용기를 불어넣어 줬지. 오늘의 기억은 우리 현성이에게 아주 큰 힘이 될 거야."

"누구냐……."

"뭐? 푸하핫."

"너를 그렇게 만든…… 자가…… 누구냐."

"이 또라이 새끼는 무슨 개소리를 하는 거야?"

"너를…… 너를 그렇게 타락시킨 자가…… 누구……."

"이 새끼 이거 물건이네. 멍청한지는 알았지만…… 그보다 이제 슬슬 뒈질 때 되지 않았어? 역시 목숨이 질겨, 비둘기들은. 퉤."

"너를 그렇게 만든 자가 누구냐고…… 물었…… 하아…… 하아…… 기다리거라. 조금만…… 기다리면 내가……."

"……."

"내가 너를 구할 수 있을 것이다. 내가…… 너를 구할 수…… 있…… 내…… 잘못…… 내가…… 조금 더…… 신…… 신경을……."

"이런 상황은 예상 못 했는데."

"이렇게…… 될 거라고는……생각…… 하아…… 하아……."

"내가 생각하는 것보다 더 멍청한 비둘기였구나."

"구할……."

"너희들도 울 수 있구나. 인간 같지도 않은 놈들이라고 생각했었는데……."

"조금만…… 더…… 시간을……."

"좀 닥쳐봐. 쓰로누스. 너 때문에 시나리오에 문제가 생겼잖아. 제기랄. 아. 제길. 제길…… 웬 멍청한 새끼 때문에…… 처음부터 끝까지 다…… 아……."

"제발……."

"조용히 하라고 했잖아."

"……."

"아, 이렇게 하면 되겠네. 맞아, 네 말이 맞는 것 같아. 쓰로누스."

"⋯⋯."

"내가 누군가한테 당해서 타락한 것 같네. 사실 이럴 생각은 없었는데 나도 모르게 타락한 것 같아. 누가 구해줬으면 싶었는데 결국에는 도와준 사람이 없었네. 모두가 나를 외면했거든. 내가 소중하다고 생각하는 사람들은 전부 죽고 나도 정신적으로 많이 무너지다 보니까 그렇게 됐어. 미안하다. 쓰로누스. 칠흑 같은 어둠의 기운을 뿌리칠 수가 없었어. 결국⋯⋯ 결국 당해 버렸지 뭐야."

"하아⋯⋯ 하아⋯⋯."

"내가 정말로 널 배신할 리가 없잖아. 쓰로누스. 우리는 친우고 서로의 이해자인데. 나는 아직도 함께 봤던 밤하늘을 기억해. 좋았잖아. 선선한 바람은 불어오고 별은 쏟아지고 있었지. 이야기를 나눈 것도 즐거웠고⋯⋯ 응. 뭐 그랬지. 솔직히 조금 지루하기는 했는데⋯⋯ 아니다. 나도 재미있었어. 쓰로누스."

"⋯⋯."

"우리 소울메이트 같은 거잖아. 그래서 말인데⋯⋯ 네가 꼭 나를 구해줬으면 좋겠네. 만약에 다시 만나면 말이야. 꼭 나를 구해줬으면 해."

"⋯⋯."

"아, 중요한 걸 알려줘야겠구나."

"하아⋯⋯ 하아⋯⋯ 하아⋯⋯."

"내 이름."

"하아……."

"내 이름은 이기영이야. 똑똑히 기억해야 돼. 내 이름은 이기영이야."

"하아…… 하아……."

"이. 기. 영."

"……."

"때가 됐나 보다. 그럼 잘 가라. 쓰로누스."

"……."

저도 모르게 구역질이 나올 것 같은 역겨운 쓰레기의 모습, 저 자리에 있는 건 틀림없이 내가 아닐 것이다.

'생각해 볼 게 많기는 해.'

그 말 그대로였다. 어째서 갑작스레 1회차를 보게 된 건지 이유를 알 수 없는 것이 첫 번째 문제였다.

그동안은 기억을 지우기 전의 이기영이 블러핑을 했다고 생각했었지만 이미 나는 그것에 관해 알고 있지 않은가.

'김현성이 이기영을 찌르는 것.'

전에도 한 차례 결론을 내린 적이 있었다. 그게 승리할 수 있는 퍼즐이었다. 루시퍼와의 내기였고, 우리가 이 전쟁을 가질 수 있었던 조건이었다. 대충은 마무리가 지어졌다고 판단했지만 아직도 내가 외면하고 있는 게 있을지도 모른다. 이전에 세웠던 가설들을 모두 무위로 돌릴 정도는 아니었지만 조금 더 깊게 파고들 필요가 있다고 여겨졌다.

가면 쓰레기의 영혼이 이기영의 영혼을 침투하고 있을 수도 있다는 불안감에 대해 잠깐 고민해 봤지만…….

'위화감은 없고…….'

위화감이 없으니 구태여 막아야 할 필요성도 느끼지 못했다. 애초 막고 싶다고 막을 수 있는 것도 아니거니와…… 분명히 도움을 주는 부분도 있었으니까.

일단은 내가 봤던 것들부터 정리하는 것이 먼저. 지금까지 세워놨던 가설이 송두리째 날아가는 가설이 생겨났으니 태세 전환 버튼을 누를 수밖에 없었다.

'김현성. 적이 아니었던 건가?'

가장 충격적인 것은 가면 쓰레기가 김현성을 적대시하지 않고 있다는 것. 그 어떤 것보다도 이 사실이 가장 흥미롭다.

김현성과 1회차의 가면 쓰레기는 정적이라고 생각했었다.

1회차의 역사는 김현성과 가면 쓰레기의 대립이 주요 주제였다. 둘은 어느 시점부터 서로를 증오할 정도로 적대시했고 여러 차례의 전쟁을 겪었다. 갈등의 골은 더 깊어졌고 결과적으로 대륙이 완전히 멸망할 정도로 상황이 꼬여 버렸다.

김현성은 세상을 구해야 하는 용사였고 가면 쓰레기는 그의 대적자였다. 흔한 이야기다. 용사와 마왕 같은 포지션이었으며 라이벌이라고 하기에도 뭣한 적의로 꽉 찬 관계였다.

그렇게 생각했다. 가면 쓰레기 진청은 도저히 구제할 방법이 없는 사이코패스였다고.

'그게 아닐 수도 있다는 건가.'

도대체 뭐지?

'내가 선택한 건 여기 있는 이자야. 훌륭히 자신의 과업을 달성하고 지쳐 쓰러져 버린 영웅 말이야. 이겨내지 못한 자. 희생을 등에 업은 자. 깨달은 자. 실패한 영웅 김현성. 크으…… 좋은 울림이야. 그렇지 않아? 실패한 영웅 김현성! 모든 짐을 짊어진 영웅 김현성. 세상을 바꾸는 건 너희 비둘기들이 아니라 이거야. 여기 있는 이자가 너희들을 대신해서 이곳을 구원할 거다.'

도대체 뭐야. 마치 본인이 김현성을 애지중지 키운 것처럼 말하고 있지 않은가. 그동안 김현성과 적대한 모든 행동이 거짓말이라고 말하는 것과 진배없다. 애초에 내가 가정했던 모든 경우의 수를 한꺼번에 부숴 버리는 대사라고 해도 과언이 아니다.

물론 저 말이 진실이라는 보장은 없다. 가면 쓰레기의 생각을 누가 알 수 있겠는가. 단순히 알콜 중독 비둘기를 기만하기 위한 대사일 수도 있고 아무 의미 없이 지껄인 대사일 수도 있다. 믿을 수 있는 것은 아무것도 없지만 이것 하나는 확실하다.

가면 쓰레기는…….

"가면 쓰레기는 김현성을 죽인 적이 없었어."

그의 역사를 계속해서 살펴봤지만 녀석은 김현성에게 손을 댄 적이 없었다. 충분히 죽일 수 있는 상황임에도 불구하고 녀석은 김현성에게 다른 해를 끼친 적이 없다.

심지어 세계가 멸망한 이후에도 김현성이 계속해서 살아 있었다는 걸 생각해 보면 지금의 가설에 힘을 실어도 무리가 없을 것 같았다.

알타누스의 비호가 있었기 때문이라고 판단했지만 이쯤 되면 다른 가능성도 존재한다. 처음부터 가면 쓰레기가 김현성을 남겨두려고 했을 경우다.

"미친 거 아닌가. 시바."

이것저것 생각나는 것이 많다. 처음부터 가면 쓰레기가 김현성을 원망하지 않았었다면?

물론 그간의 일을 생각했다면 그가 김현성을 원망했을 가능성이 더 높다. 하지만 어느 시점부터는 김현성을 이해하게 됐을지도 모른다. 복수에서 다른 노선으로 목적이 바뀌었을 수도 있고, 전혀 다른 생각을 하게 됐을지도 모른다.

그럼에도 불구하고 김현성을 계속 적대했던 것은······.

'김현성이 강해지기를 바라서였다고?'

머리를 뒤흔든 뒤 망원경으로 김현성을 바라보니 알콜 중독 경험치 비둘기와 얽혀 있는 녀석의 모습이 시야에 비쳤다.

1회차에 있었던 싸움보다 더 격렬한 싸움이 여전히 진행되고 있는 도중. 솔직히 저도 모르게 입이 벌어질 정도였다.

-김현성.

-······.

콰아아아아아아아앙!!

이미 저 둘이 있는 지역은 다른 전장와 공간이 분리되어 버린 지 오래다.

주변에 거대한 보호막이 펼쳐져 있는 것이 보인다. 저들의 싸움에서 비롯한 여파에 다른 이들이 휘말리지 않게 하려는 최소한의 장치였다.

물론 저런 게 의미가 있을 리 만무했다. 보호막은 순식간에 터져 나가고 심지어 성벽까지 무너져 내리기 시작한다.

'아이…… 시바. 이거 무너지면 안 되는데.'

김현성이 검을 휘두른 직후였다. 검에 담긴 검은색의 마력이 순식간에 성벽을 휘감았고 콰앙 소리와 벽면 한쪽이 완전히 터져 나갔다.

이상해 보이지도 않는다. 오히려 힘을 조절하고 있다는 느낌이 들 정도였다. 둘의 싸움은 1회차에서도 비슷한 양상을 보였다는 걸 알고 있기 때문이다.

하늘 위에서, 바닥에서, 쉬지 않고 계속해서 움직이며 검을 부딪친다. 둘의 모습이 감정적으로 흥분하고 있다는 게 멀리서도 느껴질 정도였으니 무슨 말이 더 필요할까. 필사적으로 자신의 친우를 찾는 알콜 중독 비둘기와는 다르게 김현성은 흥분할 이유가 없는 게 아닌가 하는 생각을 해봤지만…….

'흥분 안 하는 게 이상한 건가.'

분위기에 취했을 수도 있다. 아니면 자신의 모습에 취해 있을 수도 있지.

녀석을 겨우 상대했던 예전의 김현성과는 다르다. 현재의 김현성은 놈을 압도하고 있었다. 부족했던 마력은 늘어났고 없던 날개도 생겨났다. 육체적으로도 몇 단계나 더 성장했다. 모든 게 열세에 있었던 예전과는 확실히 차이점이 있다는 거다.

점점 더 눈이 붉어지는 듯한 모습에 응원을 보내기는 했지만…… 솔직히 저 알콜 중독 비둘기가 만만치 않다.

마치 서로의 포지션이 1회차와 뒤바뀐 것 같은 생각이 들 정도였다. 알콜 중독 비둘기는 1회차의 김현성처럼 싸우고 있었다. 모든 부분이 열세에 있지만 김현성의 힘을 적절히 이용하며 운영하는 싸움을 가져가고 있었다. 분명히 김현성이 밀어붙이고 있는 형국이었지만 이상하게 김현성이 싸움에서 승리를 가져가는 그림이 그려지지 않는다.

한참이나 몸을 부딪치던 녀석들이 가까운 거리를 두고 검을 내린 것은 바로 그때였다.

-…….

-약해졌군.

-아니, 나는 강해졌다. 쓰로누스.

-너는 약해졌어.

-네 목이 잘려 나갈 때도 그런 소리를 지껄일 수 있을지 지켜봐 주지.

'현성이 시바 어디서 그렇게 험한 말을 배웠어.'

-힘에 취해 이성을 잃은 건가. 그 힘은 너를 갉아먹을 것이다. 김현성.

-나는 언제나 이성적이다. 그리고 합리적인 선택을 했을 뿐이야. 내가 뭘 하고 있는지, 뭘 해야 하는지, 항상 인지하고 있다.

-추하군. 지금 네 모습이 어떤지는 알고 있나?

-추한 모습이라는 건 알고 있다.

'아니야. 현성아 너 안 추해. 추하지는 않아. 간지 나는데 왜 그래. 누가 검은 날개를 보고 추하다고 그래?'

-추해 보인다는 것 정도는 알고 있어…….

-그게 더러운 악마에게 몸을 판 자의 말로다. 김현성. 네 모습을 내려다봐라. 그들과 다를 바가 없지 않은가. 그래도 네가 빛난다고 생각했던 때가 있었다. 하지만 지금의 너는 빛나지 않아. 별이라고 부를 수도 없다. 아니, 이런 대화를 한다는 것도 우습다고 느껴질 정도야. 아주 조금이나마 네게 기대를 걸었지만 이제 네게 궁금한 것은 없다. 네 역할은 그가 어디에 있는지 이야기하는 것뿐이야.

-…….

-지시는 필요 없다. 세라핌. 이자는 나를 이길 수 없어. 나 혼자 되찾겠다.

-아까부터 무슨 소리를 하는지 알 수 없지만…… 지금 네 모습으로 그런 말을 지껄이는 게 설득력이 없다는 것 정도는 알고 있겠지.

-멍청해지기까지 했군. 넌 지금 그 힘에 취해 있어.

-…….

입술을 꽉 깨무는 김현성의 얼굴이 눈에 보였다. 인정하기는 싫지만 인정할 수밖에 없다는 얼굴이다. 그렇게 잠깐 멈췄던 싸움이 다시 한번 시작됐다.

질 리가 없다는 표정의 김현성, 그리고 천천히 검을 쥔 쓰로누스.

전투의 향방이 달라지기 시작한 것은 딱 이 시점부터였다.

'이 약물 중독 비둘기 새끼.'

"왜 이렇게 센 거야. 뭐 한 거야 도대체."

쓰로누스가 가지고 있는 힘은 케루빔과 도미니온스보다 약하다고 여겨졌지만, 녀석은 그 둘보다 강하다. 그것도 압도적으로. 그게 아니라면 현재의 모습이 설명될 리가 없다.

싸움이 시작된 지 얼마 되지도 않은 시점부터 김현성은 초조해하고 있다. 녀석의 어쭙잖은 심리전에 말린 것이 아니다. 방금 전에 나눴던 대화 그대로였다. 싸움은 스펙으로만 하는 게 아니라는 듯 김현성을 유린하고 있었다.

김현성이 도노반을 상대로 싸워 이겼을 때를 보는 것 같다. 힘만 센 멍청이의 포지션에 있는 게 김현성이라는 것만 빼면 말이다.

-제길.

-아둔한 인간.

-제길!!

'분명히 더 유리했을 텐데……'

정신적으로 궁지에 몰리고 있는 듯한 느낌.

'미성숙해.'

김현성은 완벽한 영웅이 아니라는 걸 다시 한번 깨닫는 순간이었다.

"오히려 불안정해."

1회차를 겪고 남들이 모르는 일들을 겪었지만 녀석은 여전히 미성숙하고 불안정하다.

'그렇기 때문이었나.'

"그렇기 때문이었어."

망치로 머리를 얻어맞은 듯한 느낌이었다. 이제야 뭐가 어떻게 된 건지 모든 게 이해가 된다.

"이래서였다고."

흩어져 있던 퍼즐들이 다시 하나로 모이고 있다.

어처구니없는 가설을 하나 세워보자.

1회차 가면 쓰레기의 목적이 진정한 세계의 구원에 있다고 한번 가정해 보자. 녀석은 1회차가 실패할 것이라는 걸 이미 예전에 깨닫고 있었고 남모르게 2회차를 준비하고 있었다면? 너무나 터무니없는 이야기인 것 같지만 지금까지 내가 본 것을 보면 그렇다고 느껴지지도 않는다. 오히려 맞아떨어지는 부분이 너무 많아 당황스러울 정도가 아닌가.

모든 것이 이해가 간다. 모든 게 맞아떨어진다. 가면 쓰레기는 대륙을 멸망시키고 싶었던 것이 아니었다. 오히려 지키고 싶어 했던 것이 아닐까.

"이게 맞아."

외신의 대적자가 필요하다고 생각했고 그렇기 때문에 김현성을 적임자로 선택했다면 어떨까. 가면 쓰레기가 진심으로 김현성을 적대시하지 않았던 이유는 물론이거니와 방금 본 생소한 장면에 대한 개연성이 채워진다.

"어째서 김현성이었던 거지?"

김현성은 완벽한 영웅은 아니었지만 인류의 마지막 남은 희망이었으니까.

내가 생각하면서도 내가 다 소름이 돋는다. 가면 쓰레기가 애초부터 악인이었던 것이 아니었다는 진실에 평정심을 유지하기가 힘들다.

녀석은 빌런이 아니다. 대륙을 위해…… 스스로 악인이기를 자처했다. 모든 것을 떠안고 새로운 시작을 하기로 준비했다. 만약 이 가설이 진실이라면 녀석은…….

얼마나 힘들었을까. 얼마나 외롭고 괴로웠을까.

모든 이들이 자신을 욕하고 미워할 것이라는 걸 알면서도, 본인이 인류의 적이 될 거라는 걸 알면서도, 아무도 선택할 수 없는, 아무도 선택하지 않을 길을 향해 한 발자국을 더 내딛는 행동은 얼마나 커다란 용기를 필요로 할까.

녀석은 가면 쓰레기가 아니라 대륙을 위해 스스로를 희생한 영웅이다. 이제는 가면 쓰레기라고 부를 수도 없다. 계속해서 이전에 봤던 장면들이 떠오른다.

'고맙다. 알타누스.'

스스로 괴로움을 등에 짊어진 자.

'다시 시작할 수 있어. 누나.'

대륙을 구하기 위해 악인이기를 자처한 자.

'여기 있는 이자가 너희들을 대신해서 이곳을 구원할 거다.'

대의를 위해 스스로 얼굴을 가린 자.

가면의 영웅.

"나였어……."

진청이 아니었다.

녀석이 그럴 리가 없다. 진청 같은 쓰레기가 짐을 짊어진 영웅일 리가 없지 않은가.

"나였다고……."

내가 바로 1회차 가면의 영웅이었다.

"시발 내가…… 내가 가면의 영웅이었다고……."

상상도 못 한 정체. 그 거대한 반전의 앞에 나는 멍하니 입을 벌릴 수밖에 없었다.

"가면의 영웅. 이기영?"

그 가면은, 정체를 숨기기 위해서가 아니라 슬픔을 숨기기 위해 존재했던 물건이었을 것이다.

207장
시나리오

아주 약간의 민망함이 머릿속에 들어오기는 했지만 그 부끄러움이 사라지기까지는 시간이 얼마 걸리지 않았다.

무거운 진실이었고 슬픈 이야기였다. 조금 태세 전환이 거칠지 않았나 싶기도 했지만 누가 감히 나에게 돌을 던질 수 있을까. 가면의 영웅, 가면의 구세주가 어떤 심정으로 1회차를 보냈을지에 대해 떠올리자, 거대한 숙연함이 머릿속에 자리 잡았다.

'그런 거였구나.'

'이렇게까지 대륙을 망칠 필요가 있었을까'라는 의문도 어느 정도 설명이 된다고 생각했다.

괴로웠겠지만 2회차를 시작하기 위해서는 어쩔 수 없는 선택이 아니었을까.

인간 몇몇의 죽음이 위에 있는 신들에게 무겁게 다가올 리가 없지 않은가. 위에 있는 녀석들 역시 이 대륙은 가망이 없다는 판단을 내리게 만들어야 했다는 거다. 인간들만 이기적이고 실리를 챙기는 것이 아니다. 위에 있는 녀석들 역시 문제를 해결하기 위해서 가장 합리적인 방법을 찾는다.

어디 그것뿐이랴. 정말로 그것이 합리적인 것인지에 대한 회의를 거치고 결재를 받기도 한다.

절대로 복구할 수 없는 피해를, 평범한 방법으로는 절대로 자생할 수 없을 정도의 상처를 대륙에 안기는 것. 1회차의 나는 그게 바로 회귀의 조건이었다고 판단했을지도 모른다.

보다시피 가면의 구원자는 훌륭히 임무를 완수했다. 절대로 회복할 수 없는 상처를 대륙에 남겼고 자신 역시 거대한 마음의 상처를 입었을 것이다.

'이상하다 싶었어.'

내 상식으로 그 정도의 사이코패스는 존재하지 않는다. 김현성에게 녀석의 악행을 들었을 때 얼마나 경악했던가. 정말로 그 정도까지 했을까 하는 의문도 계속해서 들었지만 이제야 그 퍼즐이 풀린 기분이었다.

'무슨 전염병을 일으키고…… 나 참…… 인간을 역병 폭탄으로 사용해? 와…… 좋아서 그런 미친 짓을 하는 미친놈이 이 세상에 어디 있었겠어.'

좋아서 한 일이 아니었다.

가면의 영웅, 1회차의 이기영은 모든 걸 설계했다. 물론 모든 과정을 예상하지는 못했겠지만 커다란 그림은 내가 그려갈 수 있도록 도움을 줬다는 생각도 든다. 이를테면…….

"김현성의 가방."

튜토리얼에서 김현성이 발견했다던 영웅 등급의 아이템, 라무스 터커의 연금학개론.

'이것도 이상하지.'

정말로 튜토리얼 던전에서 발견했을 가능성도 존재한다. 혹은 김현성이 회귀하기 직전에 챙겼던 물건이 아니었을까 하는 생각을 해봤지만 수많은 아이템을 두고 굳이 연금술사 전용 아이템을 챙겨올 이유가 어디 있었을까.

노을 진 대륙에 마지막으로 남았던 게 나와 김현성이라는 걸 생각해 보면 어쩌면 김현성이 가방을 챙기도록 의도한 걸지도 모른다. 어떤 방법을 사용했는지는 베일에 감춰져 있지만 당시 대륙의 상태를 생각해 보면 영 설득력 없는 이야기도 아니다.

시스템은 완전히 망가졌었다. 생명체를 하나도 남지 않았고 아이템 역시 마찬가지였다. 김현성이 신화급 아이템을 보유하고 있었다면 함께 회귀를 선택할 물건으로 본인의 장비를 가지고 왔을 것이다.

'2회차로 가져올 수 있는 장비가 그것밖에 없었던 거야.'

왜?

가면의 구세주가 남겨놓은 아이템이었으니까. 1회차에 너무나도 커다란 죄를 저지른 1기영은 흑마법사를 선택하는 것을 마음에 들어 하지 않았을 것이다.

원하지도 않은 수많은 죄악을 함께한 직업이다. 다시 한번 그 직업을 선택하고 싶을 리가 없다. 마음의 눈이 있으니 무조건 김현성을 따라갈 거라고 예상했을 거고 녀석의 예상은 들어맞았다. 결과적으로 2기영은 연금술사를 선택했다. 모든 게 계산대로였을 거다.

그것 외에도 뿌려놓은 것이 너무 많아 등 뒤로 소름이 돋아날 정도. 가면의 영웅은 본인의 자아가 사라진 상태에서도 나를 응원하고 인도하고 있었다. 계속해서 보이는 1회차의 기억들이 확실한 증거였다. 녀석은 1기영과 2기영이 같은 사람이라고 판단했던 것이다.

물론 어쩔 수 없는 사정이 있을 수도 있지만 한 가지는 확실했다. 녀석은 내게 다음을 넘겼고, 내가 이후의 일을 잘 처리할 수 있을 거라고 판단했다. 우리 같은 사람들에게는 쉽지 않은 결정이다. 아무리 자기 자신이라고 한들, 온전히 믿음을 준다는 건…… 결코 쉽지 않다. 어떤 생각으로 녀석이 내게 뒤를 맡긴 건지는 알 수 없지만.

"그 유지. 잘 받았다."

나는 녀석의 유지를 받을 수밖에 없었다. 대륙을 구하고 싶다는 그의 진심을 외면할 수는 없지 않은가.

뭘 해야 할지도 알 것 같았고 어떤 시나리오를 써야 하는지도 예상할 수 있을 것 같았다. 1회차와 2회차 모두 목적은 같다.

'우리 현성이의 성장.'

그게 쟁점이다. 어쩌면 김현성이 이기영을 찌르게 되는 스토리도 관련이 있을 수도 있다. 가장 소중한 친구를 죽이면 새로운 눈깔을 얻는 어딘가의 만화 같은 각성은 아니겠지만 김현성의 내면에 커다란 변화가 있을 수도 있다. 영웅의 내면의 변화는 성장을 불러오는 것이 상식 아닌가.

현재 김현성의 상태로는 절대로 외신을 물리칠 수 없다. 당장 쓰로누스 하나에 힘들어하고 있는데 그 이상에 닿을 수 있을까. 대답은 아니올시다. 김현성은 새로운 힘을 필요로 하고 있었다.

'아직 멀었어. 더 성장시켜야 돼. 더. 더 강해져야 돼.'

어떻게? 1회차에 이미 시나리오를 만들어놨었다는 걸 알고 있다. 누구를 이용해야 할지 무척 뻔하지 않은가.

"알콜 중독 비둘기."

1회차의 이기영은 녀석을 이용하라고 말하고 있었다. 녀석이 깔아놓은 또 하나의 안배가 바로 쓰로누스다.

'저 비둘기는 나를 못 죽여.'

녀석에게 이쪽의 이름을 알려준 것부터가 이용하라고 던져놓은 것이 맞다.

이를테면 갑작스레 공짜 말이 생긴 상황이다. 체스를 두고 있는 도중, 누군가가 쓰라고 퀸을 하나 더 던져준 것이나 진배없다. 혹시나 내가 눈치채지 못할까 친절하게 1회차를 통해 알려주기까지 했다는 걸 생각해 보면…… 저 비둘기는…… 4성 김현성을 5성 김현성으로 각성시키기 위한 필수 조건이었다. 바뀌기 전의 시나리오가 어떤 거였을지는 감이 잡히지 않았지만 이건 이용하는 것이 맞다.

열심히 맞고 있는 김현성을 바라보기가 굉장히 가슴이 아프다.

'시바 우리 현성이 좀 그만 때려라 이 악마 새끼야.'

대륙의 영웅의 귀한 몸에 상처라도 나면 어쩌려고 그래. 진짜.

콰아아아아아아아아아앙!!

-제길……

-말하지 않았나. 너는 약해졌다.

-그럴 리가 없어.

-……

-그럴 리가 없어! 내가 약해졌을 리가 없어. 나는…… 나는 더 강해졌다.

-……

-나는 더 강해졌어! 지켜야 하는 것을 위해. 나는 더 강해지는 것을 선택했고 그렇게 이 힘을 얻었다 나는 강해져야 해. 더. 더 강해져야 해. 더. 더. 더. 그래야 지킬 수 있어. 그래야……

-무엇을.

-네가 알 필요는 없다. 쓰로누스. 중요한 것은 내가 더 이상 이런 모습을 보이면 안 된다는 것뿐이야. 나는 항상 서 있어야 한다. 그래. 버팀목이 되어줄 수 있어야 해. 더 이상…… 더 이상 짐이 될 수는 없어. 그래. 할 수 있어. 할 수 있을 거야. 나는 할 수 있다.

'우리 현성이 멘탈 나갔다.'

이쯤 되면 굳이 보지 않아도 결과를 알 수 있다. 더 냉정해야 할 사람이 냉정을 잃었다. 압박감에 시달리고 있고 강박 관념에 사로잡혀 있다.

도대체 무엇이 녀석을 그렇게 만든 것인지는 알 수 없었지만 김현성이 쓰로누스라는 벽을 넘지 못하는 건 이미 기정사실처럼 여겨졌다.

'나가야 되나?'

새로운 자극을 줘야 하나. 조금 더 궁지에 몰리면 새로운 힘을 깨닫게 될까?

어쩌면 지금이 김현성이 나를 찌르는 타이밍일 수도 있겠다는 생각도 들었지만 완전히 타이밍이 다르다.

내가 봤던 풍경과 유사한 점이 하나도 없지 않은가. 지금은 현성이의 텐션을 한 번 더 끌어올려야 하는 시점이다.

'지혜 누나도 조금 여유가 생긴 것 같고⋯⋯.'

점차적으로 전장이 안정되는 것이 느껴진다. 상황실을 잠깐 비우는 게 조금 불안하기는 했지만 망원경으로 전장을 내려다보고 퀘스트로 지시를 내릴 수 있으니 크게 의미는 없다. 소외된 구역의 몇몇 인간들이 혼란을 겪을 수도 있겠지만 녀석들보다 더 중요한 게 바로 김현성이다.

'이건 가야 돼.'

김현성은 한 번 더 계단을 올라설 수 있다. 조금 더 강해질 수 있다. 마침 그렇게 먼 거리도 아니었으니 날아간다면 충분히 닿을 수 있다.

문을 박차고 나가니 거대한 폭음과 함성 소리가 귓가를 때렸다.

"명예추기경님. 여기는 위험합니다. 상황실 안으로……."

"방어선은 어떻습니까."

"계속해서 천사의 탈을 쓴 악마들이 몰려들고 있습니다. 버티는 것에는 문제가 없습니다만……."

'시간이 길어진다면 위험할 수도 있다. 이거지? 이미 알고 있어.'

"잠깐 다녀올 곳이 있습니다. 최대한 현 상태 그대로 전장을 유지합니다."

대답은 들려오지 않았다. 커다란 날개를 편 나를 바라보는 야전 지휘관 1의 얼굴이 보였기 때문이다.

망원경으로 보이는 김현성은 여전히 밀리고 있는 모습, 발악을 하듯 검을 휘두르고 있었지만 쓰로누스는 너무나도 쉽게 김현성의 압박을 벗겨내고 있었다.

'시간의 맞출 수 있나?'

빛의 날개를 움직이자 어설프게 몸이 앞으로 나아간다.

-제기랄…… 제기랄!!

-추하군.

-제길!

-…….

-죽어! 죽으라고!

-…….

-절대로 질 수 없어. 절대로.

이렇게까지 무력한 김현성의 모습을 보는 건 가슴이 아프다.

'이렇게까지 밀리나? 이게 말이 돼?'

차라리 루시퍼의 힘을 받아들이지 않았더라면 조금 더 제대로 싸울 수 있지 않았을까. 쓰로누스가 이야기하는 게 무슨 뜻인지 알 것 같다는 느낌도 든다.

'저 힘에 의지하고 있는 거야.'

자기 자신을 믿지 못하고 있다. 김현성 본인이 가지고 있는 힘보다 받은 힘에 더 의지하고 있는 모습, 어쩌다가 저렇게 된 건지 모르겠다. 진작에 멘탈 클리닉을 들어가야 하는 게 아니었나 싶을 정도로 자신감이 없어 보인다. 이겨야 한다고, 질 수 없다고 혼자서 중얼거리고 있었지만 저건 자신에게 하는 말이다.

'현성이가 희라 누나 성격에 반만 닮았어도……'

하지만 이건 김현성을 비난할 수도 없다. 기영 쌤 역시 잘못했다는 걸 인정할 수밖에 없다. 그저 강해지기만 하면 그만이라고 생각하고 일을 그렇게 진행시켰으니 이런 일이 한 번은 있을 만했다.

2회차 김현성의 성장 과정을 생각해 보면 녀석의 자신감이 사라질 만도 하다. 애초부터 의욕이 없어 보이기도 한 것은 물론 무엇을 위해서 싸워야 하는지도 잃어버린 것 같다.

노을로 합의를 보기는 했지만 김현성이 싸워야 할 이유를 심어주기에는 미적지근한 감이 있다. 김현성의 마음 한편에서는 함께 노을을 바라보는 것보다 이기영이 온전한 모습 그대로 있어주는 걸 더 바라고 있을지도 모른다는 거다.

계속된 실패에 자기 자신을 믿지 못하게 된 영웅의 모습은 생각보다 더 초라했다. 일이 잘 풀리지 않을 때의 정하얀처럼, 김현성은 눈에 눈물을 머금으며 자기 좋을 대로 검은색 마력을 뿜어내고 있었다.

겨우 저것뿐이다. 맞을 리도 없고 견제가 될 리가 없다.

-이거라면…… 이 힘이라면…….

자세를 잡는 것을 보니 노을빛의 검을 사용하려고 하는 모양, 점점 붉어지는 검신이 보이기는 했지만…… 영웅이 자랑하는 노을빛의 검은 녀석의 부름에 답하지 않았다.

-어째서…….

쓰로누스 역시 검을 휘두른다. 밤하늘에 별 무리가 쏟아지는 듯한 검에 김현성의 가슴에서 피가 울컥울컥 튀어나오기 시작했다.

김현성은 쓰러져 있고 쓰로누스는 다시 검을 휘두른다. 아니, 휘두르려고 했다. 내 목소리를 듣기 전까지는 말이다.

"이자를 보내주십시오."

시간에 맞게 도착했다. 나는 과장되게 팔과 날개를 뻗으며 쓰러져 있는 김현성과 쓰로누스의 사이를 가로막았다. 빛으로 형상화된 날개 덕분인지 내 몸이 빛나는 것처럼 느껴진다.

"저를 죽이고 이자를 보내주십시오."

알콜 중독 비둘기가 나를 죽일 리가 없다는 판단에서 나온 희생적인 대사였다.

'잠깐. 근데 이 새끼 내 얼굴 모르잖아.'

등장은 화려했고 연출도 나쁘지 않았다.

'이름표라도 붙이고 왔어야 했나?'

빛의 깃털을 떨어뜨리며 천천히 둘 사이를 가로막은 모습은 스스로 느끼기에도 너무나도 성스럽다. 내가 내 모습을 볼 수는 없었지만 어떻게 봐도 신성한 기운이 흘러넘칠 거라고 장담할 수 있다. 툭 치면 곧바로 쓰러져 버릴 것만 같은 여리여리한 육신이 새하얀 빛에 감싸여 있으니, 함부로 손을 댈 수도 없을 것 같은 분위기를 연출하고 있을 것이다.

표정은 최대한 피해자처럼. 일단은 무조건 불쌍해 보이는 게 정답이다.

아니, 너무 약하게만 보이면 안 되지. 대륙의 영웅을 위해 목숨을 내놓을 수 있다는 듯, 나는 절대로 내 선택을 후회하지 않겠다는 듯한 강렬한 눈빛도 함께 전해야 한다.

그림으로 그린 것 같은 전형적인 희생자의 모습이었다. 앞서 말했듯, 문제는 쓰로누스가 내 얼굴을 모르고 있다는 것 하나였다. 기왕이면 김현성이 내 이름을 불러줬으면 좋겠다. '기영 씨!'라고 한마디만 해줘도 살짝 안심할 수 있을 것 같다.

'이거 이 타이밍에 추하게 자기소개라도 해야 되나?'

쓰러져 있는 김현성은 지금 무슨 상황이 벌어진 것인지 이해하지 못하고 있다. 내가 여기까지 찾아올 것이라고는 예상하지 못한 모양.

입을 뗄 정신이 없어 보일뿐더러 완벽하게 깨진 자신의 모습에 자괴감을 느끼고 있는 것 같기도 했다. 어버버거리며 당황스러운 얼굴로 나를 바라볼 뿐 다른 반응이 없다. 정신을 차리기 전까지는 아주 약간의 시간이 더 걸리지 않을까.

'시바, 곧바로 죽이지는 않을 거야. 그렇지? 안 찌를 거지? 우리 딱 봐도 동족처럼 생겼잖아. 종류가 조금 다르기는 한데 너도 날개 있고 나도 날개 있으니까 우리 동료잖아. 그렇지? 나 죽이는 거 아니지?'

검을 들어 올리려는 리액션이 보이면 일단 무조건 자기소개부터 하자.

아주 잠깐이지만 시간이 멈춘 것 같은 느낌.

목소리가 들려온 것은 바로 그때였다. 내 이름을 부르는 김현성의 목소리가 아니다. 먼저 입을 연 것은 가만히 나를 바라보고 있었던 쓰로누스였다.

"……이…… 기영?"

'이 새끼 어떻게 알았지?'

"이…… 이기영?"

'기가 막히네. 진짜.'

"네가……."

'……'

"네가 이기영이구나. 네가…… 네가 이기영이었어."

무슨 표정을 하고 있는 건지 모르겠다.

내가 알콜이라는 소리는 아니지만 마치 알콜 중독자가 오랜만에 술을 바라봤을 때의 얼굴을 하고 있는 것 같다. 눈에는 눈물이 고이고 있었고 목소리는 덜덜 떨리고 있다.

"추한 모습이 아니지 않느냐."

금단 현상이라도 찾아온 것인지 몸도 떨리고 있다. 당최 무슨 생각을 하고 있는지 알 수 없었지만 내가 죽지 않아도 문제를 해결할 수 있다는 것 정도는 알 수 있었다.

"오히려 고결한 모습이다. 내가 생각했던 그대로의 얼굴이야."

그렇게 평가해 주니 고맙기는 하다. 이기영이 조명발은 조금 받으니까.

"타락한 자들 사이에서도 빛을 잃어버리지 않았어. 본질은…… 본질은 바꿀 수 없었던 거야."

조금 기뻐 보인다.

"세라핌. 이 모습을 보고 있나? 그자야. 내 이야기가 맞았다. 이 인간의 모습을 봐. 이자는 빛을 잃어버리지 않았어. 오히려 그 여리고 작은 빛을 가슴 속에서 계속해서 키워오고 있었다. 하…… 하하……. 이렇게 기쁜 일이 또 어디 있을까. 어떻게 그 상황에서도 본인의 빛을 발견하고 그것을 키울 수 있었을까."

비록 베니고어가 내린 힘이겠지만 빛의 날개라는 건 녀석들의 호감을 불러일으키는 모양.

확실히 이건 내게 유리하게 작용할 수 있다고 생각했다.

"드디어 다시 만나게 됐구나. 드디어. 네 말대로 계속해서 기억하고 있었다. 네 이름을 잊지 않으려고 말이다. 언젠가 만나게 될 거라고 생각했다만…… 이렇게 빨리 만나게 될 거라고는 생각하지 못했다. 되뇌고 있었던 말은 많다만 어떤 말부터 해야 할지 모르겠다. 내 친우, 내 이해자. 너를 구하기 위해 나는 이 자리에 있다. 자, 내 손을 잡거라. 인간, 아니, 이기영. 네 뒤에 있는 악마는 네 적이다. 네가 목숨을 걸 정도로 가치 있는 자가 아니야. 그자를 죽이고 너를 해방시키겠다."

'아니, 시바. 너 내 말 못 들었어? 현성이 죽이지 말라고 이 새끼야.'

단호한 표정으로 고개를 저어보자. 혹시나 이 새끼가 나를 피해 김현성을 찌를 수도 있으니 몸으로 막을 준비를 하자.

뒤로 한 발자국 물러난 이후에는 곧바로 김현성에게 몸을 가까이 붙이기 시작했다. 나를 찌르지 않고서는 김현성을 공격할 수 없을 거라는 걸 확실히 말해두자. 절대로 내 신념을 꺾을 수는 없다는 듯, 절대로 빛은 꺼지지 않는다고 외치자.

'시바 멋있다. 진짜 내가 다 내 모습에 취하겠다. 진짜.'

"나를 기억하지 못하는구나."

"……."

"너무 걱정하지 마라. 어렵겠지만 방법을 찾을 수 있을지도 모른다. 설사 기억하지 못한다고 하더라도 상관없다. 앞으로 함께할 날이 더 많이 남아 있으니 말이다. 세라핌도 케루빔도 도미니온스도 너를 기다리고 있고 결국에는 환영할 거다."

'이 새끼 너무 친한 척하는데…… 현성아 전부 듣고 있는 건 아니지?'

다행이라고 하기에는 뭣 하지만 정신이 없는 것 같다. 아마 현재의 상황을 제대로 이해할 수 있는 상태가 아니지 않을까. 숨을 헐떡이면서도 내 소매를 꽉 붙잡고 있는 것은 무의식적인 행동이었을 것이다.

아니, 그것도 아니다. 입술을 계속해서 움직이는 것을 보니 내가 왔다는 사실 정도는 인지하고 있는 것 같았다. 뭘 말하고 있는지는 모르겠지만 천천히 해석해 보면 아마…….

도망쳐.

'형 도망 안 친다. 현성아.'

소중한 대륙의 영웅을 두고 꼴사납게 도망칠 리가 없지 않은가.

"네가 지키려고 하는 자의 모습을 다시 한번 내려다……."

"이미 보고 있습니다."

"악마에게 영혼을 판 자의 모습이다. 그는 기만자다. 그와 함께 있는 것은 위험해."

"위험하지 않습니다."

"더러운 모습……."

"더럽지 않아요. 절대로 더러운 모습이 아닙니다."

'현성아. 시바. 듣고 있지? 형 목소리 들리고 있지? 듣고 있는 거지?'

혹시 모르니까 한 번 더 이야기해 주자.

"더러운 모습이 아니에요."

3번 이야기했다. 입 모양도 볼 수 있도록 친절하게 배려까지

해줬으니 듣지 못할 리가 없다.

"어째서 당신이 저를 알고 있다는 듯 말하는지는 모르겠지만…… 당신은 겉모습을 보고 있을 뿐입니다."

'그래. 어딜 시바. 누가 김현성을 추하다고 욕할 수 있겠어?'

수많은 고통과 시련을 겪어야 했고 소중한 사람들을 수도 없이 잃었어야 했다. 원치 않은 회귀를 해야 했고 혼자서 고통을 감내해야만 했다. 얼마나 괴로웠을지 상상도 되지 않는다. 가면의 구세주만큼 녀석도, 김현성도 괴로웠을 것이다.

커다란 짐을 짊어져야 한다는 부담감, 운명에 거스를 수 없다는 압박감, 다시 한번 소중한 사람을 잃을지도 모른다는 두려움, 온갖 부정적인 감정이 모여서 만든 결정체가 바로 둠현성이다. 실제로 김현성의 겉모습이 빛과 조금 멀어졌다고 한들 영웅 김현성은 변하지 않는다.

"악마의 탈을 쓴 것은 당신들입니다. 저는 이 사람의 진짜 모습을 알고 있어요."

'현성아. 형이 말하는 거 들었지? 나중에 찌를 때 안 아프게 찔러줘야 된다. 살살 찔러줘야 되는 거야.'

별것 아닌 발언이었지만 욜라 감동적인 발언이었다. 김현성의 입장에서 이 말이 얼마나 달달하게 들릴지 상상할 수도 없었다. 이건 진짜 장담할 수 있다.

자기 자신의 선택에 후회하고, 본인의 모습에 자괴감을 느끼며 괴로워하고 있었던 타이밍, 형제 같은 사람이 너는 괜찮다고 말해주는 것만큼 안심되는 말이 어디 있을까. 생판 모르는 사람에게 위로를 받아도 가슴이 따뜻해지는 게 사람 마음이다. 김현성이 내 말을 들었다면 틀림없이 느끼는 바가 있을 것이다.

얼굴은 예상했던 그대로.

'야…… 시바 너 왜 울어.'

아니, 내가 생각한 것보다 더 참신한 반응이었다.

'너 왜 울어.'

그렇게나 위안이 됐을까. 제대로 말도 내뱉지 못하는 상태로 쓰러져 있는 와중에도 눈물은 멈추지 않고 흐르고 있었다.

스스로 닦을 수도 없는 것을 보니 내부 상태가 그리 좋지는 않은 모양. 루시퍼의 힘을 있는 대로 사용했으니 내부가 엉망일 가능성도 있다. 한번 몸 상태를 체크해 보고 싶었지만 지금 이 자리에서 그런 짓을 할 정도로 멍청이는 아니다.

그 와중에 전방에 위치한 쓰로누스는 복잡한 표정이다.

"네가…… 네가 착각하고 있는 것뿐이다. 조금이라도 우리와 이야기를 나누어본다면 아마 곧 공감할 수 있을 거다."

"……"

"너는 지금 그 기만자에게 속고 있는 것이다. 그는 모두를 속이는 악인이야. 네 말대로 그의 본 모습이 저게 아니라 한들, 그는 이미 빛을 등진 사람이다. 믿을 수 있는 이가 아니야. 어서…… 비키……"

'아니, 시바. 나 절대 안 비켜. 차라리 죽여. 죽일 수 있으면 시바 죽여봐. 아니, 그전에 현성이 일어날 거야.'

붙잡고 있는 소매에 힘이 실리는 것이 느껴진다. 녀석은 눈치채지 못하고 있는 것 같았지만 김현성의 몸은 조금씩 움직이고 있다.

'일어나려고 하는 거야.'

루시퍼의 힘을 벗겨내고 진정한 자신의 힘을 되찾을지도 모른다.

4성 김현성이 5성 김현성으로 진화할 수도 있다는 확신이 들기 시작했다. 내면의 자신과 대화를 한번 나눴을 테니 이제 몸을 일으킬 타이밍인 건가. 초심으로 돌아가 김현성 본연의 모습을 찾는 걸까?

'더 강해질 수 있는 거지? 시바, 현성아. 빨리 일어나. 형 무릎 아파.'

날개가 꿈틀거리고 있다. 고통을 딛고 일어나는 영웅의 모습에 기대감이 생긴 것은 당연지사. 조금 더 빨리 일어나라고 닦달하고 싶었지만 일단은 지금의 포지션을 유지하는 게 최우선이다. 김현성한테 용기나 줘야지.

"할 수 있을 거예요."

'현성아.'

"언제나처럼 이겨내실 거라고 믿고 있습니다."

'형도 눈물 한 발 장전했다.'

"계속 함께 있어주지 못해서 죄송합니다."

'형 죽음 각오했잖아. 죽음 각오한 거 보이지?'

"약속을 지키지 못해서 죄송해요."

'형 진짜 죽기 전에 일어나라. 일어나서 각성해야지.'

"현성 씨는 잘 해내실 수 있으실 겁니다. 남은 이들을 잘 부탁합니다."

쓰로누스는 나를 죽일 생각이 없는 것 같았지만 일단 녀석이 나를 죽이는 걸 기정사실로 만들어보자. 나는 너를 죽이지 않을 거라고 말하고 싶은 것 같은 비둘기의 얼굴이 보이기는 했지만, 이런 상황에 녀석의 목소리가 들려올 리가 없지 않은가.

쓰로누스가 입술을 깨물며 천천히 발걸음을 옮기는 것이 보인다. 김현성이 몸을 일으킬 거라는 것을 알아차린 것이다.

"용서하거라."

김현성의 앞을 막고 있는 나를 제압하는 것에 대한 사과를 하는 것 같다.

잠깐 동안은 시간을 끌 수 있지 않을까 생각했지만 녀석은 너무나도 쉽게 내 손을 잡아 들어 올린다.

고통이 느껴지지 않을 정도로 젠틀한 움직임이었지만, 일단은 아픈 척 비명을 내질러 보자.

"아아아아아악!"

'현성아. 이제. 시바 형 죽는다. 지금 보고 있지? 이 새끼가 형 죽이려고 그래. 시바. 빨리 일어나.'

"흐으윽……."

'비둘기가 사람 잡는다. 형 이제 간다. 진짜 죽이려는 것 같아. 방금 팔 부러질 뻔했어. 안 일어나고 뭐 해.'

"아아아아아아아아아악!"

아까보다 더 큰 비명을 지르면서 김현성을 바라보자 충혈된 눈과 입술을 깨물고 있는 입이 보인다. 안 그래도 붉은 눈이 더 붉어진 것처럼 보이는 것은 결코 착각이 아닐 것이다.

'이 새끼 일어나겠는데?'

"흐으윽…… 제발……."

'일어나, 시바. 각성해. 시바.'

"……놔."

'각성! 그리고 각성! 또 각성!'

"그…… 그 손 놔!!"

몸을 일으킨 것은 우리 자랑스러운 회귀자. 곧바로 쓰로누스의 안면에 주먹을 내지르는 모습이 시야에 비쳤다. 방금과는 확연히 다른 움직임과 마력.

'각성한 거야…….'

5성을 찍은 것처럼 보이기는 한다.

'이겨낸 거라고!'

문제가 있다면…….

'뭐야…… 시바 머리에 뿔은 왜 돋아났어? 아니…… 뭐야. 피부는 왜 그래. 아니…… 아니, 팔은 또 왜 저래…… 왜…… 얼굴은…… 왜 그래…….'

전혀 다른 쪽으로의 각성이라는 것.

'으아아…….'

김현성의 모습이라곤 찾아볼 수가 없을 정도였다.

'너 왜 그래…… 왜 그래.'

김현성의 모습을 똑바로 쳐다보기가 무섭다. 대충 보기에도 인간의 모습을 완전히 잃어버린 것만 같다. 제정신은 유지하고 있는 건지 의심이 될 지경이었으니 무슨 말이 더 필요할까.

조금 찝찝하기는 했지만 그래도 현재 김현성의 상태가 어떤지 확인해 볼 필요가 있다. 아래에서부터 천천히 녀석의 모습을 훑어보자 김현성의 탄탄한 다리가 눈에 들어왔다.

'여긴 별로 변하지 않은 건가?'

장화에 뒤덮여 있어 제대로 알아볼 수가 없다. 뒤에 달린 꼬리가 유일하게 이전과 다른 점이다.

처음 보는 형태의 꼬리는 무슨 짐승을 빗대어 표현해야 할지 모르겠다. 한 가지 확실한 것은 무척 위협적으로 생겼다는 것, 저건 무기로도 사용할 수 있을 것 같다.

두 팔은 대충 봐도 알아볼 수 있을 정도로 변화했다. 칙칙한 검은색으로 감싸져 있다는 표현이 어울릴까? 마치 심승의 팔 같은 모습이다. 무기를 쥘 수 있을지 의심이 될 정도다. 손톱과 손의 경계가 없어진 검은색의 손은 대충 보기에도 날카롭게 보인다.

전체적으로 덩치도 조금은 커다랗게 변한 것 같은 느낌, 미세하지만 확실하게 알 수 있을 것 같다. 원래부터 근육으로 꽉 차 있었던 전신에 조금 더 근육이 붙었고 키도 조금은 커진 게 확실하다.

가장 눈에 띄는 것은 머리 위에 자리한 커다란 뿔, 마치 산양의 뿔처럼 안쪽으로 말린 형태가 눈에 띈다.

'저건 솔직히 간지 날 것 같긴 해.'

왜 하필 산양 뿔인지는 모르겠지만 김현성의 이미지와도 들어맞는 부분이 있다. 뿐만이 아니다. 정리되지 않은 채로 삐죽삐죽 아무렇게나 널브러져 있는 머리카락도 멋있어 보이기는 한다.

미친 까마귀의 취향인지는 모르겠지만 허리까지 길게 내려온 장발이 눈에 들어온다. 대충 봐도 단순한 머리카락으로 보이지 않는다. 소재가 달라졌다고 표현하는 게 맞을까, 저 머리카락은 평범한 방법으로는 잘라낼 수 없을 것처럼 느껴진다.

딱 저 모습까지는 괜찮다. 저기까지는 용인해 줄 수 있다. 문제는…….

'우리 현성이 얼굴 어디 갔어.'

김현성의 얼굴이 완전히 사라져 버렸다는 게 문제였다. 완전히 검은색으로 덮여 있다. 날카로운 이빨도 보이고 그 안에 기다란 혀도 눈에 띈다. 추하게 혀를 내밀면서 침을 뚝뚝 떨어뜨리고 있지는 않았지만 만약 저 혀를 바깥으로 내밀 수 있다면 평범한 인간보다는 확실하게 긴 모습일 것이다.

'현성이가 원래 혓바닥이 길었었나?'

그렇게 길지는 않았던 것 같은데…….

누가 봐도 몬스터나 다름이 없는 모습이라고 생각할 것이다. 무슨 눈을 하고 있는지도 모르겠다. 애초에 눈동자가 보이지 않는다. 짐승이 크르륵거리는 소리가 들려오지는 않았지만 이성이 있는지도 판단할 수 없다. 말하는 방법을 까먹고 있지 않은가.

조용히 나를 내려다보고 있는 얼굴이 왠지 모르게 무섭다. 다른 건 다 변해도 상관없지만 얼굴을 봐야 이 새끼가 무슨 생각을 하고 있는지 알 수 있을 것이 아닌가.

'시바, 얼굴 돌려내. 시바. 이게 뭐야. 시바, 괴물이잖아. 이런 게 어디 있어. 아니, 이성은 남아 있는 거지, 그렇지? 아직 우리 현성이 완전히 타락한 거 아니지?'

불안한 눈빛으로 위를 올려다본다. 김현성의 주먹을 맞고 한참이나 멀리 떨어진 곳에 처박혔는지 쓰로누스 이 새끼는 모습도 드러내지 않는다.

김현성이 천천히 내 팔을 잡고 들어 올린 것은 바로 그때. 얼굴을 가까이 가져다 대는 녀석의 모습이 시야에 비쳤다.

'뭐야. 완전히 맛탱이 간 거야? 진짜로? 진짜?'

내가 누구인지 확인해 보는 것만 같지 않은가. 짐승처럼 킁킁거리며 냄새를 맡지 않은 것은 불행 중 다행이었지만 이상하게 두려운 마음이 생겨나는 것은 어쩔 수 없다고 생각했다. 커다란 입을 벌려 이쪽을 콱 깨물어 버릴지 누가 알겠는가.

내가 김현성에게 너무 자극적인 모습을 보여준 것은 아닌지 걱정이 생겨나기도 했다.

'너무 오버했었나? 눈물 흘리면서 제발 그만해 달라고 막 소리 지르고 아픈 척했던 게 문제였던 거야?'

당장 죽을 것처럼 난리 부르스를 쳤으면 안 되는 기였는데…… 내 연기력이 너무 실감 난 나머지 김현성이 너무 몰입

해 버린 것은 아닐까.

조금이라도 늦으면 쓰로누스의 날카로운 검이 내 목을 찌를 거라고 생각했었나 보다. 마지막에 공포에 질린 표정은 뺏어야 했는데…… 어쩌면 악마의 모습이라도 괜찮다는 발언이 문제가 됐을 수도 있다. 괜찮다 괜찮다 하니까 정말 괜찮은 줄 안 것일 수도 있지. 근데 이런 모습이었으면 안 괜찮아 시전했지.

사실 원인이 너무 많은 것 같아서 한 가지로 확정을 지을 수가 없다. 중요한 건 내 눈앞에 있는 김현성이 괴물이 되었다는 것뿐이었다.

'시바 각성 실패. 시바……'

내 팔을 쥔 손에 힘이 들어가 있는 것 같다. 아프다는 듯 표정을 찡그리자 깜짝 놀라는 것 같은 느낌. 이윽고 고개를 갸웃거리는 모습도 시야에 비쳤다.

아주 약간은 정신이 남아 있는 것 같다. 나를 찢어 죽이거나 깨물어 죽이지 않은 게 다행이라고 생각할지는 예상하지 못했다.

'진짜 변한 거 아니지? 이제 그 모습으로 시바 평생 살아야 하는 거 아니지?'

그건 아닐 거야.

카스가노 유노를 통해 봤던 미래의 모습은 이게 아니었으니까. 만약 미래가 변하지 않았다면 김현성은 다시 한번 본래의 모습을 되찾는다.

어쩌면 이 상태로 김현성에게 찔리는 게 진정한 각성 김현성의 모습을 되찾는 실마리일 수도 있다. 어디에선가 많이 본 것 같은 클리셰가 아니었던가. 이성을 잃은 히어로가 친우의 죽음에 자신의 잘못을 깨닫고 진정한 영웅으로 다시 태어나게 되는 서사는 클래식이나 다름이 없다.

주변 상황이 아직 타이밍이 아니기는 했지만 이게 열쇠가 아닐까. 내가 마침 물약을 어디다 놔뒀더라. 시바. 가지고 오긴 가지고 왔나. 이거 저 손에 뚫리면 아픈 정도로 안 끝날 것 같은데…… 분명히 엄청 아플 거다. 여기서 잘못 깝치다가 개죽음당하면 그것보다 더 우스운 꼴이 어디 있을까.

라파엘도 아직 안 일어났으니까 타이밍이 지금은 아닐 것이다. 결코 스컬 그레이 김현성에게 배때지가 뚫리기 싫어서 나오는 자기 합리화가 아니다.

'쓰로누스 이 미친 비둘기 새끼는 도대체 왜 안 오는 거야? 이쯤 되면 믹아줘야 되는 거 아니야?'

그렇게 김현성이 다시 한번 천천히 내 몸을 들어 올렸을 때였다. 쾅 하는 소리와 함께 김현성의 몸이 반대쪽으로 튕겨 나간 것, 김현성이 들고 있는 내 몸은 자연스럽게 바닥에 떨어진다.

흑색의 괴물의 앞을 가로막은 것은 은색의 쓰로누스.

'시바. 왔구나.'

이 순간만은 누가 영웅인지 구분이 가지 않는다.

커다란 이빨을 벌리며 다시 등장한 적에게 적의를 표출하는 각성 둠현성. 잔뜩 표정을 일그러진 채로 들고 있는 검을 휘두른다.

콰아아아아아아아아앙!!

하는 소리와 함께 거대한 검은색의 참격이 날아 들어오는 것이 보인다.

'시바.'

사정거리에는 분명히 이쪽도 포함되어 있다. 물론 나를 조준하고 쏜 것은 아니었지만 쓰로누스가 저 참격을 흘리지 않았더라면 나 역시 검은색 기운에 휩쓸렸을 거라 장담할 수 있다.

'망했다. 시바. 망했다고.'

왠지 모를 설움이 밀려들어 오는 것도 무리가 아니리라.

'너 이 새끼, 진짜 안 보이는 거야?'

피 토할 때까지 내조하면서 키워줬더니 돌아오는 게 검은색 참격일 줄은 누가 알았겠는가.

이빨을 벌리며 적의를 보내고 있는 대상이 내가 아닐까 무섭다. 이제는 쉴드를 쳐줄 선한 얼굴도 없지 않은가. 손절 버튼을 눌러도 이상하지 않을 타이밍이었지만 그간 함께 살아온 정이 뭔지 태세 전환 버튼을 누르기가 쉽지가 않다. 적절한 예는 아니었지만 긴 시간을 함께한 부부가 어째서 이혼 도장을 찍을 때 망설이는지 알 수 있을 것 같은 기분이었다.

사람 마음이라는 게 뭔지 그 와중에도 쓰로누스의 등이 점점 듬직하게 보이기 시작했다.

"괜찮은가?"

"네……."

"내가 말하지 않았나. 저자는 이미 괴물이라고. 이제야 그

실체를 드러낸 것뿐이다."

'시바 어떻게 하지.'

"이미 완전히 검은 마력에 잠식됐군. 너의 눈앞에 있는 저것은 파괴와 살육을 일삼는 괴물이야."

'무슨 개소리야. 우리 현성이 괴물 아니야.'

"아무것도 알아보지 못할 것이다. 자신의 생명이 다할 때까지 주변에 있는 모든 것을 파괴할 거다."

'네가 시바 뭘 안다고 그렇게 이야기해. 우리 애가 얼마나 착하고 순한데. 이게 다 나쁜 친구들이랑 어울려서 그런 거라고 시바.'

"두 눈을 똑바로 뜨고 현실을 직시하거라. 네 눈앞에 있는 저게 무엇인지 직접 눈으로 확인할 수 있을 것이다. 모르는 척하고 싶을 뿐이야. 사실은 너도 알고 있을 것이다. 저건 되돌릴 수 없어."

'시바. 안 되는데…… 진짜 안 되는데.'

하지만 눈앞에 있는 김현성은 아무 말도 없다. 김현성의 두 눈에 나를 지키겠다는 감정은 없다. 은색의 쓰로누스의 말처럼 눈앞에 있는 모든 것을 파괴하고자 하는 욕구 말고는 다른 감정이 보이지 않는다.

다시 한번 천천히 녀석의 얼굴을 바라봤었던 때였다.

"어?"

아까 보지 못했던 부분이 눈에 들어왔던 것.

'시바…… 되찾을 수 있어.'

턱 쪽에 검은색 형태 물질이 김현성의 얼굴을 덮고 있는 것이 보인다. 그 검은색 마력의 밑에 있는 피부는 틀림없이 정상이었다. 인위적으로 누군가가 씌어놓은 것만 같은 형태. 틀림없이 가면이다.

'시바 되찾을 수 있다고!'

완전히 먹힌 것이 아니다. 김현성은 지금 벗지 못하는 가면을 쓰고 있을 뿐이다. 저 가면 뒤에는 평소대로의 김현성의 얼굴이 자리해 있다.

'벗기면 되는 거야.'

간단하지 않은가. 저 가면이 김현성의 이성을 잃게 하고 있다면 저 가면을 벗게 만들면 그만이다. 확실하지는 않지만 일단은 정신을 차리게 되지 않을까.

얼마나 급했으면 저런 가면을 썼는지에 대해 생각해 보자 갑작스레 가슴이 미어지기 시작했다. 다른 방법이 없다고 생각했던 게 분명하겠지.

쓰로누스는 김현성이 이성을 잃은 괴물이 되었다고 판단했지만 그럴 리가 없지 않은가. 만약 정말로 김현성이 파괴와 살육을 일삼는 빌런이 되었다면 나는 이미 죽은 모습이었을 것이다. 무의식 속에는 아직 이기영이라는 빛이 남아 있다.

어두운 가면을 쓰기 직전 김현성의 머릿속에 떠오르는 생각은 하나였을 터.

'쓰로누스를 죽여야 돼.'

어째서? 그래야 이기영이 살 수 있으니까.

자신의 이성을 포기하면서까지 지키고 싶었던 것. 자신을 버리면서까지 지켜내고 싶었던 것. 내가 녀석을 이해하지 않는다면 그 누가 녀석을 이해할 수 있을까.

　커다란 입을 벌리며 소리 없는 아우성을 내지르는 김현성의 모습은 마치 절규하는 것만 같았다. 지킬 거라고, 자기 자신을 포기하는 한이 있더라도 내가 내가 아니게 되더라도 지켜야 한다고 소리치고 있는 것만 같다.

　'되돌릴 수 있어. 그렇지? 형 기억하지?'

　문제는 지금의 김현성을 누가 막아낼 수 있을까에 대한 것이었지만, 답은 이미 나와 있지 않은가.

　"도와주세요."

　"뭐?"

　"저…… 저 사람을 도와주세요."

　"말하지 않았니."

　"아니요. 아직 희망이 있습니다. 원래대로 되돌아올 수 있어요. 아직 불씨가 꺼지지 않은 것이 제 눈에는 보입니다."

　"……."

　"당신이 무슨 말을 하고 싶은 건지, 당신이 어떻게 저를 알고 있는 것인지, 또 당신들이 어째서 이곳에 왔는지에 대한 것은 다시 묻지 않겠습니다. 하지만 조금이라도 믿음을 보이고 싶다면 저를 도와주세요. 아주 작게 남아 있는 빛이라도 지킬 수 있다는 의지를…… 이미 타락해 버린 자라도 저버리지 않겠다는 걸…… 보여……."

"……."

"만약 도움을 주신다면……."

"……."

"원하는 게 무엇이든 그 뜻에 따르겠습니다."

긍정의 뜻인지 부정의 뜻인지는 알 수 없지만, 미세하게 고개를 끄덕인 쓰로누스가 김현성을 향해 날아가는 모습이 두 눈에 들어왔다.

당연하지만. 무엇이든 뜻에 따르겠다는 건 새하얀 선의의 거짓말이었다.

'고맙다. 가면의 구세주.'

2라운드가 시작된 시점, 초조하게 전방을 바라볼 수밖에 없었다. 쓰로누스가 강하다는 건 알고 있었지만 저 상태의 김현성을 상대로 싸워 이길 수 있는지에 대해서는 회의적이었기 때문이다.

이전 둠현성의 상태일 때도 스펙으로는 분명히 밀리는 측면이 있었다. 기술적인 면으로 다른 부분을 극복한 싸움이었지만, 그것도 어느 정도 체급이 같을 때의 이야기다.

새롭게 진화한 스컬 그레이 현성과 쓰로누스는 체급이 다르다. 조금만 스쳐도 녀석에게는 치명타. 부담이 생기지 않을 리가 없다. 숨도 못 쉴 만큼의 압박감을 견뎌내는 것도 문제이거니와 정신적으로도 피곤해지는 게 당연하다는 거다.

각성과 동시에 맞은 일격 역시 녀석에게는 대미지로 남았을 것이다. 겉으로 티가 나지는 않지만 내부에는 확실하게 대미지가 쌓였을 거라고 생각했다.

소리없는 괴성을 내지르며 은색에게 몸을 부딪치는 검정. 아무렇게나 휘두르는 것만 같은 팔과 다리는 형식이 사라졌지만 이전보다 훨씬 더 빨라졌다. 조금이나마 여유를 가지고 있었던 좀 전과는 다르게 쓰로누스의 얼굴에도 여유가 사라진다.

그중에서도 가장 부담이 되는 것은……

'내구력이 차원이 달라.'

김현성의 몸에 검이 닿고 있기는 하다. 하지만 상처가 생기기는커녕 검이 튕겨 나가고 있다.

입술을 꽉 깨문 은색의 영웅이 본인의 힘을 가득 담아 검을 휘두르지만 반탄력 때문에 오히려 손이 튕겨 나오고 있다. 쓰로누스가 아니면 손에 들고 있는 검을 놓쳐 버리고 말았으리라.

성벽이 무너지는 것뿐만이 아니다. 이미 주위는 완전히 폐허라고 해도 이상하지 않다.

김현성과 쓰로누스가 사용하는 전장이 점점 더 넓어지고 있다. 입을 크게 벌리며 손과 발을 휘두를 때, 먼 곳까지 그 여파가 미친다.

콰아아아아아아앙!!

하는 소리와 함께 주위가 쑥대밭이 되는 광경은 이제는 이상하지도 않다.

'완전히 미쳤어.'

본인도 본인을 제어할 수 없는 지경까지 와버린 것이다.

쓰로누스가 검을 휘두른다. 김현성은 그 검을 머리 위에 있는 뿔로 막아낸다.

스컬 그레이 현성이 손을 휘두르려고 하는 것이 보인다. 문제는 이다음이다. 무수히 많은 선택지가 있었던 이전과는 다르게 이제는 저 공격에 대한 선택지를 찾기가 힘들다. 어디로 피할 것인가.

'위? 아래? 오른쪽, 왼쪽?'

저 손톱이 휘둘러지면서 뿜어져 나오는 마력 덕분에 사방이 사정거리다. 김현성의 등 뒤 말고는 피할 곳이 없다.

아니, 지금은 등 뒤도 안전하지 않다. 날카로운 꼬리를 탑재하지 않았던가. 흘려야겠다고 생각하겠지만 밀도가 높은 마력은 함부로 흘려보낼 수도 없다.

결국에는 녀석에게 메시지를 보낼 수밖에 없었다.

[일반 등급의 강제 퀘스트를 생성합니다.]

[중앙. (0/1)]

[쓰로누스에게 일반 등급의 퀘스트를 전달합니다. 퀘스트 클리어 보상을 등록하지 않았습니다. 쓰로누스는 보상을 받으실 수 없습니다.]

내가 뭘 말하는지 녀석은 이해할 수 있을 것이다.

날개로 몸을 감싼 채로 공중에서 몸을 비트는 녀석의 모습이 시야에 비친다. 휘릭 하는 효과음이 들려올 것만 같은 움직임으로 검을 내뻗는다.

피할 수도 흘릴 수도 없다면 뚫어낸다. 밀도가 가장 옅은 곳이라면 쓰로누스 역시 충분히 이겨낼 수 있을 것이다.

상대적으로 마력이 덜 집중된 공간으로 녀석이 몸을 움직이는 것은 순식간, 품 안으로 파고 들어가 검의 손잡이로 김현성의 가면을 후려치는 모습이 시야에 비친다.

너무 가까이 붙어 검을 휘두를 수 없게 되자 손잡이를 사용한 것이다. 곧바로 몸을 빼야 한다는 메시지는 날릴 필요는 없다. 초근접거리가 자신에게 더 위험하다는 건 쓰로누스 역시 인지하고 있다.

'잘 이해하고 있네.'

뭔가 통하는 것 같은 느낌도 든다. 확실히 라파엘 때와는 다른 것 같은 느낌. 요단강 익스프레스에 몸을 단단히 고정시킨 라파엘에게 미안하기는 했지만 승차감이 다르다.

'이거 좋네.'

처음부터 끝까지 지시할 필요가 없다. 애초에 이런 전투에서는 지시를 내릴 수도 없다. 메시지를 보내는 시간에도 전투의 향방이 계속해서 바뀔 수밖에 없으니까.

일단 둘의 움직임이 너무 빠르다는 것이 문제, 당연히 어느 정도는 녀석의 개인 성능과 판단에 의지할 수밖에 없다.

힘만 믿고 밀어붙이는 라파엘과는 비교하는 것부터가 미안하게 느껴질 정도다. 심지어 라파엘은 전부 다 하나하나 지정해 줘야 하는 수동이었다. 이렇게 움직여라, 저렇게 움직여라. 이런 말들을 전하는 것에 많은 시간을 소요했으니 필연적으로 수비적으로 운영할 수밖에 없었다.

쓰로누스는 자동화되어 있다. 스스로 판단할 수 있었고 내 생각을 이해하고 있다. 현성이와 누가 더 좋을지 군이 비교하기 어려울 정도, 급도 같고 성능도 같다.

아마 여기에서부터 갈리는 것은 개인의 취향이 아닐까.

'사정거리?'

쓰로누스가 김현성보다 더 길다. 녀석이 가지고 있는 검을 말하는 것이 아니다. 물론 녀석의 검이 긴 사정거리에 영향을 끼친다는 것은 부정할 수 없지만 군이 그게 아니더라도 쓰로누스는 중거리에서 할 수 있는 일이 더 많다. 별이 떨어져 내리는 것 같은 검, 날개를 조금 더 자유롭게 사용할 수 있다는 점, 종류가 많지도 않고 확실하지도 않지만 권능 비슷한 것 역시 가지고 있는 것처럼 보였다.

공중에서 몸을 움직이는 방식이 약간은 비상식적이다. 자신의 힘을 형상화 시켜 쏘아 보내는 것도 익숙해 보였고 끊임없는 견제가 습관화되어 있다. 묵직한 한 방을 가지고 있는 김현성과 대조적이라면 대조적이다.

어쩌다가 사람을 몰아보는 것에 이렇게 평가를 내리게 된 건지는 모르겠지만 나름대로 즐겁다. 비싼 스포츠카를 보유하고 있다고 해서 세컨드 카를 즐기지 말라는 법은 없지 않은가.

공룡이 우는 소리를 내는 것만 같은 배기음, 거칠게 움직이는 주제에 기술적으로도 완벽하게 정리된 김현성. 하이브리드 카처럼 조용하지만 운전자를 약간 더 배려해 주고 편하게 만들어주는 쓰로누스.

전자가 더 괜찮다고 생각이 들기는 하지만 후자도 결코 나쁘지는 않다.

'라파엘은?'

"성검 용사 코인은 개뿔 이제는 손절할 때도 됐지."

다시 몰기 싫어지는 승차감이었다.

조금 다른 생각에 빠져 있는 사이에도 계속해서 쉴 새 없이 몸을 움직이는 쓰로누스의 모습이 시야에 들어왔다. 아마 공간을 찾고 있는 거겠지. 녀석의 눈으로는 어디로 파고들어야 할지 모를 테니까. 언제 파고들어야 할지도 모를 테니 메시지를 받는 순간 움직일 준비를 하고 있는 것이다.

타이밍은 아직이다. 녀석도 그 사실을 알고 있다.

'큰 기술.'

스킬 그레이 현성이 큰 기술을 사용할 때마다, 조금씩 가면에 대미지를 욱여넣는다. 아웃 파이터가 싸우는 것처럼 끊임없이 녀석을 주변으로 원을 그리며 공간을 찾는다.

귀찮다는 듯이 한 번 더 괴성을 지르며 마력을 모으는 것이 보인다. 공간이 검은색의 마력으로 꽉 채워진다.

내가 할 일은 간단하다. 눈으로 보고, 전달하는 것.

김현성이 마력을 뿜어내는 그 시점, 쓰나미 같은 거대한 파도에서 작은 공간을 찾아 녀석에게 전해주는 것으로 끝이다. 찰나의 시간에 판단을 내려야 한다는 게 어렵기는 했지만 약점을 찾는 것에는 문제가 없다.

다시 한번 날개로 자신의 몸을 감싼 채 이쪽이 지시한 방향으로 몸을 던지는 모습, 환희에 찬 것 같은 표정이었다.

[뚫어낸 이후에 바로 대응. (0/1)]

'내가 무슨 말 하는지 알지?'

어둠에 가려져 있지만 김현성 역시 몸을 움직이고 있다. 쓰로누스가 공간으로 파고들 것이라는 걸 본능적으로 이해하고 있다. 수풀 속에 숨어 몸을 웅크린 검은색 늑대가 이빨을 들이밀었지만 쓰로누스 역시 대응할 준비를 이미 마쳤다.

검은색 마력을 뚫어낸 이후에 공중에서 방향을 바꾼다. 김현성을 보고 움직였다면 타이밍이 맞지 않았겠지만 이미 전해들은 정보로 일정 거리를 유지한 채 검을 내지른다.

품 안으로 파고든 이후에 손잡이로 가면을 내려친 방금 전의 타격과는 완전히 다른 방식이었다. 옹졸하다고 생각할 정도로 작은 포인트, 대미지를 느끼는 건지, 확실하게 준 건지 의심이 되기는 했지만 지금의 상태로는 이 상태가 해답이다. 조금 더 무리하게 들어갈 수 있을 것 같기는 했지만 딱 이 정도의 선은 지켜야 했다. 현재의 김현성은 참을성이 있어 보이지는 않는다. 계속해서 기회를 본다면 가능성이 있다.

예상대로 짜증 난다는 듯이 주변을 휩쓰는 모습이 보이기 시작, 대륙이라도 멸망시킬 것 같은 모습이었지만 저게 단순한 화풀이라는 걸 알 수 있었다.

아직 근처에 있을지도 모르는 야전 지휘관들에게 곧바로 전 병력을 대피시키라고 메시지를 보내놓기를 잘했다.

'구역 하나를 통째로 전장으로 사용할 줄 누가 알았겠어.'

[이미 알고 계시겠지만 다시 한번 브리핑하겠습니다. 신호가 있을 때만 지정해 준 위치로 들어가시면 됩니다. 들고 계시는 검 정도의 거리보다 더 멀게 간격을 유지해 주시고 치고 빠지는 것에만 집중해 주시면 될 것 같습니다. 오른손에 들고 있는 검보다는 왼손을 사용하는 빈도가 높으니 주의해 주시고, 절대로 뒤를 잡지 않습니다. 꼬리 주의하세요. 꼬리 주의. 너무 멀어지지는 마세요. 다시 접근하기 힘들 것 같으니까. 간격을 제가 계속 체크할 테니 눈대중으로 확인해 주시면 될 것 같습니다. (0/1)]

-알겠다.

[사용하실 수 있는 권능이나 스킬 같은 게 있으시면 말씀해 주세요. (0/1)]

-…….
'뭐야. 너 나 의심해?'
-그렇게 하도록 하지.

[Q, W, E, R로 신호 드리겠습니다. 견제기는 Q, 특수기는 W, 이

동기는 E, 권능은 R입니다. (0/1)]

-이해했다.

쓰로누스를 향해 커다랗게 점프하는 김현성의 모습이 보인다.

당연하지만 김현성이 뛰어오른 만큼 녀석은 뒤로 물러난다. 날개로 몸을 감싼 채로 이동하고 있는 것을 보면 녀석 역시 공격을 정통으로 맞는 게 위험하다는 사실을 인지하고 있는 것만 같았다.

조금 시간을 끄는 것 같은 느낌이었지만 나쁘지는 않다.

'패턴 분석할 시간도 준다는 거네.'

김현성은 프로그램 덩어리가 아니니 패턴이랄 것도 없지만 그래도 몸에 익은 습관이라는 게 있다. 지금처럼 이성이 날아간 상태일수록 그 습관들은 조금 더 두드러진다.

인정하기는 싫지만 몬스터와 같은 상태라고 봐도 무리가 없다. 검을 한 번 휘두른 이후에는 곧바로 손톱을 휘두르는 빈도수가 높고, 꼬리를 한 번 살랑거린 이후에는 하단 공격 빈도수가 높다. 팔은 크게 횡 옆으로 움직이는 것이 대다수고 견제기는 따로 존재하지 않는다.

아니, 하나 있기는 하지.

'꼬리.'

그게 녀석의 유일한 견제기라고 할 수 있으리라. 쓰로누스와 다르게 거리는 재는 종류의 견제기는 아니었지만 저것도 저것 나름대로의 장점이 있어 보였다. 등 뒤를 완벽하게 지킬 수 있다는 건 최고였으니까.

발차기는 거의 사용하지 않는다. 주변을 두리번거린 이후에는 광역기, 꼭 누가 있는지 확인하는 것 같은 모습이었다.

조금 양이 부족하기는 했지만 쌓여 있는 데이터를 정리한 이후에는 곧바로 전달한다. 끊임없이 정보를 전달하고 녀석은 계속해서 정보를 받아들인다.

주의해야 할 것은 하나 정도.

[맹신하지 마세요. (0/1)]

정보를 너무 맹신하지 않는 것. 상황은 언제 어떻게든 변할 수 있다. 나 역시 쌓인 데이터를 곧이곧대로 받아들이지는 않는다. 뒤에 3% 정도는 항상 여지를 남겨놓는 것이 좋다.

'할 수 있을 것 같은데.'

솔직히 이기는 그림은 그려지지 않는다. 하지만 가면을 벗겨내는 것 정도는 가능하다.

'조금만 더.'

계속해서 대미지가 들어가고 있다. 김현성이 쓰고 있는 가면에 벌써 여러 번의 대미지가 들어갔다. 갈라지고 있는 것 같지는 않지만 스컬 그레이 현성이 크게 흥분하고 있다는 게 바로 그 증거다.

조금 문제가 되는 것은…….

'내구력이 약하구나.'

쓰로누스의 내구력이 문제였다.

무작정 비난할 수도 없다. 아무리 날개로 몸을 가렸다고 한들, 가장 낮은 밀도의 공간으로 파고들었다고 한들, 대미지가 없는 것이 아니다. 녀석은 김현성의 마력 한가운데로 몸을 던졌고 그 대미지는 몸에 고스란히 남아 있다. 조금씩 조금씩 너덜너덜해지는 날개들이 그 증거가 아닐까.

'이거 조금 위험한 건가.'

놈의 날개가 계속해서 이걸 버텨낼 수 있을까.

'앞으로 몇 번이나 남았지. 한 번은 승부를 내야 하나?'

멀리 떨어진 곳에서 계속해서 머리를 굴리고 있었을 때였다.

"어?"

사방에서 튀어나온 백금색의 사슬이 김현성의 몸을 휘감기 시작한 것.

"뭐야."

어느새 공중은 백금색의 검으로 가득 채워져 있다.

쓰로누스 역시 당황한 듯한 얼굴, 녀석의 짓이 아니다.

-처형.

소나기가 내리듯 하늘에서 검들이 쏟아져 내린다.

-처형.

다시 한번 검들이 쏟아져 내린다.

-처형.

다시 한번 검들이 떨어진다.

-처형.

처음에는 뚫리지 않았지만 검들은 김현성의 몸에 상처를 만들고 있다.

녀석은 온몸에 사슬이 포박된 채로 괴성을 내지르고 있다. 분노하고 있는 것이 아니다. 저것은 고통스럽다는 울음이었다.

-처형.

'뭐야…… 시바.'

-처형.

'그만해. 미친…….'

-처형.

"그만하라고 이 미친 잡종 비둘기 새끼야!"

하늘 위에 떠 있는 것은 백금발의 머리카락을 가지고 있는 천사. 쓰로누스는 녀석의 이름을 중얼거렸다.

-그만. 그만해라. 세라핌.

-어째서?

-…….

-저자는 죽어야 해. 쓰로누스.

-…….

-내가 저자를 죽이지 않아도 되는 이유를 이야기해. 쓰로누스. 그건 네 뜻이야? 아니면 네게 메시지를 보내고 있는 더러운 배신자의 뜻이야?

-…….

-난 지금 저 인간을 죽여야겠어.

'시발.'

입술을 꽉 깨물 수밖에 없는 상황, 이런 일이 벌어질 거라고는 생각하지 않았지만…….

'죽어?'

실제로 고통스러워하는 김현성의 얼굴을 보자 입술이 절로 꽉 깨물어졌다. 갑작스레 등장한 불청객에 초조한 마음이 생기는 것도 무리가 아니리라.

녀석은 우리들에게 적대적이다. 정말로 현재의 김현성을 죽이는 게 가능한 일인지는 모르겠지만 등장 임팩트만 보면 그게 불가능할 것 같지가 않다.

"시발…… 시발……."

'외부에서 도움을 받을 수 있나?'

차희라는? 아직까지 전투 중. 이지혜 역시 마찬가지다.

정하얀은? 불가능하다. 아니, 아예 불가능한 것은 아니다. 북부 전역에 쏟아지고 있는 마법을 해주면 그녀가 개입하는 것이 가능하다.

'풀어야 하나?'

고민할 수밖에 없는 시점, 정말로 세라핌이 현재의 김현성을 죽일 수 있다면 지금 당장 마법을 해제하는 것이 맞다.

쓰로누스에게 계속해서 메시지를 보내지만 중간에서 차단당하고 있다는 게 느껴진다.

지푸라기라도 있으면 잡고 싶은 심정, 나도 모르게 망원경으로 전체를 둘러볼 수밖에 없었다.

이유는 모르겠다. 하지만 괜스레 녀석이 눈에 띈다. 김현성과 더불어 대륙을 지키기 위한 필수 조건이었던 영웅. 성검에게 선택을 받은 용사. 내 동생 라파엘.

'시바. 깨어나세요. 용사여!'

뭐라도 해야만 했다. 몸은 튀어 나가면서도 계속해서 메시지를 날린다.

'깨어나세요! 용사여! 대륙의 희망이여!'

다시 한번 세라핌이 손을 휘두르는 것이 보인다.

'일어나. 라파엘.'

하늘을 가득 채운 검이 다시 떨어지고 있다.

'깨어나세요! 용사여!'

"일어나라고! 이 미친 새끼야!"

-처형.

"일어나!"

거대한 백금색의 빛이 시야를 가득 채우기 시삭했다.

◼

라파엘이 일어났는지 일어나지 않았는지 확인이 되지 않았다. 아니, 확인할 수 없었다는 말이 더 어울리는 표현이리라.

'죽은 거 아니야? 죽은 건 아니지?'

가장 중요한 것은 김현성의 생사 여부.

거대한 백금색의 빛이 흩어지고 있는 것이 시야에 비친다. 아직까지 주변에 서려 있는 빛 때문에 제대로 확인이 되지 않았지만 약간의 시간이 지나자 걸레 조각의 모습을 한 인형이 눈에 보이기 시작했다.

움직이고 있는지 멈춘 것인지 확인할 수 없다. 미동도 없는 모습은 불안감을 불러일으킨다.

'개 시바……'

"살아 있을 거야."

애초 쓰로누스가 그렇게 두드려도 대미지를 입지 않았던 김현성의 내구를 생각해 보면 살아 있는 것이 정상이다.

아무리 백금색 비둘기가 강하다고는 해도 현재 김현성의 내구를 뚫고 계속해서 대미지를 줄 수 있을 거라는 생각이 들지는 않았다.

어쩌면 자기 합리화일 수도 있다. 하지만 이런 합리화를 해서라도 김현성이 아직 살아 있다고 믿고 싶다.

'성검 용사 시바 뭐 하고 있는 거야.'

'깨어나세요, 용사여'로는 부족한가. 강한 용사 라파엘, 강한 용사 라파엘이라는 찬송가라도 만들어서 24시간 내내 녀석을 자극했어야 했나.

여러 가지 생각이 머릿속을 뒤죽박죽 뒤흔들고 있는 와중에도 몸은 점점 흩어지는 빛을 향해 쏘아 들어가기 시작했다.

혹시나 이쪽에도 같은 종류의 공격이 들어오는 것은 아닐까 걱정했지만 다른 위협적인 공격이 들어오거나 하지는 않았다. 쓰로누스가 세라핌을 말리고 있는 것이 아닐까.

아직까지도 주변에 서려 있는 빛을 계속해서 손으로 헤쳐 나가는 도중, 김현성의 모습이 시야에 비친 것은 바로 그때였다.

온몸에 백금색의 검이 박혀 있는 모습.

"어……."

머리부터 발끝까지 백금색의 검이 박혀 있다.

"어……."

팔다리 할 것 없이 고슴도치라도 된 것처럼 온몸에 검이 박혀 있었다.

"어…… 어…… 어……."

생각하는 것보다 행동하는 것이 더 빠르다. 허겁지겁 달려들어 김현성의 몸에 박혀 있는 검들을 뽑아내는 것이 먼저였다. 뭐라고 말할 수 없을 정도의 참혹한 모습에 저절로 입술이 꽉 다물어진다. 계속해서 치이이익 소리를 내며 신체가 타들어 가고 있다. 걸레짝이 된 몸체는 그 어떤 미동도 없다.

"일어나……. 시발. 일어나라고."

저 검을 하나하나 손으로 뽑아내는 것도 일, 연약한 신체가 원망스러웠던 적은 처음이었다. 깊숙이 박혀 있는지 하나를 뽑는 데도 꽤 많은 시간이 흐른다.

"시발…… 시발……."

눈앞이 조금 흐려지는 것 같은 느낌, 김현성이 죽는다는 걸 상상해 본 적이 없었던 탓이다. 제대로 숨은 쉬고 있는지도 모르겠다. 아니, 숨을 쉴 리가 없잖아. 목에만 세 개의 검이 박혀 있다. 그래도 일단은 뽑는다. 그렇게 해야 할 것 같았으니까.

'죽지 마.'

손아귀가 찢어질 것 같다. 아니, 이미 찢어져 있다. 손이 저릿저릿하기는 했지만 이 행동을 멈출 수 있을 리 만무했다. 심지어 머리에도 박혀 있는 검, 머리카락과 뿔 때문에 깊숙하게 박혀 있는 것 같지 않았지만 평범한 인간이라면 이미 죽을 정도의 상처라는 데에는 변함이 없다.

'죽었어. 시발.'

죽었다고. 시발. 회귀자는 이제 없어.

"시발…… 시발……."

그런데 왜 이 의미 없는 노동을 하고 있는 걸까. 손도 찢어지고 어깨도 빠질 것 같은데. 왜 계속 이 멍청한 시체에 꽂혀 있는 칼을 뽑고 있어. 이게 무슨 의미가 있다고. 이제 시바 아무 의미 없는 행동인데 이 새끼는 죽었고 이제는 다음을 준비해야 하잖아. 살아남으려면 그게 맞지. 그렇지 않아? 세뇌에서 풀려난 척하면 끝이야. 외신 쪽에 붙어서 애들 데리고 가면 돼. 아니면 노아의 방주를 들고튀어도 되고. 아니, 그건 아니지. 그전에 할 게 있지. 복수해야지. 주제도 모르는 개 잡것들이 내 걸 건드렸는데. 갈기갈기 찢어서 쓰레기통에 집어처넣어야지. 그다음에는 예전에 했던 대로 하면 돼. 전부 다 죽이고 다시 시작하는 거지.

나도 참 멍청하다. 멍청한 새끼, 처음부터 내가 회귀했으면 됐을 텐데 뭣 하러 김현성을 회귀시켰을까. 시나리오, 시나리오 개소리하더니만 이런 시나리오는 계획에 없었나? 아니면 3회차까지 보고 있었던 건가. 그렇든 말든 그게 뭔 상관이겠어.

이제 끝났으니까 다음을 준비하자. 그래. 이 의미 없는 헛짓거리는 그만하고 다음을 준비하자고.

"시발…… 더럽게 안 뽑히네."

다음을 준비하는 게 맞다. 그게 합리적인 판단이다.

"왜 이렇게 시발 안 뽑히고 지랄이야."

이게 무슨 의미가 있는지 모르겠다. 의미 없는 행동이라는 걸 알면서도 계속해서 검을 향해 손을 뻗게 된다.

검이 조금씩 움직일 때마다 검은색의 핏물이 자꾸만 얼굴과 몸에 튄다. 계속해서 울컥울컥 올라오고 있는 혈액은 녀석이 얼마나 고통스러웠는지 알려주고 있는 것 같다. 한 인간의 몸에서 나오는 혈액이라는 게 믿기지 않는다.

어처구니가 없어 자꾸만 헛웃음이 나온다. 이 지경이 될 때까지 비명 한 번 지르지 않았다는 게 당황스럽다. 죽어가면서 무슨 생각을 했을까. 몸에 검이 박히는 와중에 이 새끼는 무슨 생각을 머릿속에 담았을까.

이런 가정 자체가 의미 없다. 아마 아무 생각도 하지 못했을 것이다. 현재 김현성의 모습은 짐승이나 다름이 없었으니까. 그냥 아프다는 생각만 하지 않았을까. 괴롭고 고통스럽다는 생각밖에 들지 않았을 거다.

만약 의식이 남아 있었다면 기뻐했을 수도 있겠지. 드디어 끝났다고, 이제야 끝이 났다고. 길고 길었던 김현성의 삶이, 고통스럽고 괴롭기만 했던 내 삶이 이제는 마무리 지어졌다고.

후회는 없었을지도 모르겠다.

"엿이나 먹으라지."

후회는 없었을지도 모르겠다.

"아니지. 없었을 리가 없잖아."

후회가 없었을 리가 없다. 이 새끼는 분명히 후회한 채로 죽어갔을 것이다.

1회차 마지막의 김현성과 현재의 김현성은 다르지 않은가. 모든 사람이 죽고 없어진 1회차와는 다르게 김현성에게는 많은 일이 일어났다. 새로운 사람을 만났고 새로운 경험을 하기도 했다. 고통스럽기만 했던 1회차와는 다르다. 취미도 생겼고 하고 싶은 일도 생겼다. 대륙에서의 삶을 어떻게 즐겨야 할지, 여유롭게 휴일을 보내는 방법이나 소소한 하루를 보내는 방법도 깨달았다.

여러 가지 사건으로 많이 고통스럽기는 했지만 녀석은 죽고 싶지 않았을 것이다. 아마 살고 싶다고 생각하지 않았을까.

손톱으로 땅바닥을 긁은 자국이 녀석이 살고 싶었다고 말해주는 것만 같다. 몸이 땅에 박힌 채로 발버둥 쳤던 흔적들이 김현성이 살 의지가 있었다고 말해주는 것 같다. 최대한 몸을 가린 날개들이 죽기 싫다고 말하는 것 같았다.

"내 말이 맞지? 그렇지?"

"……."

"살고 싶었지? 시발. 그렇지?"

"……."

"살고 싶었을 거야. 그래. 뒈지고 싶을 리가 없지. 이제는 끝내고 싶다. 더 편해지고 싶다. 이딴 생각은 하지 않았을 거야.
그런 생각하고 있었으면 진작 뒈졌겠지."

"……."

"넌 살고 싶을 거야. 짐은 무거웠지만 나쁘지 않았다고 생각
했으니까. 생각보다 2회차가 즐거웠지? 그러니까 일어나자."

"……."

"숨 좀 쉬어봐."

"……."

"숨 좀 쉬어보라고! 이 멍청한 새끼! 이 쓸모없는 새끼! 씨발
무능력한 새끼!"

"……."

"이 더럽게 멍청한 새끼! 나도 참 병신이지! 씨발! 왜 너 같
은 머저리 새끼를 믿었을까. 씨발! 왜 멍청하게 시발! 이 사단
을 만들어놨을까. 왜 시발 내가 너를 선택했는지 이해가 안
돼. 뭣 하러 너를 회귀시켜서 다시 한번 이 개 짓거리를 또 하
게…… 시…… 시이…… 시이…… 발……."

"……."

"퉤. 쓰레기 새끼."

"……."

"쓰레기는 새끼는 심했다. 내가 사과할게. 숨 좀 쉬어봐. 진
짜 죽었어? 아니, 목에 박혀 있는 검 때문에 그래? 내가 뽑아
줄게. 더럽게 안 뽑혀서 그래. 아니면 머리에 박혀 있는 게 문
제야? 베니고어. 시발 베니고어. 보고 있어? 이거 보고 있냐고.

시발. 너희들이 자초한 거야. 너희들이 자초한 거라고. 루시퍼 개 잡종 까마귀."

"……."

"너도 마찬가지야. 이 미친 까마귀야. 진짜 더러운 꼴 보게 해줄게. 땅바닥에 기어 다니는 미천한 필멸자라 개밥으로 보셨나 본데 진짜 또라이한테 물리면 어떻게 되는지 한번 보자고. 우습지? 내가 지금 여기서 병신처럼 질질 짜면서 겁이나 뽑고 있으니까 내 말이 우습게 들릴 거야. 근데 두고 봐. 두고 보라고. 장난감이라고 생각했던 놈한테 발등 찍히면 참 볼만할 거야. 너도 똑같이 눈물 나오게 해줄게."

목에 박혀 있었던 마지막 검을 뽑아서 들어 올린다. 무슨 말을 한지도 모르겠다. 소매로 한 번 눈을 훔치고 난 이후에는 그대로 자리에 주저앉았다.

'다음.'

다음을 생각하자.

몇 분이나 자리에 앉아 있었는지 모르겠다. 천천히 하늘에서 내려오는 쓰로누스의 모습이 눈에 보인다.

녀석의 눈에 들어가 있는 감정은 안쓰러움이다. 뭐 그럴 만도 하다. 내 눈으로 보기에도 내 상태가 좋아 보이지는 않는다. 김현성의 피로 온몸이 얼룩졌고 손아귀가 다 찢겨져 피만 줄줄 흘리고 있으니 무슨 말이 더 필요할까. 얼굴은 아마 더 엉망일 것이다.

"괜……."

어떻게 말을 꺼내야 할까. 녀석에 대해 기억하고 있는 부분이 그리 많지 않으니 기억을 되찾았다고 말하기는 조금 그렇고, 그냥 지금 상태를 그대로 유지하는 게 좋지 않을까.

내가 굳이 뭔가를 하려고 하지 않아도 녀석 쪽에서 북 치고 장구 치고 다 해줄 것이라고 생각했다.

"그……."

"……."

"그…… 그자는 악마에게……."

"……."

"……아니, 미안하구나."

"……."

"본의가 아니었다. 최대한 말려보려고 했지만 그렇게 할 수가 없었다. 내게 소중한 사람이라는 것은 알고 있었지만 우리에게도 우리의 입장이……."

"……."

"뭐라고 위로해야 할지…… 모르겠다. 일단은 함께 가는 것이 어떻겠느냐. 그래. 그렇게 하는 게 좋을 것 같다. 지치고 힘들어 보이는구나. 쉴 수 있는 곳을 마련해 주고 싶다."

어떻게 하는 게 좋을까. 일단 따라가는 게 좋나.

"아니, 쓰로누스. 나는 동의하지 않았어."

"세라핌."

그래. 너구나. 백금색 비둘기. 너였어.

"이자는 적이야. 쓰로누스. 네가 지금 눈이 멀어 보이는 것을 보지 못할 뿐이야. 이자는 우리의 대의에는 관심이 없어. 저 얼굴을 봐. 세뇌를 당해? 웃기지 마."

"그는 이전의 일을 전혀 기억하지 못하고 있다. 세라핌."

"그럼 확인해 보면 되겠네."

"……."

"당황할 필요 없어. 쓰로누스. 정말로 이자가 깨끗하다면, 정말로 죄가 없다면 아무런 문제가 없을 거야. 그렇지 않아? 나도 이자가 우리와 뜻을 함께했으면 좋겠어. 너만 그런 생각을 하는 게 아니야. 어디 너뿐이겠어? 케루빔도 도미니온스도 우리와 같은 생각일걸?"

"하지만."

"하지만? 여기서 하지만이라는 말이 필요해? 확인해 보는 것 뿐이야. 내 검으로, 이자의 죄의 무게가 어느 정도의 고통을 안겨다 줄지…… 확인해 볼 뿐이라고. 저기 죽어 있는 쓰레기처럼 말이야. 얼마나 죄를 많이 저질렀으면 저런 꼴이 됐겠어? 이건 정당한 심판이고 정당한 처형이었어. 쓰로누스."

"……."

"전부 본인이 저지른 죄야."

"……."

"김현성 저자의 죄악이라고."

"……."

"이제는 눈앞에 있는 이자를 시험해 볼 차례야. 쓰로누스."

"내가 용납할 수 없다. 세라핌."

"나는 네게 허락을 구하는 것이 아니야. 쓰로누스. 이건 해야만 하는 일이지. 너도 이해하고 있잖아. 아니면 무서운 건가? 그가 수많은 죄를 저질렀을까 봐 그게 두려운 거야?"

"……내 믿음은 확고하지만……."

"너도 궁금하잖아. 쓰로누스. 이 배신자가 얼마나 많은 죄를 가지고 있을지, 진짜로 네가 믿는 사람이 맞을지. 궁금하지 않아?"

"……."

"우리가 정말로 함께하기 위해서는 꼭 필요한 일이야. 나도 가슴이 아파. 하지만 어쩔 수 없는 건 어쩔 수 없는 거야. 우리는 확인해야 해. 정말로 이자가 우리를 배신한 것이 아닌지. 정말로 악마들에게 세뇌당한 것이 맞는지. 본의가 무엇인지, 정말로 선한 이가 맞는지. 이걸 알아야 우리가 같이 움직일 수 있어. 이게 내 최소한의 양보야. 쓰로누스. 더 이상의 타협은 없어."

입술을 꽉 깨물고 있는 은색 비둘기의 모습이 시야에 들어왔다. 알아서 북 치고 장구 치고 전부 다 해줄 거라는 것은 알고 있었지만 생각보다 빠르게 결론이 내려진 것 같았다.

슬쩍 옆을 바라보자 여전히 움직이지 않고 있는 김현성의 모습이 눈에 보인다.

여전히 몸통을 찌르고 있는 검들이 눈에 띈다. 목과 머리에 박혀 있는 것들을 정리하면 호흡 정도는 돌아올 거라고 생각했었지만 그럴 리가 없지 않은가. 여전히 김현성은 숨을 쉬고 있는 것 같지 않아 보였다. 위기에 순간에 눈을 번쩍 뜨며 이쪽을 도와줄 만도 했지만 녀석은 움직이지 않는다.

계속해서 박혀 있는 백금색의 검들도 눈에 띈다. 아마 저 검이 세라핌이 말하는 심판의 검이지 않을까.

'알 것 같아.'

녀석의 권능이 뭔지, 저 백금색 검이 어떤 기능을 하는지 알 수 있을 것 같았다.

물론 가설일 뿐이다. 하늘을 가득 메웠던 백금색의 검들로 미루어봤을 때 생각할 수 있는 가설이었다.

'김현성이 죄를 지었어?'

당연히 김현성은 죄를 지은 적이 있을 것이다. 그게 녀석의 기준인지 아니면 보편적인 기준 안에 들어가 있는 죄인지는 모르겠지만 김현성은 분명히 살아오면서 죄를 저질렀다. 전쟁에 휩쓸려 살인을 하기도 했고 본인이 살아남기 위해 다른 이들을 외면하기도 했다. 차마 내게 이야기하지 못했던 사건들도 있었을지도 모른다.

하지만 저런 꼴을 당할 정도는 아니다. 모든 것들 고려해 보더라도 김현성에게 박힌 검의 개수가 너무나도 많다. 몸에 박힌 검뿐만이 아니다. 땅바닥에 박혀 있는 검들까지 계산해 보면 공간을 꽉 채우고도 남을 정도였다.

'말도 안 돼.'

만약 죄의 기준이 비둘기라면 어느 정도 이해할 수 있는 부분이 있다. 인간의 기준으로는 죄가 아닐 수도 있는 것들이 녀석들의 기준으로는 죄로 판단될 수도 있으니까.

쓸데없이 자원을 소비하거나 대륙의 균형을 어지럽히는 모든 행위를 모조리 죄로 판단하고 계산하고 있다면 이런 광경이 가능할지도 모른다.

하지만 이 가설에는 고개를 저을 수밖에 없었다.

녀석이 초월적인 존재라는 것은 인정한다. 하지만 이들은 완벽하지 않다. 신이나 신에 근접한 존재들도 결코 완벽하지는 않다. 답안지를 채점하듯 지금까지 살아온 삶에 대한 죄의 유무를 판단해 심판을 내리는 권능이라는 게, 그런 게 가능할 리가 없다. 그런 시스템을 구축하는 것은 한 차원을 유지하는 시스템을 구축한 것이나 다름없다.

만약 녀석이 권능으로 신성을 사용해 죄의 심판이라는 시스템을 만들 수 있었다면 녀석은 베니고어를 비롯한 다른 신들의 머리 위에 있었을 것이다.

'김현성의 죄악? 지랄하고 자빠졌네, 미친놈이.'

쓰레기 같은 가설을 뒤로하고 가장 먼저 생각한 가정은 저 검이 본인의 죄책감에 의거한 감정일지도 모른다는 것. 세라핌이 판단한 것이 아니라 김현성이 판단했을 때의 경우다. 이 경우에는 저 검의 개수와 김현성이 느낀 고통이 이해가 간다.

물론 딱 이거라고 말하기에는 애매한 부분이 있었지만 가능성이 높다고 여겨졌다. 여기 무수히 박혀 있는 검들이 김현성의 죄책감이라고 생각하니 조금 씁쓸해지기는 했지만 고개가 끄덕여지는 부분이 있다.

김현성은 자신의 잘못을 기억하고 있었을 것이다. 본인이 죽인 사람들의 얼굴도 기억하고 있을지도 모른다. 수많은 실수나 잘못이라고 생각했던 것들을 마음속에 가지고 있었을 것이다.

아니, 백번 양보해 김현성에게 뒈진 놈들이 판단했을지도 모른다. 하지만, 피해자가 없는 죄는? 아니, 애초에 그런 시스템이 만들어질 수 있기는 해? 인격신 위에 있는 초월적인 신이 망치 땅땅 두드리면서 대법관 시스템을 만들어 운영하고 있다면 이야기가 달라질 수도 있겠지만 최소한 세라핌은 이 모든 것들을 판단할 능력이 없어. 여러 가지 복잡한 것들을 전부 제외하고 살인죄에만 책임을 묻는다고 해도 저 새끼는 그것에 대해 판단할 능력이 없다고. 애초에 대륙을 위해 개체 수를 조절해야 된다고 말하는 놈이 살인죄에 대해 판단할 수 있어? 저 새끼는 신이 아니야. 자기 집도 없어서 차원이나 떠돌아다니는 거렁뱅이 새끼라고.

'사기꾼 새끼.'

이제야 알 것 같다. 놈은 교묘한 사기꾼이다. 아니, 사기꾼도 되지 못한 반푼이 새끼다. 자신의 능력이 정말로 죄의 유무를 판단해 주고 있다고 생각하는 멍청한 놈일지도 모른다.

얼굴만 봐도 알 수 있다. 확신이 깃들어 있는 얼굴, 정말로 본인의 권능이 인간의 선악을 가릴 수 있다고 판단한 표정이었다.

'그래 한번 해봐.'

한번 해보라고.

내 가설이 맞는지에 대한 확신은 없었지만 어차피 주사위는 던져졌다. 만약 정말로 놈이 그런 시스템을 만들 수 있을 정도로 초월적인 존재라면 더 이상 내가 손을 쓸 수 있는 부분이 없다. 저런 어처구니없는 권능을 가지고 있는 놈과 어떻게 드잡이질을 할 수 있을까.

'백금색 비둘기는 신이 아니야.'

반문이지.

희미하게 입꼬리가 올라간다. 아직 확신할 수는 없지만 어쩌면 김현성이 살아날 수도 있다는 생각이 들었기 때문이다.

"심판."

'심판은 개뿔. 지랄하지 마. 나는 죄지은 거 없어.'

"심판."

'나는 죄 같은 거 저지른 적 없다. 미친 비둘기야. 나처럼 깨끗한 사람이 어디 있겠어?'

"심판?"

'조금 있을 수도 있겠지. 하지만 이 모든 게 인류를 위한 숭고한 희생이었다고.'

"……"

'모두가 행복해지기 위한 커다란 그림이었지. 내가 죽인 놈들은 모두 죽어 마땅한 놈들이었고 굳이 판단해 보자면 네가 말하는 인류의 개체 수 조절에 기여했을 거야. 그렇지? 우리 알 만한 사람들끼리 이러지 말자. 내 말이 맞지. 넌 그걸 판단할 수 있는 능력이 없어. 아니, 설사 판단할 수 있다고 하더라

도 그런 시스템을 마련할 능력이 없지.'

당황하고 있는 얼굴이 눈에 띈다. 그럴 리가 없다는 듯이 얼굴이 구겨지는 모습이 시야에 비친다. 자신의 능력에 혹시나 이상이 생긴 것은 아닌지 고민하는 듯한 표정이었다.

작은 가능성이었지만 내 가설이 맞았다는 것은 기쁘다. 아, 그전에 몇 가지는 해야지. 나도 감당할 게 있잖아. 살면서 죄를 저질러 본 적이 없는 사람이 어디 있겠어?

녀석의 권능에 조금은 호응해 줘야지. 그게 자연스러우니까. 그게 평범한 인간다운 거잖아.

이기영이 죄책감을 느낄 만한 것들이 뭐가 있을까. 굳이 떠올려 보지 않았지만 있기는 있었던 것 같아. 굳이 개수로 환산해 보자면 다섯 가지 정도. 아니, 여섯 가지인가.

스스로 죄책감을 가졌단 사건들을 떠올려 보자 하늘에서 백금색의 검이 생겨나기 시작했다. 당황스러워했던 세라핌도 그제야 만족한 얼굴을 하고 있다.

하나, 둘, 셋, 숫자는 딱 여섯 자루. 가면의 구세주치고는 조금 많지 않은가 싶기도 했지만 그나마 현실적인 개수였다.

내가 딱 허용할 수 있는 사건들이기도 했고…… 쓰로누스는 조금 안심한 것 같은 얼굴이었다.

"여섯 자루……."

"비현실적이야. 인간이…… 어떻게 인간이 겨우…… 겨우 여섯 자루……."

"아니, 현실적이다. 세라핌. 그가 어떤 사람인지 우리 모두가 잘 알고 있지 않은가. 하…… 하하. 이렇기 때문에 우리가 그를 받아들인 거였어. 이토록 깨끗한 인간이었기 때문에 우리가 그를 신뢰할 수 있었던 거다. 이런 인간이었기 때문에 그가 우리를 이해해 줄 수 있었던 거야."

"……."

"이 정도면 세라핌 너도 만족했겠지. 이제 이리로 와 내 손을 잡거라."

"아니, 아직 끝나지 않았어. 쓰로누스."

"뭐?"

"처형."

"세라핌!!"

여섯 자루의 검이 하늘에서 떨어지는 것은 순식간이었다. 쓰로누스는 곧바로 이쪽으로 몸을 날려 검을 뻗기 시작했다.

순식간에 떨어지는 검을 쳐내는 모습이 눈에 띄었다. 너무나도 순식간에 벌어진 일이라 제대로 반응하지 못했는지 검 한 자루가 이쪽을 향해 날아오는 모습이 똑똑히 시야에 비쳤다.

당연하지만 피할 수 있을 리 만무했다. 어깨에 끔찍한 고통이 번지기 시작한다. 불에 덴 것처럼 뜨겁고 아프다. 무겁고 쓰라리다. 자신도 모르게 비명이 튀어나온다. 살아오면서 이 정도 고통을 느껴본 적이 있었나 싶을 정도였다.

입술을 꽉 깨물어 봤지만 그럼에도 불구하고 계속해서 고통스러운 목소리가 안에서부터 튀어나왔다.

'이렇게 아프다고?'

시발.

'이렇게?'

어떻게 비명도 안 지르고 참았던 거지? 한 자루, 겨우 한 자루가 어깨에 박혔을 뿐인데도 고통스럽다. 의지와는 상관없이 눈물이 왈칵 튀어나오고 숨을 쉬기가 어렵다. 머릿속이 어지러워 아무것도 생각이 나지 않는다. 쓰러져 있는 시체는 어떻게 이걸 견딜 수 있었는지 모르겠다.

"괜찮으냐. 괜, 괜찮은 것이냐."

안절부절못하고 있는 쓰로누스의 모습도 보였지만 놈의 얼굴이 제대로 들어오지는 않았다. 그만큼 고통스럽다. 그 어떤 고통도 이것보다 아프지는 않을 거다.

"이게 무슨 짓이냐. 세라핌."

"……."

"이게 무슨 짓이냐고 물었다! 세라핌!"

"해야 할 일을 한 거야. 쓰로누스."

"……."

"검을 거두고 흥분을 가라앉혀. 쓰로누스. 그 말 그대로야. 나는 내가 해야 할 일을 한 것뿐이야. 겨우 한 자루가 박혔을 뿐이잖아. 원래 저자가 감당해야 할 죄는 여섯 자루였어. 네 얼굴을 봐서 이 정도로 참아주는 거야."

"세라핌……."

"이자가 정말로 우리와 함께할 생각이라면 죄를 지을 필요가 있어. 그 한 자루, 어깨에 꽂혀 있는 그 한 자루로 그자는 다시 태어나는 거야. 맞아. 쓰로누스. 네 예상이 맞아. 우리는 다시 이자를 받아들일 거야. 케루빔은 어떤 생각일지 모르겠지만 도미니온스는 긍정적인 것 같네."

"너…… 너……."

"제멋대로 하는 건 이제 그만할 때도 됐잖아. 쓰로누스. 네가 원하는 대로 된 거야. 그자는 깨끗해. 그러니 우선 치료라도 해주는 것이 어때?"

그제야 허겁지겁 검을 뽑아 신성력을 전해주는 쓰로누스의 모습이 보였다.

"미안하구나. 많이 고통스러웠을 것이다."

'그래. 맞아보니까 얼마나 아픈 줄 알겠더라고.'

"괜찮으냐?"

'괜찮을 리가 있겠어? 미친 비둘기야? 괜찮을 것 같아?'

"이제 안심하거라. 더 이상 너를 핍박하는 것은 없을 것이다."

"치료가 끝났으면 슬슬 돌아가자. 쓰로누스. 내 손을 잡아. 인간."

상처는 완벽하게 치료되어 있었다. 머뭇거리자 곧바로 이쪽의 손을 들고 잡아끄는 모습은 다소 강압적이지만 현재 내가 할 수 있는 일은 없다.

아니, 한 가지는 있지. 될지 안 될지도 모르고 아직 확신할 수도 없지만 작은 가능성에라도 걸어 봐야지. 때마침 김현성을 치료해 줄 수 있는 사람도 오고 있는 것 같으니까. 내가 할 일은 메시지를 보내는 것 정도밖에는 없을 것 같네.

[전설 등급의 강제 퀘스트를 생성합니다.]

[내가 너의 죄를 사하노라. 일어나라 알타누스의 회귀자여. (0/1)]

[알타누스의 회귀자 김현성에게 전설 등급의 퀘스트를 전달합니다. 퀘스트 클리어 보상을 등록합니다.]

[퀘스트 클리어 보상 – ……. (0/1)]

[퀘스트 클리어 보상을 입력합니다.]

[퀘스트 클리어 보상 - 미래. (0/1)]

미래.

208장
알프스

인류는 패배했다.

물론 완전한 패배를 의미하는 것은 아니었다. 일시적으로 휴전 상태에 돌입했다는 게 어울리는 표현이리라.

그 말 그대로 일시적인 휴전이었다. 어째서 천사의 탈을 쓴 악마들의 공세가 천천히 줄어들었는지는 알 수 없었지만, 북쪽 너머에 있는 자들은 조용히 자신들의 자리를 지키고 있었다.

대륙 보호 관리위원회에서는 병사들의 사기를 위해 우리들의 끈질긴 저항이 대륙을 지켜냈다고 대외적으로 발표했지만, 그 발표가 진실이 아니라는 건 알 만한 사람은 모두 알고 있을 거라고 생각했다. 부길드마스터는 행방불명, 길드마스터는 타락한 채로 숨을 거뒀다.

직접 그 모습을 확인하지는 못했지만 길드마스터의 마지막 모습이 얼마나 참혹했는지는 다른 길드 선배들의 반응을 통해 유추할 수 있었다. 길드의 분위기는 어두웠고 뭐라고 말하기 힘든 이상한 감정에 휩싸여 있었다.

몇몇의 길드원들에게도 이 사실은 비밀이었다. 사실을 알고 있는 것은 자신과 조혜진 길드마스터 대리님. 김미영 팀장님, 창렬 선배님과 아영 선배님, 그리고 박리안 님이 전부였다.

어째서 모든 길드원들에게 사실을 알리지 않았는지는 대충 예상이 간다. 자신이 이 비밀을 공유하는 이들 사이에 끼어 있는지에 대해서는 의문이 남아 있었지만 아마 일손이 부족해서일 거라고 생각했다.

짧은 전투였지만 모두가 피로가 누적되어 있는 것이 한눈에 보일 정도였으니 무슨 말이 더 필요할까. 믿음직스럽지 못한 신입 길드원의 손이라도 빌리고 싶어진 것이다.

특히나 심각한 것은 정하얀 님 쪽이었다.

'그럴 만도 해.'

북쪽 전체에 건 마법을 며칠이나 유지시켰다.

일반인의 상식으로는 이해할 수 없는 무한한 마력과 초인적인 마력 회복을 가지고 있다고 하지만 탈진 현상을 겪는 것이 당연하지 않을까.

자신 역시 마력 탈진 현상을 겪어본 적이 있다.

상상할 수도 없는 상실감과 무기력함, 영혼을 스스로 찢는 것 같은 고통, 다시는 겪기 싫은 경험이었다. 계속해서 그런 현상을 겪고 있다고 생각하니 자신도 모르게 몸이 떨려온다.

"끼잉……."

"나는 괜찮아. 그러니까 걱정하지 않아도 돼."

"왕! 왕!"

"빨리 가봐야 될 것 같다고? 으응. 그렇지. 오늘은 할 일이 좀 많으니까. 정하얀 님 기다리시겠네."

떨리는 마음으로 발걸음을 옮긴다. 계속해서 방 안에 틀어박혀 있는 정하얀 님의 상태를 체크하고 챙겨주는 것이 신입 길드원인 자신에게 주어진 퀘스트였다.

벌써 몇 번이나 다녀왔는데도 불구하고 긴장이 되는 건 어쩔 수 없다고 생각했다. 가장 처음 길드에 가입했을 때는 친절하게 맞아주신 분이기도 했지만…….

'겁먹을 필요 없어.'

정신적으로 한계에 몰려 있는 게 당연하실 테니까.

조금은 긴장한 마음으로 방문을 똑똑 두드리자 칠판을 손톱으로 긁는 것 같은 목소리가 들려왔다.

"……오, 오, 오빠?"

"네…… 네…… 아, 아니요. 정하얀 님. 알프스예요."

정면을 똑바로 쳐다보기가 무섭다.

약간의 침묵이 들려온 이후에는 문 밑으로 손이 스윽 하고 튀어나왔다. 마치 미라가 아닐까 하는 생각이 들 정도로 수분을 다 빼앗겨 버린 손이다. 마력 탈진 현상을 한계까지 겪었을 때 일어나는 현상 중 하나였다.

"잠, 잠깐 들어가도 될까요?"

"……어, 어떻게 해? 아…… 응. 알, 알겠어, 소라야. 응. 들, 들, 들어와. 조심히. 조심히 들어와. 소라 밟, 밟지 말고."

"네."

천천히 문을 열고 들어가자 가장 먼저 눈에 비치는 것은 나무가 된 채로 굳어 있는 한소라 선배님의 모습이었다. 이전에도 본 적이 있었지만 무척 참혹한 광경이다.

그 옆에서 자리를 지키고 있는 정하얀 님의 모습은 제대로 확인할 수가 없다. 몸 전체를 가리는 후드를 뒤집어쓰고 있으니 어떻게 확인할 방도가 없다.

한 가지 확실한 것은 정상적인 것처럼 보이지는 않았다는 것. 숨을 쉬는 것조차 힘들어 보이는 모습이었다. 머리가 빠졌는지 하얀색으로 변한 머리카락이 바닥에 뭉텅이로 떨어져 있었고 체격도 전보다 더 왜소해진 것 같았다. 심지어 허리가 굽어 있기까지 한 모습이었다.

"마, 마, 마력 회복 물약 가지고 왔어?"

"아니요. 부길드마스터님이 마…… 마력 회복 물약은 하루에 한 병만 마셔야 한다고 하셨어요. 너무 많이 섭취하시면 건강에 좋지 않으시다고요. 오늘은 아침에 한 병 드셨으니까요. 지금은…… 방도 정리해 드리고 여러 가지로 챙겨 드릴 것도 조금 있어서요."

"여, 여, 여기로 온대?"

"정하얀 님은 많이 피곤하시다고…… 제가 전해 드렸어요. 계속 주무시고 계시는 도중이라고요."

"그…… 그래? 다행이다."

"일단 흰, 흰둥이부터…… 맡아주시겠어요?"

흰둥이가 은근슬쩍 정하얀 님의 옆자리에 자리를 잡는 것이 시야에 비쳤다.

'도움이 될 거야.'

체력 회복과 마력 회복은 물론이거니와 심리적인 부분에서도 안정감을 주는 특성을 가지고 있으니 분명히 도움이 될 것이라고 여겨졌다.

거리가 가까울수록 도움이 된다는 건 알고 있었지만 정하얀 님은 반응하지 않는 것 같았다.

'괜찮으시겠지?'

녀석이 필사적으로 꼬리를 흔들자 그제야 천천히 손을 머리 위로 가져다 대는 모습이 보였다.

"오, 오, 오빠는 뭐 하고 있는데?"

"여전하세요. 많이 바쁘시고…… 네. 회의하시느라 피곤해하시기도 하고…… 네."

"그, 그렇지…… 전, 전쟁은 다시 언제 한대?"

"기밀이라 말씀드릴 수 없다고 하셨어요. 곧 다시 시작될 것 같다고 말씀하시기는 했는데…… 아군 측에서 다른 방법을 생각하고 있다고도 하시고…… 선제공격도 고려해 보고 있다고 하거든요. 일…… 일단 정하얀 님은 다른 부분은 신경 쓰지 마시고 푹 휴식을 취하는 게 좋겠다고 하셨어요. 그게 가장 중요하다고……."

"으…… 응. 소라도 내가 조금 쉬어야 한대."

"두 분 사이가 참 좋으시네요."

"그…… 그렇지?"

"네. 소라 선배님이 정하얀 님을 바라보시는 것만 봐도 알 수 있거든요. 지금도 그렇고요."

"그래?"

"네."

"다, 다행이다. 헤헤."

"저도 고향에는 그런 친구들이 있어요."

"아아…… 그, 그래?"

"네. 지금은 멀리 떨어져 지내고 있지만 예전에는 정말 한시도 떨어지지 않고 같이 붙어 다녔던 사이였거든요. 자매처럼 지낸 친구들이에요. 참 많이 싸우기도 하고 서로 감정이 상한 적도 많았지만 그래도 무척 오래된 친구들이죠. 정하얀 님과 한소라 님을 보고 있으면 저도 그 친구들이 생각나요. 아, 식사하셔야죠."

"먹, 먹, 먹기 싫은데……."

"그래도 드셔야 해요. 한소라 선배님도 좀 드셔야 된다고 하시잖아요."

"아…… 으…… 으응. 그렇지. 뭐라도 좀 먹어야지."

"……."

"바, 바, 바깥은 조금 어때?"

"안개 소환사님이 깔아두신 안개 때문에 쉽사리 악마들이 접근하지 못하고 있는 것 같아요. 정확히 어떤 상황인지는 저도 아직 전해 들은 바가 없어서요. 한번 여쭈어보고 올까요? 아, 용병여왕님은 어제 일어나셨대요. 상처가 커서 많이 위독하실 줄 알았는데 금방 몸을 움직이실 수 있으실 정도라고 하더라고요. 박덕구 선배님도 이번 수성전에서는 많이 다치지 않으신 것 같⋯⋯ 이전 그대로예요."

"다, 다, 다행이다."

"네. 피해를 입은 부분도 크지 않고⋯⋯ 무너진 곳은 있었지만⋯⋯ 결과적으로 악마들이 선을 넘지 못했으니 첫 번째 전투는 승리했다고 판단하고 있거든요. 아마 악마들도 접근하기 힘들 거예요. 그러니까 안심하시고 컨디션을 회복하는 데 집중하셔야죠."

"으, 응⋯⋯ 소, 소라도 내가 너무 피곤한 것 같다고⋯⋯."

"네. 저도 들었어요. 모두가 정하얀 님 건강을 걱정하고 있네요. 저도 정하얀 님이 건강하셨으면 좋겠거든요."

"고마⋯⋯."

"흰둥이도 그렇다고 말하는 것 같네요."

"왕!"

"으⋯⋯ 응. 고마워."

'상태가 많이 좋아지신 것 같아.'

지난 며칠간의 노력이 빛나는 순간이라고 생각할 수밖에 없었다. 처음에는 대화를 진행할 수도 없을 정도로 궁지에 몰려 있지 않았던가. 계속해서 전쟁터로 향하려고 하는 것을 말리

느라 얼마나 힘이 들었는지 모른다. 지금 이렇게 정상적인 대화를 나눌 수 있다는 것만으로도 커다란 수확이라고 말할 수 있으리라.

엉망이 된 방을 정리하고 식사를 하는 모습을 계속해서 지켜보는 와중에도 끊임없이 말을 걸자 고개를 끄덕이는 얼굴이 눈에 들어왔다.

대화의 주제를 찾는 것은 어렵지 않았다. 굳이 먼저 말하지 않아도 정하얀 님께서 말을 걸어주시고 계셨으니 말이다.

"그, 그, 그래서…… 같, 같이 살기로 했어. 오…… 오빠도 괜찮다고 했고."

"대단하시네요."

"으…… 응. 나, 나는 조금 오빠한테 미, 미안한데…… 소, 소, 소라가 고집을…… 부려서……."

"만약 정말로 그렇게 되면 저도 꼭 초대해 주세요."

"응. 초대해…… 줘야지. 같, 같은 길드원이니까."

"그렇게 말씀해 주시니 정말로 기쁘네요."

"왕!"

이윽고 시간이 지나자 꾸벅꾸벅 조는 정하얀 님이 눈에 보이기 시작했다. 아직 한낮이었지만 전혀 이상하지 않다. 회복을 위해 몸이 수면을 요구하고 있는 것이다. 오히려 자연스러운 행동이었다.

"주무시겠어요?"

"으응……."

"침대 준비해 드릴까요?"

"아니, 여…… 여기서…… 잘…… 잘래."

"그럼 담요만 덮어드릴게요."

"으…… 웅."

나무에 반쯤 기대 잠을 청하는 정하얀님의 몸을 담요로 덮은 이후에는 조심스레 바깥으로 향하기 시작했다.

눈치를 보던 흰둥이 역시 슬슬 몸을 움직이는 모습이 보였다. 살짝 머리를 쓰다듬어 준 이후에는…….

'조혜진 님.'

"보고하러 가야지?"

"왕."

그리 멀지 않은 곳에 위치한 집무실의 문을 두드리자 '잠깐만 기다리세요' 하는 목소리가 들려왔다.

시간이 얼마 지나지 않아 문이 벌컥 열려왔다. 창문이 열려 있는 것을 보니 먼저 온 손님이 있었던 모양인 것 같았다.

당연하지만 자신이 신경 쓸 일은 아니라고 생각했다. 관심을 가져야 하는 일도 아니다. 저건 내 영역이 아니었으니까.

평소와 변함이 없는 모습. 항상 똑같이 머리를 묶고 있는 그녀가 눈에 보였다.

이쪽이 긴장했다는 걸 눈치챘는지 작게 미소를 지어준 이후에는 곧바로 입을 여는 모습이 시야에 들어왔다. 진중하고 부드러운 목소리, 나를 배려해 주는 것만 같은 목소리였다.

"어떻습니까?"

"많이 회복하신 것 같아요. 아직 마력은 회복되신 것 같지 않았지만…… 이전보다는 훨씬 안정되어 있으신 것 같아서…… 네. 결론부터 말씀드리면 이제는 걱정하지 않으셔도 될 것 같아요. 마력 회복 속도도 무척 빠르시니 아마 시간이 얼마 지나지 않아서 회복하실 거로 보이고…… 특히나 많이 안정되셨거든요."

"고생하셨습니다."

"아니요. 그…… 그나마 제가 할 수 있는 일이니……."

"누구나 할 수 있는 일은 아닙니다. 그렇게 자신을 낮추지 않으셔도 되요. 당신은 능력이 있는 사람입니다."

"아…… 네."

"오늘 스케줄은……."

"네."

흔들림이 없는 자세였다.

'괜찮으신 건가.'

한 자루의 창 같은 사람이었다. 부러지지 않고 신념이 확고한 사람, 멀리서 봐왔던 조혜진은 그런 사람이었다.

'정말로…… 정말로 괜찮으신 건가?'

평정심을 유지하고 있는 모습은 놀랍다. 자신을 짓누르는 압박감과 감정을 일과 연결시키려고 하지 않는 모습이 눈에 보인다.

어째서 대륙의 중심이라고 할 수 있는 파란 길드에서도 중요 요직에 앉아 있는지 이해가 가는 모습이었지만…… 왠지 모르게 쉽게 무너져 내릴 것 같은 모습이기도 했다. 극단적으로 말하자면 정하얀 님보다 더 상태가 안 좋아 보인다.

'도움이 필요해.'

어떤 도움을 줘야 할지 알 수가 없으니 마음이 답답해질 수밖에 없었다.

"그럼."

"네. 특이 사항이 있으면 다시 보고드리겠습니다."

"네."

집무실의 문이 닫힌 이후에도 괜스레 발길이 잘 떨어지지 않는다.

시간이 얼마 지나지 않아 안에서는 계속해서 흐느끼는 소리가 들려왔다.

절규에 가까운, 너무나도 서럽게 느껴지는 목소리였다.

'들어가 봐야 하는 걸까?'

주제넘은 짓을 하는 건 아닌지 걱정이 된다.

들어가서 괜찮다고, 잘해낼 수 있을 거라고 위로의 말이라도 건네는 게 좋지 않을까.

하지만 선뜻 문을 두드리고 들어가기가 꺼려진다.

'내가 뭐라고……'

자신이 뭐라고 들어가 위로의 말을 건넨다는 말인가. 아니, 애초에 무슨 말부터 건네야 하는지도 모르겠다.

'이해할 수 있다고?'

어떻게 조혜진 님의 심정을 이해할 수 있을까. 가장 소중한 친구와 사랑하는 사람을 동시에 잃었다. 차마 말로 표현할 수 없는 상실감을 느끼고 있을 거라는 것은 불 보듯 뻔했다. 아무렇지도 않은 척 평정심을 유지하는 척하고 있었지만 그것도 한계일지도 모른다.

그녀를 지탱해 줄 수 있는 다른 사람이 있었다면 도움이라도 받았겠지만 그것도 아니지 않은가. 대류 보호 관리 위원회의 이지혜 님? 조혜진 님과 자주 시간을 보내던 그분 역시 며칠째 잠에서 깨어나지 못하고 있는 상황이었다.

누군가는 그녀를 보듬어줘야만 한다고 느껴진다. 자신이 무슨 심리 치료사나 전문가는 아니었지만 조혜진은 현재 궁지에 몰려 있었다. 그녀에게 어깨를 빌려줄 수 있는 사람이 반드시 필요했다.

'나도 그랬잖아.'

그녀가 느낄 고통과는 전혀 비교할 수 없지만 누구에게나 고통스러운 시기가 있는 법이다. 나 역시 예외는 아니었다. 죽을 만큼 힘들었을 때 흰둥이가 다가와 주지 않았다면…….

살짝 아래를 내려다보니 꼬리를 흔들고 있는 흰둥이의 모습이 눈에 들어왔다.

울음소리가 점점 사라지는 것이 느껴졌지만…….

'그래. 일단 가보는 거야.'

건방진 행동이다.

문을 똑똑 두드리자 다급한 목소리가 들려왔다.

"잠…… 잠깐."

하지만 곧바로 문을 열어야 했다. 틀림없이 아무 일도 없었던 것처럼 행동할 것이라는 걸 알고 있었기 때문이다. 눈물을 닦고 마음을 가다듬겠지. 다시 한번 평소와 같은 얼굴과 말투로 자신을 맞이할 것이다. 들어오라는 말은 없었지만 일단은 빠르게 문을 열 수밖에 없었다.

그리고

"조혜진 님?"

"⋯⋯."

"조혜진 님."

흐트러진 모습일 거라고 예상했지만 생각하고 있었던 것보다 더 망가진 모습이 눈에 들어왔다.

당황한 것은 눈물로 얼룩진 얼굴 때문이 아니었다. 그녀의 허벅지에서 흐르고 있는 혈액 때문이었다. 짐승에게 물어뜯긴 것은 아닌지 의심이 되는 듯한 상처. 한두 번이 아니었다. 상처 난 곳을 찌르고 또 찔렀다고 하더라도 저렇게 되지는 않으리라. 차마 말로 표현할 수조차 없는 참혹한 자상이 눈에 들어온다. 잠깐 동안 정신이 멍해지기는 했지만 저게 어떤 상처인지에 대해서는 금방 깨달을 수 있었다.

'자해.'

자해한 거야. 정황상 그렇게 생각할 수밖에 없었다. 아직까지 울음기 섞인 얼굴에는 당혹감이 감돈다. 하지만 그 당혹감은 이내 분노로 변모하기 시작했다.

사방을 옥죄어오는 살기는 그녀가 대륙의 상위에 위치한 모험가라는 사실을 알려주고 있는 것 같다. 지금까지 느껴본 적 없었던 거대한 악의와 살기가 머리를 뒤흔든다.

"이게……."

"저…… 저……."

"이게 무슨 짓입니까!"

오히려 내가 묻고 싶은 말이다. 지금 이게 뭐 하는 짓이냐고 묻고 싶다. 하지만 말이 제대로 나오지 않는다.

황급히 상처를 가리는 모습을 보고서도 제대로 말이 나오지 않았다. 공포 때문에 몸이 굳어버린 것이다. 자기 자신도 모르는 사이에 눈에는 눈물이 가득 채워지고 다리에 힘이 풀린다. 아래턱은 덜덜 떨려오기 시작했고 온몸이 땀으로 뒤덮인다. 저도 모르게 정신을 놔버릴 것 같았던 그때였다.

"왕!"

하는 소리가 들려온 것.

몸을 옥죄는 살기와 마력이 흩어지기 시작한다. 떨리던 몸이 진정되는 것은 순식간이다. 조금 더 두 눈을 똑바로 뜨고 그녀를 바라보게 된다. 무슨 용기가 생긴 건지는 모르겠지만 평소라면 할 수 없었던 한마디를 더 내뱉게 된다.

"조…… 조혜진 님이야말로 뭐…… 뭘 하시는 건가요?"

"……."

"그…… 그 상처는 뭔가요?"

"당신이 신경 쓸 일이 아닙니다."

"어떻게 신경을 안 쓸 수가 있겠어요……."

"지금 당장 여기서 나가세요. 명령입니다."

"나…… 나가지 않을 거예요."

"나가세요."

"나가지 않을 거예요."

"제기랄! 나가!"

"나가지……."

콰앙! 하는 소리와 함께 몸이 뒤로 튕겨 나간다. 무슨 일이 일어났는지 제대로 알 수 없었지만 등과 가슴에 통증이 있는 것 정도는 알 것 같았다.

"제 말이 말 같지 않습니까. 분명히 나가라고 말했습니다."

한 손으로 자신을 깔아뭉갠 이후에 압박하고 있는 모습. 눈에는 눈물이 고여 있었다. 무슨 감정을 느끼고 있는 것인지는 공감할 수 없었다. 슬픔과 분노, 자기혐오로 얼룩져 있는 얼굴이었다.

"괜찮아요."

"지금……."

"다 괜찮을 거예요."

"……."

"전부 다 괜찮아질 거예요."

뭐가 어떻게 괜찮아질 것인지, 정말로 상황이 이전보다 더 나아질 수 있을지, 그녀가 가지고 있는 고통을 덜어줄 수 있을지는 모르겠지만 입을 열 수밖에 없었다.

어떻게 위로해야 할지 몰라 필사적으로 내뱉고 있는 말이었지만 아주 조금은 위안이 될 거라고 기대할 수밖에 없었다. 나도 그랬으니까. 정말로 힘들 때 누군가 괜찮다고 말해주는 건 분명히 도움이 된다는 걸 알고 있으니까. 그러니, 계속해서 입을 열어보자.

괜찮아질 거라고. 그렇게 말을 걸어보자.

"전…… 전부 다…… 잘될 거예요. 저는…… 저는 길드에 들어온 지도 얼마 안 됐고 그…… 실제로 조혜진 님이 어떤 감정을 느끼고 계시는지, 얼마나 괴로울지도 모르고…… 또 이 말이 지금 상황과 어울리는 말일지도 모르겠지만…… 괜찮아질 거예요. 틀림없이 이겨내실 수 있으실 거예요."

"괜찮지 않습니다."

"……."

"전혀…… 전혀 괜찮지 않아요."

눈물이 뚝뚝 떨어지고 있다. 저도 모르게 손을 뻗어 눈물을 닦는다. 살짝 몸을 일으킨 이후에 그녀를 꽉 안아주자 계속해서 흐느끼는 소리가 들려왔다.

"제…… 제 탓이었습니다."

"……."

"아무것도…… 아무것도 막지 못했…… 히극…… 못했…… 끄윽…… 아무것도…… 나는……."

"……."

"내…… 내가……."

"……."

"내가…… 내가…… 끄윽…… 히끅…… 이번에도…… 멍청한…… 둔하고…… 병신 같은 년."

목이 메 제대로 말을 잇지도 못하고 있는 모습이었다.

"알…… 알고 있었는데…… 내가…… 막을 수…… 있…… 있……."

"……."

"내…… 내가……."

"조혜진 님 탓이 아니에요."

"머저리…… 같은……."

"그렇게 혼자 자책하시고…… 감당하실 필요 없어요. 그 누구도 조혜진 님의 탓이라고 생각하지 않을 거예요. 네. 분명히…… 분명히 그럴 거예요. 자책하시지 않으셔도 돼요."

입을 열며 상처 부위에 천천히 포션을 문지르자 고통스러운 듯이 찡긋거리는 얼굴이 눈에 들어왔다. 치료가 되는 과정이지만 아마 쓰라릴 것이다.

그 감각이 조금이나마 그녀의 정신을 차리게 하는 데 도움이 됐는지는 모르겠지만 울음소리가 잦아들고 있었다.

살짝 위를 올려다보자 어정쩡하게 앉은 채로 부끄러워하는 모습이 눈에 보였다. 저런 반응을 보이는 게 당연할 것이다. 자해한다는 사실을 들킨 것도 부끄러울 것이고 엉엉 운 것도 부끄러울 것이다. 흥분해서 이쪽을 밀치고 압박한 것도 부끄럽겠지.

새파랗게 어린 신입 길드원에게 이렇게 발가벗은 모습을 보여준다는 것 자체가 얼마나 부끄러울까. 감정에 휩쓸려서 이것저것 저지른 일들을 후회하고 있는 것 같았다.

'이럴 때일수록 뻔뻔해져야 돼.'

"혼자…… 혼자 할 수 있습니다."

더욱더 뻔뻔해져야 한다. 부끄러워할 필요가 없다는 걸 알려 줘야지. 기댈 수 있는 사람이라는 걸 말해줘야지.

"아니요. 제가 할 수 있어요. 붕대도 감아드릴게요. 흰둥이 때문에 익숙하거든요."

"왕!"

"……죄송합니다. 제가…… 실수를……."

"아니에요. 오히려 제가 사과드리고 싶은 걸요. 제…… 제가 조금 무례했죠?"

"……."

"그래도 알려 드리고 싶었거든요. 비록 제가 할 수 있는 일이 얼마 없고…… 약하고…… 또 길드에 적응도 잘 못해서 붕 떠 있지만…… 그래도…… 도움을 드릴 수 있는 부분이 있을 수도 있을 거라고…… 생각했어서…… 부족하지만…… 어떻게든 힘이 되어드리고 싶어서……."

"……."

"제…… 제가 길드에 입단하고 얼마 지나지 않았을 때…… 그러니까 처음…… 면담했을 때. 길드마스터가 이런 말씀을 해준 적이 있었거든요."

"……."

"힘이 들면 말하라고 하셨어요. 누구라도 좋으니 말하라고요. 좋은 친구가 있으면 그 친구에게 이야기하고 자매나 남매 같은 사람이 있으면 말하고 기대라고 하셨어요. 그렇게 하면 짐이 줄어들 거라고, 몸도 가벼워지고 힘이 날 거라고, 버틸 수 있는 힘을 얻게 될 거고…… 무거운 짐을 드는 것도 즐거워질 거라고 이야기하셨어요. 물론 당연한 말이라는 건 알고 있었지만 그때 말씀하셨던 길드마스터의 얼굴이…… 너무 확신에 차 있어서 저도 모르게 고개를 여러 번 끄덕였었어요."

"……"

"저도 누군가에게 그런 사람이 되고 싶었어요. 슬픔을 함께 나눌 수 있고 무거운 걸 같이 들어줄 수 있는 사람이요. 비록…… 비록 실수투성이에 멍청이기는 하지만…… 네…… 실례가 되지 않는다면 제가 조혜진 님이 느끼고 계실 고통을 덜 수 있게…… 그러니까…… 네. 그렇게 해도 될까요?"

대답은 들려오지 않았다.

건방진 소리 하지 말라며 핀잔이 오는 건 아닌지 걱정했지만 아주 천천히, 미세하게 고개를 끄덕이는 모습이 시야에 비쳐왔다.

긍정에 표현인 거겠지? 저거 긍정 맞는 거지?

저도 모르게 웃게 된다. 조금이나마 힘이 된 것 같은 안도감에 눈에서 괜스레 눈물이 차올랐다. 긴장이 풀린 건지 모르겠지만 몸에 힘에 다 빠지는 것 같다.

붕대 위로 눈물이 뚝뚝 떨어질 것 같아 민망해 재빨리 눈물을 닦았을 때, 목소리가 들려왔다.

"저……"

"네…… 네?"

"함께 가주셨으면 하는 곳이 있습니다. 명령이 아니라 부탁으로요."

"물론이에요. 어디로 가면 될까요?"

"……길드마스터가 계신 곳으로."

뭐라고 대답을 해야 할지 몰라 잠깐 동안 침묵했을 때 다시 한번 목소리가 들려왔다.

"길드마스터가 살아 계실지도 모릅니다."

"……"

"살릴 수 있을지, 정말로 가능할지는 모르겠지만…… 현재 길드마스터를 치료 중입니다. 당신도 잘 아는 사람이 말입니다."

예상하지 못한 뜻밖의 이야기였다. 하지만 기쁜 소식이기도 했다. 길드마스터가 살아 계시고 치료 중이라고 한다면 더욱 더 그렇다.

"라파엘."

"아."

"라파엘입니다."

베니고어 가라사대, 대륙의 선택을 받은 용사가 성스러운 검을 그 손에 쥐고 거짓된 천사를 연기하는 악마들의 어둠에 대항할 것이라 하시니, 그는 노을빛의 검을 휘두르는 영웅의 왼편에 서, 인류를 어둠에서 구하는 것에 이바지할 것이라 하셨노라.

"예언."

읽어본 적이 있는 구절이 머릿속을 스치고 지나갔다.

성검의 선택을 받은 회색빛의 용사.

'라파엘.'

잘 알고 있는 이름이었다.

자신 역시 성검의 선택을 받기 위해 열심히 뛰어오지 않았던가. 많은 이야기를 나누어본 적은 없었지만 막연한 질투심과 동경을 가지게 하는 이름이다.

다른 이유가 있는 것은 아니었다. 아직도 성검을 처음 잡았을 때의 그 감각을 잊을 수 없었기 때문이었다.

머릿속을 파고드는 거대한 악의와 어둠, 빛이니 어둠이니 그런 것을 잘 구분할 수 없을 때였지만 구더기가 피부를 뚫고 들어와 내장을 헤집는 것 같은 감각은······.

'다시는 느끼기 싫은 감각이야.'

그 말 그대로였다. 자신은 견뎌내지 못한 시련을 견뎌낸 용사에게 어떻게 관심을 가지지 않을 수 있을까.

이 방에 들어오기 직전에 열렸던 창문, 먼저 와 있던 손님이 누구였는지 그제야 이해할 수 있었다.

구태여 물어보지는 않았지만 아마 그가 먼저 다녀간 것이 아닐까. 지금 향하고 있는 곳에 틀림없이 회색빛의 용사가 있을 거라고 생각했다.

자욱한 안개 때문에 제대로 길이 보이지 않았다. 잔뜩 긴장한 것 같은 파티원들의 얼굴이 눈에 띄었다.

이쪽 역시 긴장되기는 마찬가지, 현재 이곳이 위험 지역이라는 사실을 잘 알고 있었기 때문이다. 완전히 폐허가 된 지역이기도 했고 이미 심하게 오염된 지역이기도 했다.

정화가 되지 않은 타락한 땅처럼 진입하면 진입할수록 악취 때문에 눈을 찌푸리게 된다. 성검의 시련을 받았을 때 느낀 적이 있던 감각과 비슷한 감각이었다. 분노와 후회, 절망과 두려움, 온갖 부정적인 감정으로 얼룩진 어둠. 적절한 표현인지는 모르겠지만 지금 자리한 장소의 느낌이 그랬다.

최대한 소음을 줄여야 한다는 사실은 알고 있었지만 괜스레 입을 열 수밖에 없었다.

"정말로 길드마스터가…… 살아 계시는 건가요?"

"사실……."

"네."

"몸의 기능은 완전히 정지했다고 보는 게 맞습니다. 숨도 쉬지 않고 심장도 완전히 멈춰 있어서…… 의학적으로는 완전히 사망한 상태라고 보시면 될 겁니다."

"그럼……."

"하지만 몸에 마력이 남아 있는 상태입니다. 아시다시피 죽은 사람의 몸에는……."

"아! 마력이 흐를 수 없죠."

"저희가 처음 길드마스터를 발견했을 당시에는 한 줌의 마력도 남아 있지 않았지만 약 세 시간 뒤에는…… 마력이 다시 흐르기 시작했습니다. 호흡이 다시 돌아온 것은 아니었지만 요. 지금 이 땅이 오염된 것은……."

"길드마스터 안에 있는 마력 때문이군요."

대답은 하지 않았지만 작게 고개를 끄덕이는 모습이 보였다. 아마 그녀로서도 현재의 상황을 정확히 판단할 수는 없을 거라는 생각이 들었다.

마력이 흐르고 있다고 말을 해오기는 했지만 그 힘의 본질이 무엇인지는 의문을 가질 수밖에 없는 상황이다. 정확히 규모가 어떻게 되는지는 알 수 없지만 거의 한 도시를 뒤덮고도 남을 범위가 썩어가고 있다.

환경이 변해 버렸다. 이걸 어떻게 설명할 수 있을까.

길드마스터가 타락한 상태로 숨을 거뒀다는 것은 알고 있었지만…….

'정말로 살아 계신 게 맞는 걸까?'

만약 살릴 수 있다고 하더라도 그게 이전의 길드마스터일까? 이미 완전히 다른 존재가 된 것은 아닐까. 아니, 정말로 길드마스터가 살릴 수 있는 방법이 있다고 해도 손을 뻗는 게 이로운 행동일까.

어째서 이 일이 비밀리에 진행되고 있었는지 알 수 있을 것 같았다. 베니고어 교단을 비롯한 교단에서 이 사실을 알게 된다면 잠자코 있을 리가 없지 않은가. 어쩌면 우리는…….

'악마를 되살리려고 하는 것일 수도 있어.'

물론 쓸데없는 걱정일 수도 있다.

하지만 짐승의 형상을 한 것의 모습을 두 눈에 담은 순간, 앞 전에 했던 생각을 돌이켜 볼 수밖에 없었다.

이미 인간이라고 부를 수도 없는 형태였다. 어릴 때 묘사로 접해왔던 악마의 모습과 다를 것이 없다. 거대한 뿔은 흉측하고 불길했고, 등 뒤에 있는 날개는 기묘한 방향으로 뒤틀려 있었다. 이전에 봐왔던 길드마스터의 모습은 두 눈을 씻고 찾아봐도 찾을 수가 없다.

하지만 그 겉모습보다도 더 눈에 띄는 것은 길드마스터의 몸에 새겨진 상처. 자신도 모르게 입술을 꽉 깨물고 숨을 참게 될 정도의 악취, 이미 저 신체는 썩어가고 있었다.

그게 눈으로도 보인다. 움직일 수 있을지 의심이 될 정도로 너덜너덜해진 모습이다. 온몸에 검이 박힌 자국들로 가득했고, 이상하게 뒤틀린 모습은 죽음의 과정이 얼마나 괴로웠는지는 말해주는 것만 같았다.

'정말로…… 살아날 수 있는 거야?'

주변은 굳어 있는 혈액으로 가득하다.

손을 대지 않아도 알 수 있다. 이미 몸이 완전히 굳어 있다. 차마 말이 나오지 않을 정도의 참상을 목도했기 때문인지 말도 제대로 나오지 않는다.

어째서. 어째서 조혜진 님께서 함께 가자고 했는지 알 것 같은 느낌이 들었다.

'이런 걸…….'

이런 걸 어떻게 볼 수 있겠어. 이런 참상을 어떻게 마주할 수 있을까. 어떻게 저 모습을 두 눈을 똑바로 뜨고 마주할 수 있을까.

살짝 고개를 돌려 위를 바라보니 뭐라 형용하기 힘든 표정을 짓고 있는 조혜진 님이 시야에 비친다. 몸이 덜덜 떨리고 있는 것 같다. 살짝 손을 잡으니 그제야 조금 진정이 된 것 같은 느낌이 든다.

"처음 봤을 때는 더 심각한 상황이었습니다. 그나마 지금은……."

"네. 많이 좋아졌어요."

멀지 않은 곳에서 들려온 목소리에 몸을 돌리자 무척 오랜만에 보는 것 같은 얼굴이 눈에 들어왔다.

가장 먼저 눈에 들어온 것은 용사의 상징으로 자리 잡고 있는 성검, 그리고 금발의 머리. 베니고어 님께 선택을 받은 회색빛의 용사. 라파엘이었다.

"오지 않으실 거라고……."

"생각을 바꿨습니다."

"잘 생각하셨어요. 조혜진 님. 아, 이쪽은…… 그러니까. 알프스 님이시죠? 오랜만입니다."

"네. 오랜만이에요. 라파엘 님. 깨어나신 걸 알았다면 인사라도 드리러 갔을 텐데……."

"아니요. 괜찮습니다. 저도 깨어나자마자 곧바로 이곳으로 향했던 터라…… 형이 저를 찾는 목소리를 들었거든요."

"형이요?"

"네. 파란 부길드마스터님이라고 하면……."

"아."

"갑작스럽게 메시지를 받았어요. 이 사람을 살려달라고, 너라면 살릴 수 있다고 말하는 메시지요."

"그건……."

"어떻습니까? 라파엘 님. 그 뒤로는……."

"그 뒤로는 다른 메시지를 받진 못했어요. 깨어난 직후에 단한 번이었고요. 어떻게 움직이는 게 좋을지, 어떻게 해야 할지다른 답은 받지 못했지만 이 일을 해야 한다는 건 알 수 있을것 같아서…… 물론 제가 지금 옳은 일을 하는 건지는 모르겠지만…… 지금 당장 주어진 일이 이것밖에 없으니까요."

"길드마스터의 상태는……."

"보시는 그대로예요. 회색빛이 보내는 신성력에 상처가 메워지고 있어요. 일반적인 신성력처럼 거부 반응을 불러일으키지않아 다행이지만……."

"그거라도 된다면 다행입니다."

"네, 다행이죠……."

회색빛의 용사 외에도 다른 이들의 모습이 눈에 띈다.

잘은 기억이 나지 않지만 주변을 경계하고 있는 저 사람이아마…… 사냥개 이주혁.

신성력으로 주변에 세이프티 존을 만들어놓은 이가…….

'기적의 사제 마리엔.'

그 외에도 익숙한 얼굴들이 몇몇 있다. 성검 용사 파티라고 불렸던 이들이다. 모두가 보이는 것 같지는 않았지만 틀림없이 길드에 자주 얼굴을 비쳤던 사람들이었다.

그들뿐만이 아니다. 붉은 용병의 최영기…… 그리고…….

'검은 백조 길드마스터?'

조혜진 님과 이야기를 나누는 모습이 눈에 보였다.

인사를 드리는 것이 좋을까 하는 생각을 해봤지만 그럴 상황이 아니라는 것 정도는 알 수 있을 것 같았다. 모두가 극도로 긴장한 모습을 하고 있기 때문이다.

눈앞에 보이는 박연주 님과 성검 용사 파티, 붉은 용병의 최영기를 비롯한 강자들 모두 비슷한 표정을 하고 있다.

눈앞에 있는 길드마스터 때문이 아니다. 언제든지 적들이 쳐들어올 수 있다고 판단하는 것이 분명하다.

'우리가 얼마나 걸었지?'

정확히 여기가 어디지.

언제든지 적이 쳐들어와도 이상하지 않다. 안개로 뒤덮여 있지만 이곳에 성벽은 없다. 마법과 신성력으로 만들어진 세이프티 존은 적들의 공격을 막아줄 수 있을 정도로 튼튼하지 않다.

천사의 탈을 쓴 악마들이 이곳에 들어오기라도 한다면…….

'위험해질 수도 있는 거구나.'

지금까지는 느끼지 못했던 긴장감 때문인지 괜스레 손아귀가 축축해지기 시작했다. 한 치 앞도 볼 수 없는 안개도 괜스레 불길하게 느껴진다.

"끼잉."

흰둥이가 끙끙거리며 멀리 떨어진 곳에 시선을 고정시킨다. 자신도 모르는 사이에 흰둥이의 시선을 따라가자…….

"어……."

가면을 쓴 남자가 이쪽을 바라보는 것이 시야에 비쳤다.

"어?"

워낙 멀리 떨어진 곳이다. 정말로 내가 본 게 사람의 형상을 한 것인지도 알 수 없다.

잘못 본 게 아닐까? 잠깐 눈을 비비고 다시 한번 그곳을 바라봤지만 눈에 보이는 것은 뿌연 안개뿐이다.

'잘못 본 건가?'

그래도 한번 조사를 해보는 게 좋지 않을까?

새하얀 가면을 쓰고 있는 남자? 어째서 빤히 이쪽을 바라보고 있었던 걸까.

"끼잉……."

가까운 곳에 있는 모험가에게 막 입을 떼려고 하던 찰나였다.

"전투 준비!"

"……."

"전 부대원은 전투 준비한다!"

"왕! 왕!"

"흰둥아!"

어디에선가 폭음이 들려온 것.

"마법사들은 준비한 마법 캐스팅해!"

"위치가 발각됐다. 지원 요청. 적의 숫자는 제대로 확인되지 않았음."

"매뉴얼대로 움직인다."

공기가 뒤바뀌는 것은 순식간이었다. 여기저기서 마법사들이 주문을 영창 하는 소리가 들려온다. 주변이 무거워지는 것 같은 느낌도 든다.

자신 역시 다급하게 허리에 달린 검을 뽑게 된다. 천사의 모습을 한 악마 하나가 안개를 뚫고 창을 뻗는 것이 눈에 들어왔다.

'피할 수 있어.'

긴장감에 몸이 살짝 굳었지만 충분히 피할 수 있는 공격이었다.

"왕!"

하는 소리가 들리자 몸에 활력이 도는 것이 느껴진다. 움직임은 더 빨라졌고 힘은 더 강해졌다. 검을 정확히 심장으로 뻗었지만 턱 하는 소리와 함께 검이 붙잡힌다.

"아!"

잠깐 당황했을 때 이쪽을 구해준 것은 안개를 뚫고 들어온 한 자루의 창. 정확히 천사의 목을 꿰뚫은 창날이 눈에 보였다.

"안전한 곳으로."

"아…… 아니요. 저도 싸울 수 있어요."

"……"

"싸울 수 있어요."

"……."

"그럼 곧바로 부대에 합류……."

"네."

다시 한번 안개 속으로 몸을 던지는 조혜진 님의 뒷모습이 보였다.

정확히 어디로 향하는 것인지를 알 수 없었지만 갈색의 머리를 길게 땋은 천사에게 창을 뻗는 모습이 흐릿하게 보였다.

콰아아아아아앙!!

"흰둥아! 가자!"

"왕!"

어떤 식으로 전투를 풀어나가야 할지는 알고 있다. 수많은 훈련을 거쳤으니까.

매뉴얼도 머릿속에 있다. 이로운 효과를 파티원들에게 끊기지 않게 해주는 게 중요하다. 흰둥이가 주는 버프를 활용하기 위해서는 최대한 넓은 곳으로 움직여야 한다.

'안개 때문에 시야가 차단되어 있으니까.'

피아 구분이 힘들고 정확한 위치도 찾기 어렵다. 아군에게도 마찬가지지만 적에게도 마찬가지일 것이다.

'흰둥이라면 구별할 수 있어.'

냄새로 구별할 수 있을 것이다. 대규모라면 효과가 없겠지만 이런 중소규모에 게릴라 전투에서는 자신의 능력이 큰 도움이 될 것이다.

흰둥이 역시 뭘 해야 하는지 알고 있는지 빠르게 발걸음을 옮기는 모습이 눈에 들어왔다.

정신없이 뛰는 와중에도 계속해서 주변의 지형을 기억해야 한다. 나중에 전부 도움이 될 수 있는 정보니까.

거침없이 달려 나가던 흰둥이가 움직임을 멈춘 것은 바로 그때.

"왕!"

"여기는 어디야? 도, 도착했어?"

"왕! 왕!"

눈앞에 보인 것은 가면을 쓴 남자였다.

■

'제기랄…….'

언제나 전투는 갑작스럽다.

'들어올 거라고는 알고 있었지만.'

이토록 갑작스럽게 일이 터질 거라고는 생각하지 못했다.

'퇴각 명령은 없는 건가?'

같은 생각이 드는 것도 무리는 아니리라. 물론 이 장소를 사수하려고 하는 이유 정도는 알고 있다.

"노을빛의 검사."

악마에 의해 타락해 숨이 끊어진 영웅을 지키기 위한 싸움이다.

말 그대로 숨이 끊어진 영웅의 시체를 지키기 위한 싸움이었다. 다시 한번 싸워야 하는 이유에 대해 생각해 보자 헛웃음이 튀어나올 수밖에 없었다.

전술적 가치가 없는 지역이라고는 할 수 없지만 병력을 뒤로 물린다면 충분히 전선을 유지할 수 있다. 굳이 이 장소에서 적들과 부딪쳐야 할 이유를 찾을 수가 없다. 오히려 손해가 막심하지 않을까. 대륙의 기준으로 네임드라고 판단하고 있는 상위 모험가들 다수를 잃을 수는 없지 않은가.

노을빛의 검사는…….

"살아날 수 있다는 보장도 없잖아."

이미 죽은 사람이었다. 자욱한 안개를 뚫고 들어오는 썩은 냄새 때문에 제대로 숨도 쉬기 힘들 지경이다. 그 참혹한 광경을 보고 어떻게 영웅이 되살아날 거라는 희망을 품을 수가 있겠는가. 지휘부에게 항상 지지를 보내고 있기는 했지만 이번만큼은 이 판단이 맞는 건지에 대한 의심을 지울 수가 없다. 지휘부에서 이성을 잃은 것이 아닐까. 이기영 대륙 보호 관리 위원장을 잃은 현재의 머리가 합리적인 판단을 할 수 있을까.

몸을 빼라는 목소리를 계속해서 기다렸지만 여전히 목소리는 들려오지 않았다. 오히려 본격적인 전투를 위한 명령이 떨어진다.

"제기랄 안개 때문에 앞이 보이지도 않는데……."

"싸우라는 명령이 떨어지면 싸운다."

"본대 쪽으로 이동하는 거요?"

"아니. 우리 파티는 본대와 합류하지 않는다."

"돼지기 딱 좋네. 칼 밥 먹고 사는 입장에서 언제든지 죽을 수 있을 거라고 생각했지만 일어서지도 못하는 시체를 지키기 위해 죽는 건 사양이었다고. 대장."

"우리는 할 수 있는 일을 할 뿐이야. 명령이 떨어지면 수행하는 것. 그게 우리 임무다. 다른 말은 필요 없어."

"지금의 지휘부를 믿을 수 있다고?"

"……"

"아무리 생각해도 이게 합리적이라는 생각이 들지 않아서 하는 소리라고. 회색빛의 용사와 검은 백조 길드마스터, 그리고 파란 길드마스터 대리도 있지. 내로라하는 대륙의 네임드들이 모여 있는 곳인데…… 이런 곳에서 개죽음당할 사람들이 아니야. 아직 전쟁은 끝나지 않았다고."

"그 심정을 이해하지 못하는 건 아니지만, 지금은 믿는 수밖에 없다."

"누구를."

"명예추기경."

"……"

"회색빛의 용사가 명예추기경님의 목소리를 들었다고 했었다. 간부들은 알고 있는 이야기야."

"……그게 정말이요?"

"그래. 그러니 믿고 싸운다. 그분을 믿지 않으면 더 이상 대륙에 희망 따위는 없어."

"……"

"파티원들은 전투 준비. 진입한다."

만약 정말로 그게 거짓말이 아니라면…….

'이건 할 수밖에 없잖아.'

명예추기경의 말이라면 할 수밖에 없다.

물론 그 말이 거짓일 가능성도 있다. 어째서 지휘부에서 이런 판단을 내린 것인지 이해가 간다. 그들은 자신들의 판단을 믿고 있는 것이 아니다. 대륙의 성자, 베니고어의 아들, 빛의 수호자, 이기영 명예추기경의 목소리를 믿는 것이다.

괜스레 투구를 매만지며 방패를 고쳐 잡았을 때였다.

"전투 준비!"

앞쪽에서 인기척이 느껴진 것.

"화살!"

"쏘지 마! 쏘지 마! 아군이다. 아군이야!"

"멈춰! 제기랄!"

안개를 뚫고 나온 인형은 작은 키의 여자였다. 본적이 있다. 모를 리가 없지 않은가.

"알프스?"

파란 길드에 가입한 신입 길드원. 성검 후보자로 이름을 알린 모험가였고 테이머라는 직업을 유행시킨 장본인이기도 했다. 본인이 테이머라는 것을 증명하듯 옆에 강아지와 함께 있는 모습이 눈에 띈다.

무슨 일이 있었는지 알 수 없지만 얼굴에는 눈물이 가득 차 있었다.

아무리 파란 길드라고는 해도 신입은 신입, 갑작스러운 전투에 겁을 집어먹고 전장에서 이탈했을 가능성도 있겠다고 생각했다. 한 치 앞도 보이지 않는 안개에 그녀가 할 수 있는 일은 그리 많지 않았을 테니까.

하지만 그것과는 다르다. 겁을 집어먹은 얼굴은 아니다. 얼굴에 공포심은 없다. 오히려 정체를 알 수 없는 의지가 깃들어 있다.

"당신은……."

"도와주세요."

"네?"

"길드마스터가 있는 곳까지 가야 해요. 도와주세요."

"지금 무슨……."

"자세히 말씀드리기에는 시간이 부족해요. 하지만 지금 가야 해요. 도와주세요. 부탁드립니다."

"대장?"

"……."

"부탁드려요."

"대장?"

"임무를 변경한다. 지금부터 파란 길드의 신입을 포인트로 데려간다. 최대한 빠르게."

"그래도 되는 거…… 젠장. 갑시다. 가는 게 좋을 것 같으니. 이유는."

"메시지를 받았어요."

"충분하군."

누구에게 무엇을 받았는지 확실하지는 않지만 대장을 비롯한 파티원들은 고개를 끄덕인다. 자신 역시 일단은 고개를 끄덕일 수밖에 없었다. 눈동자에 확신이 보였던 탓이다.

"움직인다."

안개 때문에 시야 확보가 어렵기도 하고 혼란스러운 전장이라 난관이 예상되기는 하지만…….

"길은 제가 안내할게요."

뛰어나가는 강아지를 보고서는 곧바로 고개를 끄덕일 수밖에 없었다.

'파란 길드는 파란 길드라는 건가?'

잠깐이나마 그녀를 애송이로 판단했다는 게 부끄러워질 지경이다. 검을 들고 뛰쳐나가는 모습에 망설임은 없었다.

강아지를 따라간다는 게 조금 당황스럽기는 했지만 눈앞에 있는 신입은 포인트까지 닿을 장소를 확실하게 안내하고 있었다.

"전투는 많아야 두 번이에요."

"확인했다. 전투가 필요한 상황이라면……."

"30초 뒤에요. 앞쪽에서 접근하고 있어요."

"전투 준비! 전투 준비!"

'도대체 파란 길드에서는 신입 길드원을 어떻게 교육시키는 거지?'

엄밀히 말해 노련하다고는 할 수 없다. 하지만…….

'강해.'

단순히 무력의 의미가 아니다. 정신적으로도 강하고 본인이 무엇을 해야 할지 제대로 알고 있다.

보통의 뉴비들이 보여줄 수 있는 모습이 아니다. 누구나 그렇다. 자신 역시 그랬다. 뉴비들은 흥분하거나 긴장하거나 둘 중 하나다. 전투에 취해 제대로 주변을 둘러보지 못하고 제대로 상황을 파악할 여유 같은 건 없다.

혹은 너무 떨어 1인분도 하지 못하는 경우도 많다. 현재의 길드들이 경력 있는 신입을 좋아하는 이유가 그러한 이유가 아니었던가. 최소 10번 이상의 원정을 마쳐야 비로소 주변이 눈에 들어오기 시작하고 파티에 녹아들 수 있다.

하지만 눈앞에 있는 애송이는…….

'정말 애송이가 맞는 건가?'

침착하다. 본인이 할 수 있는 게 뭔지 알고 있고, 본인의 한계를 제대로 파악하고 있다. 전투가 시작된 지 얼마 되지 않은 시점에 이미 파티와 완전히 녹아들고 있다.

적들만 살피는 게 아니라 끊임없이 파티를 둘러보고 있다. 현재 자신이 어디에 위치하고 있는지, 자신이 뭘 할 수 있는지 파악하고 있는 것이 분명하리라. 기회가 나면 곧바로 검을 뽑고 달려들어 가고 방해가 될 것 같으면 움직임을 보조한다.

그중에서도 압권은…….

"왕!"

사제를 방불케 하는 버프. 더 민첩해지고 더 강해진다.

"조심!"

"고······ 고맙다."

"아니에요. 다음은 피해 갈게요. 왼쪽으로 돌아갈게요."

"파란의 신입을 중심으로."

"확인했습니다. 대장."

계속해서 방향을 바꾸고 있으니 파티가 어디로 향하는지 알 수 없었지만 한 가지 확실한 것은 점점 목표와 근접하고 있다는 것. 난전이 된 전장에서 이런 식으로 움직일 수 있을 거라고는 생각하지 못했다.

사방팔방에서 굉음과 폭음이 들려오는 와중에도 이상하리만큼 이 파티에는 아무 일도 일어나지 않는다.

"방패 들어욧!"

"방패! 방패!"

거대한 빛이 떨어지면 곧바로 모여 방진을 구성하고.

"전진! 전진! 얼마 안 남았어요! 전진! 움직여요!"

"알겠다."

"앞에 셋 있어요! 전투······."

"2번대가 마크한다. 1번대는 계속 전진해!"

"확인!"

"살아남아라! 새끼들아!"

"뭔 난리인지는 모르겠는데. 잘 다녀와라! 새끼들아!"

파티를 분리해 나아가기도 한다. 상위 모험가에 이름표를 올린 이후로 숨이 찬다고 느낀 적은 많지 않았지만 체력적으로도 점점 한계에 다다른 시점.

"으아아아아!"

"전진! 전진! 움직여! 시발! 움직여! 멈추지 마! 멈추지 말고 움직여!"

"대장! 지원 요청은 하고 있어?"

"붉은 용병이 길을 열어줄 거다. 애송이?"

"왕!"

"확인됐어요! 고마워요! 고마워요! 고마워요! 고마워요!"

곧바로 달려 나가는 파란 길드 신입의 두 손에는 희미한 빛이 서려 있다. 저 빛이 무엇을 의미하는지는 알 수 없었지만 자신들이 임무를 완수했다는 것 하나는 알 수 있었다.

붉은 용병 길드가 열어준 길 사이로 보이는 것은 쓰러진 영웅이다.

"방패 들어! 버텨! 버틴다! 무조건 버텨!"

"물러서지 마! 새끼들아! 버텨!"

"아아아아아아아아악!"

"위치 사수해! 위치 사수해!"

계속해서 떨어지는 이질적인 빛을 방패로 받아내는 와중에도 시선은 후방에 고정된다.

안개가 점점 걷히며 현재 어떤 상황이 벌어지고 있는지 눈에 보인다. 노을빛의 영웅을 중심으로 완전히 적들에게 둘러싸여 있는 형국이다.

"이거 전부 다 뒈지는 건가."

"재수 없는 소리 하지 마, 새끼야! 버텨! 일어날 거다! 일어날 거야!"

'일어나? 나도 그랬으면 좋겠다.'

파란 길드의 신입이 노을빛의 검사에게 손을 가져다 댄 것은 바로 그때였다.

"일…… 일…….

"…….

"일어나라! 일어나라! 알타누스의 영웅이여!"

"버텨! 새끼들아! 뒤쪽 신경 쓰지 말고 버티라고!"

"그리하면 내가 네게 미래를 선물할지니!"

"뒤에서 지금…….

"신경 쓰지 말고 버티라고! 저쪽에는 못 닿게 해! 마법사들은 방어 마법 계속 유지해! 새끼들아! 유지해! 피를 토하면서 쓰러지는 한이 있더라도 유지해! 새끼들아!"

'제기랄 진짜 다 죽는 건가?'

"일어나라! 알타누스의 영웅이여! 그리하면 내가 네게 미래를 선물할지니!"

파란 길드의 신입이 갑자기 무슨 주문을 외우는지 알 수가 없을 지경이었지만 한 가지는 알 수 있었다.

저게 일어나지 않으면 여기 있는 이들은 몰살이다. 전멸이다. 대륙의 희망은 없어질 거다.

"일어나! 제기랄! 일어나! 노을빛의 검사!"

"내 목소리가 들린다면 일어나라!! 알타누스의 영웅이여! 그리하면 내가…… 흐윽…… 네게 미래를 선물할지니!"

"일어나아!!"

"내 목소리가 들린다면 일어나거라! 알타누스으…… 흐윽……
영웅이여! 그의 목소리가 들린다면 일어나거라! 영웅이여! 그
리하면…… 그리하면 그가 네게 미래를 선물할 것이다!"

자신도 모르게 목소리를 높이게 된다.

"제기랄…… 제길!"

"일어나라!! 알타누스의 영웅이여! 일어나 네 미래를 스스
로의 손으로 쟁취하라! 일어나라!!"

반응이 없다. 파란 길드의 애송이가 계속해서 희미한 빛을
노을빛의 검사에게 전달하며 절규하듯 외치고 있었지만 여전
히 움직이지 않는다.

"일어나라! 알타누스의 영웅이여! 그리하면 내가 네게 미래
를 선물할 것이다!"

'이제 끝인가?'

라고 생각했던, 바로 그때였다.

209장
믿고 있었다고

"빙고."

-버텨! 새끼들아! 위치 사수해!

"일어날 수 있을 거야."

'무조건 일어나야지.'

상황은 최악이라고 할 만했다. 누가 보기에도 인류에게 희망은 없어 보이는 상황이었다.

-일어나라! 알타누스의 영웅이여! 그리하면 내가 네게 미래를 선물할 것이다!

완전히 포위된 형국에서 천천히 좁혀오는 천사들과 그들에게 저항하고 있는 인류는 눈물이 다 나올 정도로 숭고하지 않은가. 영웅의 귀환으로 이것보다 적절한 타이밍이 있을 리가 없다. 계기도 있었고 준비도 충분했다.

불안 요소가 없는 것은 아니었지만…….

'시바 불안 요소는 무슨 불안 요소야. 안 일어나면 끝이야.'

퀘스트를 계속해서 보내고 싶었지만 그것마저 여의치 않다. 알프스가 와주지 않았다면 김현성에게 퀘스트를 전달할 수 없었을 것이다.

놈은 분명히 목소리에 반응하고 있다. 계속해서 요동치는 마력이 그 증거였다. 분명히 일어날 거라고 생각했지만 솔직히 확신할 수는 없다. 그렇기 때문에 초조하게 상황을 지켜볼 수밖에 없었다.

영차, 영차를 외치고 싶었지만 그런 농담도 나오지 않을 정도로 스스로가 긴장한 것이 느껴졌다. 여기서 일어나지 않으면 끝이다. 내 입장에서는 마지막으로 던져본 주사위였다.

'아냐. 그런 가정은 하지 말자. 분명히 일어날 테니까.'

깨어날 것이다. 미래는 변하지 않았다. 카스가노 유노는 아직도 미래가 변하지 않았다고 말하고 있다. 그녀는 여전히 같은 그림을 보고 있었고 그것은 즉 김현성이 자리를 박차고 일어날 것이라는 걸 의미한다. 김현성은 다시 부활해 이기영의 배때기에 칼을 쑤셔 박을 거고 종국에는 엔딩에 함께 남을 거다.

'가자. 현성아. 가자! 제발. 제발.'

지금 일어나야 돼.

병력들이 점점 뒤섞이고 있다. 마법사들은 마력이 떨어져 가고 있고 사제들의 신성력이 남아 있지 않다.

병사들의 얼굴이 절망으로 물드는 것이 보인다. 더 이상 희망은 없다는 얼굴을 하고 있지 않은가. 이미 이곳이 자신들의 무덤이 될 거라는 걸 알고 있는 자들의 마지막 저항, 그 이상도 그 이하도 아닌 것처럼 상황이 흘러가고 있었다.

궁지에 몰린 알프스가 메시지를 밀어 넣으며 다시 한번 입을 열었던 바로 그때였다.

'저거.'

어떤 기적 같은 임팩트가 있었던 것은 아니다. 하늘에서 회색빛이 떨어진 것도 아니고 녀석을 중심으로 뭔가 다른 효과가 있었던 것도 아니다.

고요하다. 방금 전까지 시끄러웠던 전장이 무척 고요해진 것 같은 기분이 든다. 대기가 가라앉고 김현성을 중심으로 한 안개가 옅어지고 있다는 느낌이 든다.

-아…… 아…….

가장 먼저 이상을 느낀 것은 김현성의 옆에 자리해 있었던 파란 길드의 신입 길드원.

-아…….

김현성의 몸이 꿈틀거리는 걸 보고 있는 것이 분명하리라.

멈칫 날개를 털어내고 손가락을 움직인다. 오랜 시간 동면해 있었던 짐승처럼 검은색 형태의 영웅은 조심스럽게 몸을 움직인다.

일어날 수 있을 거라고 판단했지만 내가 보기에도 비상식적인 광경처럼 보인다. 절대로 움직일 수 없을 것 같았던 모습이었다. 심지어 지금도 움직이고 있는 게 믿겨지지 않는다. 꿈을 꾸고 있는 건 아닌가 싶을 정도로 보여지는 광경이 비상식적이다.

'정말로 살아났어?'

믿고 있었다고. 젠장.

고래고래 일어나라 소리를 질렀던 주위 역시 조용해지기는 마찬가지. 방패로 쏟아지는 공격을 막고 있는 이도, 계속해서 화살을 쏘아 보내고 있었던 궁수도, 캐스팅을 외우고 있었던 마법사도, 하나둘 뒤쪽을 바라보기 시작했다.

모두 상위에 자리를 잡은 모험가들이다. 뭔가 상황이 달라졌다는 걸 인지하지 못할 리가 없다. 지금까지 본 적 없었던 무언가가 천천히 몸을 움직이고 있는 걸 바라보고 있다.

대열을 유지하고 있던 병사 하나가 눈을 비비며 입을 여는 것이 보인다.

-진짜로…… 진짜로 되살아났어.

-정말로 되살아났다고…… 하…… 하핫.

-길, 길드…… 마스터?

-노을빛의 검사다. 노을빛의 검사가 부활했어. 믿고 있었다고 젠장!

'뭘 믿어. 이 새끼들아.'

분명히 절망으로 물들어가던 얼굴을 하고 있던 놈이 그 명대사를 외치는 것을 보니 당황스럽다.

하지만 나 역시 입가에 미소가 그려지기 시작했다. 나야말로 김현성을 믿고 있었다. 이대로 뒈지지 않을 거라는 걸 분명히 알고 있었다.

-길드마스터…….

김현성은 주변을 둘러본다. 아주 작은 고갯짓으로 주변을 둘러보기 시작한다.

이내 그가 시선을 멈춘 곳은 알프스 쪽. 아직 가면이 부서진 것은 아니다.

알프스의 몸이 부들부들 떨리는 것이 시야에 비쳤다. 믿을 수 없는 광경에 환희를 느꼈던 것도 잠시뿐이지 않을까. 어마어마한 악의와 타락한 마력, 상위에 랭크된 모험가조차 꺼리는 기운을 가장 가까이서 받아냈으니 저절로 몸이 떨리는 것이 분명하리라.

하지만 그것 역시 곧 사라지기 시작한다. 김현성은 알프스에게 적의를 보내지 않고 있다.

녀석은 몸을 일으켰다. 거의 동시에 다소 당황스러운 얼굴로 주변을 둘러본다. 표정은 보이지 않았지만 당황하고 있는 것 같다.

-우…….

그리고 이내, 하늘을 올려다보며 소리 없는 포효를 내지르기 시작했다.

'아직 이성이 없는 건가?'

아니, 완전히 이성이 없는 것은 아니다. 김현성은 주변의 인간들에게 적의를 보내지 않고 있다. 최소한 피아 구분은 할 수 있는 상태까지 간 것이 틀림없다.

뭐가 김현성의 정신을 유지하고 있는 것인지는 알 수 없었지만 이윽고 들려온 목소리에 고개를 끄덕일 수밖에 없었다.

-미…… 미래.

어눌한 발음, 완전히 갈라진 목소리, 무슨 뜻인지 알고서 말하고 있는 것 같지도 않다.

하지만 녀석은 똑똑히 그 단어를 중얼거렸다.

'그래 현성아. 시바. 그거야. 미래. 미래라고.'

-미래.

'미래로 가자. 미래로 가는 거야. 알프스야 뭐 하니 한마디 거들어야지.'

-네…… 네. 길드마스터. 나아갈 수 있어요.

-미래…… 미…… 미래.

-네. 흐윽…… 네. 미래예요. 미래요.

-미래…….

김현성이 커다란 날개를 펼치기 시작했다.

내 입장에서도 입을 열 수밖에 없는 상황이다.

"도미니온스 귀환해. 병력을 뒤로 물린다."

조혜진과 몸을 부딪치고 있는 도미니온스에게는 메시지를 보내놓자. 외신 측의 입장에서는 병력을 뒤로 물리는 게 최선이니까. 하지만 어디까지나 피해를 최소화시키는 것에 불과하다.

아니나 다를까 김현성이 몸을 움직이기 시작했다. 육중한 날개를 펼쳐 순식간에 쏘아져 나간다. 손톱을 한 번 휘두르자 인류를 둘러싸고 있는 천사들의 몸이 찢겨 나간다.

-…….

소리 없는 절규를 내보내며 계속해서 하얀색 날개를 가지고 있는 이들의 몸을 찢어발기고 있다.

영광스러운 순간이었고 숭고한 순간이어야 했다. 하지만 김현성이 보여주고 있는 모습은 어딘가 조금 비참하게 보이기도 했다.

물론 죽을 위기에 처한 이들의 눈에는 김현성이 어딘가의 신으로 보일 것이다. 형태가 어떻든, 뿜어내는 기운이 어떻든 간에, 녀석은 영웅이었으니까. 주관적인 렌즈를 빼고 보면 녀석의 등장은 충분히 히어로다웠다.

-저게…….

-믿겨지지 않는군. 다 쓸어버려라. 그래. 하핫.

-노을빛의 검사.

-정말로 부활했어. 정말로…… 부활한 거야. 하하하하핫! 살았어! 시발 살았다고!

-아직…… 아직 희망이 있는 건가. 베니고어 님께서는 아직 우리를 버리시지 않은 건가.

-명예추기경님의 예언 그대로다. 신의 아들의 말대로야.

순수한 무력에 놀라움을 표현하고 있는 이들도, 이상한 불안감을 느끼고 있는 이들도, 당장은 김현성에게 환호를 보낸다. 죽음에서 돌아온 영웅을 축복하는 목소리를 끊임없이 보내고 있다. 관계자들의 반응도 다르지 않다.

갑작스럽게 싸울 상대를 잃은 조혜진은 떨리는 눈으로 주변을 둘러보고 있었다.

-길드마스터?

김현성이 되살아났다는 걸 느끼기라도 한 건지 허겁지겁 몸을 움직이고 있었다. 눈에 눈물을 가득 담고 상처투성이의 몸으로 한참을 달리다 이내 격전을 벌이고 있는 김현성을 바라보고 다시 한번 몸을 움직인다.

-길드마스터. 흐윽…… 길드마스터.

'그래, 혜진아. 네가 고생이 많다.'

조혜진은 저 광경을 바라보며 무슨 생각을 하고 있을까. 아마 기쁠 것이다. 상태가 어찌 됐든 간에 김현성이 몸을 움직이고 있다는 사실 하나, 그 사실 하나가 지금의 상황을 버틸 수 있는 힘이 되어줄 것이다.

-형. 해낸 것 같아요.

열심히 임무를 완수해 준 우리 조연 라파엘의 표정은 읽기 힘들었지만 부정적인 것 같지는 않았다.

'그래 네가 컸지. 진짜.'

김현성을 회복시킬 수 있는 유일한 신성력을 가지고 있는 퍼즐이었다. 라파엘을 육체를 끊임없이 재생시켰던 회색빛이 김현성의 몸에도 유효하다. 아마 라파엘이 아니었다면 정신이 깨어난다고 하더라고 몸을 움직이지 못했을 것이다. 쟤한테는 나중에 상여금이라도 두둑이 챙겨줘야지.

박연주나, 최영기 같은 이들도 마찬가지다. 그저 적들이 실시간으로 사라지는 모습을 멍하니 바라보고 있다.

끝나지 않을 것 같았던 전투가 마무리되는 것에도 그리 오랜 시간이 걸리지 않았다. 천사들은 병력을 뒤로 물리고 있었고 안개가 걷힌다. 천천히 걷히는 안개 사이로 아주 오랜만에 보는 것만 같은 빛이 쏟아져 내려온다.

자연이 만든 빛은 가장 타락한 영웅의 모습을 비춘다. 전투를 끝내고 홀로 폐허가 된 공간에 올라 뭔지 모를 소리를 지껄이는 타락한 영웅의 모습을 비춘다.

그 모습은 슬퍼 보이기도 했지만 뭐라 말할 수 없을 정도로 신성해 보여 나 자신도 모르게 몸을 떨리게 만들었다.

"볼만하네요."

"왔어?"

"아까 전부터 와 있었어요. 귀환 명령 듣고 바로 움직였죠. 왜요? 내가 너무 빨리 왔나? 조금 더 감상하고 싶어요?"

"아니야."

"근데…… 이거 뭐라고 보고해야 되나?"

"뭐 따로 보고할 내용이 있어? 이건 우리가 낸 사고가 아니라 세라핌이 낸 사고야. 타락한 영웅을 제대로 처리하지 못한 건 그 새끼인데 우리가 뭐 책임질 일이 있어? 오히려 좋은 기회지. 물어뜯을 수 있는 거리를 마련한 거니까. 압박하는 건 우리 포지션이지 개 포지션이 아니야."

"하긴…… 그렇게 생각할 수도 있겠네요. 그나저나 인간은 신기하다니까. 저렇게 환호를 보낼 줄은 누가 알았겠어요? 혹시라도 김현성이 자기들을 공격하면 어떻게 될 줄 알고…… 조금이나마 정신이 남아 있어서 다행이었지, 아니었으면 저쪽의 병력도 반 이상은 사라졌을 거예요. 아니, 정신이 남아 있다고 하기에도 뭣 한가? 지금 저걸 움직이는 건 분노와 적의 같거든."

"뭐든 상관없어 움직이게 되면 그걸로 땡큐지 뭐. 되돌리는 거야 천천히 생각하면 돼. 오히려 커다란 성과라니까. 이제야 조금 알 것 같은 느낌이 들어. 일이 어떻게 돌아가는지. 퍼즐이 어떻게 맞아떨어지는지. 내가 뭘 해야 하는지."

"어련하시겠어요? 그래서 그런지 진짜 기분 좋아 보이는 얼굴이네요."

"누구. 나?"

"그럼 누구겠어요? 하긴 나라도 기분 좋겠네. 상장 폐지된 줄 알았던 게 다시 수면 위로 올라왔으니 얼마나 기분 좋겠어? 정신 나간 얼굴 하고 있었던 게 엊그제 같은데."

"……."

"어떻게. 그때는 진짜 대륙이고 나발이고 전부 다 끝내고 손절 하려고 했었던 거 맞아요? 오빠도 참 웃기다니까."

"……."

"어때요? 내가 오길 잘했지? 만약에 안 왔으면 조금 달라졌을까?"

"뭐…… 그거야 나도 모르지. 뭐 일어나지도 않은 소리를 하고 그래? 다른 이야기 좀 해봐. 우리 혜진이는 조금 괜찮아 보여?"

"글쎄요. 많이 힘들어 보이던데. 나도 모르게 꽉 안아주고 싶었다니까. 그냥 눈 한번 감고 메시지라도 날려봐요. 아니면 내가 한번 해볼까?"

"안 그래도 의심받을 만한 상황인데, 어떻게 그렇게 해."

"그건 그렇기는 한데…… 에이…… 이건 천천히 생각해 봐야겠네요. 아무튼 돌아가죠. 너무 늦으면 또 의심받을 수도 있으니……."

"……그보다 누나……."

"왜요?"

"계속 물어보고 싶었던 건데……."

"뭔데요?"

"그 몸은 어때?"

눈앞에 있는 도미니온스가 입꼬리를 올리는 모습이 시야에 들어왔다.

"끝내주네요."

정말로 쓰레기 같은 표정으로 말이다.

'누나도 참 누나야.'

단언컨대 가장 의외의 모습을 보여주고 있는 사람이라 말할 만했다. 다시 한번 생각해도 믿겨지지가 않을 정도였으니 무슨 말이 더 필요할까.

어느 정도 능력이 있었다는 건 인지하고 있었지만 사실 이지혜는 내게 있어도 그만, 없어도 그만인 사람이었다.

적어도 튜토리얼에서 나와 파란 길드로 향할 때만 해도 그렇게 생각했었다. 마음의 눈이라도 가지고 있었던 나와는 다르게 이지혜는 정말로 아무것도 가지고 있지 않은 채로 2회차를 시작했으니 그럴 만도 하지 않은가.

'그때는 몰랐었지.'

지루한 표현이지만 발톱을 숨기고 있었다는 게 가장 어울리는 표현이리라.

그 말 그대로, 이지혜는 자신이 보여줄 수 있는 걸 전부 보여주지 않고 있었다.

원래 우리 같은 사람들이야 몇 가지 숨기는 게 있기는 했지만 누나 같은 경우에는 정도가 조금 더 심했다. 주사위를 함부로 던지지 않은 것만 봐도 쉽게 유추할 수 있지 않은가.

이유 역시 뻔하다. 지혜 누나가 자신의 능력을 전부 드러내지 않은 이유는 아마…….

'본인이 감당할 수 없을 거라고 판단했으니까.'

기반이 없는 상태에서 자신을 드러내는 건 위험하다고 생각한 것이 분명하리라. 지금이야 그녀를 지킬 수 있는 수단이 수도 없이 많지만 처음에는 그렇지 않았으니까. 계속해서 부풀리고 덩치를 키우는 나와는 반대라고 할 수 있지 않을까. 어째서 그녀가 가면의 구세주와 함께 인류를 구하는 데 기여할 수 있었는지에 대해 제대로 깨달을 수 있었던 시점이었다. 아니, 태초부터 가면의 구세주는 하나가 아니라 둘이었다.

저 표정은 아주 많이 쓰레기 같았지만…….

'저 정도는 해줬으니까 가면의 영웅이라고 할 만하지 않았겠어?'

이지혜가 없었다면 손과 발이 잘린 느낌이었으리라.

"뭐예요? 왜 사람을 그렇게 봐요? 이제 내가 얼마나 중요한 사람인지 감이 잡혀요?"

"원래 누나는 나한테 중요한 사람이었는데 새삼스럽게 뭘 그런 걸 이야기하고 그래? 우리 영혼의 단짝이잖아. 소울메이트고 혼이 이어진 파트너잖어. 원래 나한테는 누나밖에 없었다니까. 내가 사랑하는 거 알지?"

"듣기 좋은 아부해 주는 건 고맙기는 한데 별로 와닿지가 않네요. 표정이 정말 쓰레기 같아 보이거든요. 뭐 빼먹을 거 없나 머리 굴리고 있는 얼굴이라고요. 뭐 그래도 나쁘지는 않네요. 마땅히 받아야 할 대우를 받고 있는 것 같고……."

"그렇지."

"이래서 능력이 있어야 한다니까."

"그나저나 누나. 그거 괜찮은 거긴 해? 도미니온스는? 아직 남아 있는 거 아니야?"

"아직 남아 있기는 하지만 거의 죽여놨어요. 아, 진짜로 죽여놨다는 의미는 아니에요. 최근에는 조금 얌전해지고 있다니까요. 슬슬 받아들이고 있는 것 같기도 하고 순종적으로 변하고 있으면서도 불쑥불쑥 튀어나올 때가 있기는 한데…… 그게 관심 좀 가져달라는 거 같기도 하고 뭐 아마 얼마 걸리지 않을 거예요. 얘도 의외로 귀엽다니까."

"……."

"자세히 알고 싶어요?"

"아니…… 굳이……."

'도대체 뭘 하고 있는 거야.'

로노베를 이용해 꿈속에서 뭔가를 하고 있다는 건 알고 있었지만 정확히 어떤 작업을 하고 있는지 알 수가 없으니 답답할 수밖에 없었다.

물론 내가 관심을 가져야 할 사안은 아니다. 중요한 건 이지혜와 로노베가 함께 도미니온스의 머리로 들어와 있다는 결과였으니까. 둘이 도미니온스를 압박하고 있다면 그건 그거대로 좋은 것이 아닌가. 심지어 도미니온스가 순종적으로 변하고 있단다. 굳이 다른 코멘트가 필요할 리가 없다.

'수완도 좋아요.'

누나의 말처럼 누나가 나타나기 전까지는 끝이라고 생각했던 적도 있었다.

김현성이 깨어날 거라는 확신은 있었지만 그 확신에 무게를 싣기 힘든 상황이 아니었던가. 로노베는 김현성이 아직 육체에 남아 있다는 사실을 알고 있었고, 메시지를 보내기 힘든 상황에 처해 있는 나를 대신해 카스가노 유노와 메시지를 주고받았다.

무엇보다 중요한 것은 적진의 한가운데에서 아군이 생겨났다는 것이 아닐까. 쓰로누스가 내게 지지를 보내고 있기는 했지만 아무래도 녀석 하나로는 약한 감이 있었으니까.

아니, 솔직히 이 무능한 새끼는 없는 거나 마찬가지다. 차라리 없는 게 더 도움이 됐을지도 모른다.

최악이라 할 수 있는 상황에서 지혜 누나 덕분에 작업을 치는 것이 수월해졌다는 것은 굳이 언급한 필요도 없다. 지금까지도 여러 가지 방향에서 의심을 받고 있는 만큼 그녀의 지지에는 힘이 실린다.

"그래서…… 계속 계획대로 진행하는 거 맞죠?"

"물론. 왜?"

"아니, 빨리 내 몸으로 돌아가고 싶으니까 그렇죠. 연수한테 부탁하고 오기는 했는데 직접 하지 않으면 성에 안 차요. 관리할 게 얼마나 많은데…… 이럴 줄 알았으면 손톱이라도 바꾸고 올걸. 엄청 촌스러운 파란색으로 칠한 거 있죠? 제기랄 맞아요. 그 보노보노 색깔이요. 얘가 나를 엿 먹이려고 하는 게 분명하다니까. 짜증 나 정말."

"어차피 누나 자고 있잖아."

"인간 이지혜가 어디 하루아침에 만들어진 줄 알아요? 오빠같이 태생적으로 피부 탱탱하고 반들반들한 사람들은 모르겠지만 끊임없는 관리와 작은 관심이 지금의 이지혜를 만든 거라고요. 진짜 짜증 나네. 자기는 먹어도 살 안 찐다는 개소리하는 사람처럼 보이는 거 알죠? 그렇게 바쁜 상황에서도 관리는 매일매일 했었는데…… 엄청 신경 쓰인다고요. 진짜."

"……."

"이번 일만 끝나면 진짜 몇 달은……."

"……병력 수습됐네. 돌아가자. 누나. 저쪽도 거의 수습된 것 같고."

"그렇네요. 김현성은 일단……."

"응. 저대로 놔둘 거야."

이야기가 길어질 것 같아 말을 돌리자 이지혜가 고개를 끄덕이는 게 시야에 비쳤다. 본인 말을 끊은 게 마음에 들지는 않은 것 같았지만 그녀 역시 슬슬 물러설 타이밍이라는 걸 인지하고 있다.

살짝 눈을 돌리자 돌리자 김현성을 어떻게 해야 할지 도통 감을 잡지 못하고 있는 병력들이 눈에 들어왔다.

전투는 마무리 지어졌고 김현성은 하늘을 바라보고 있다. 모인 병력들은 그런 김현성을 조심스레 응시하는 도중, 일단 적의는 보이고 있지 않으니 조금 멀리 떨어져 상황을 지켜보고 있는 것이 분명하리라.

그 와중에 발을 동동 구르고 있는 조혜진도 시야에 비친다. 라파엘과 대화를 나누고 있는 모습, 굳이 들어보지 않아도 무슨 말을 주고받고 있는지 알 수 있을 것 같았다. 현재 김현성의 상태가 어떤지, 정말로 건강한 것이 맞는지, 그리고 되돌아올 수 있는지.

조금 초조해 보이기는 했지만 불안감보다는 기쁨이 더욱더 크다는 게 느껴진다. 일단 되살아났다면 본래의 모습으로 되돌아올 방법도 있을지도 모른다고 판단하고 있는 게 분명하리라. 이제 인류는 새로운 숙제를 떠안았다.

살리는 것에 성공했으니 다음 퀘스트는 뻔하지 않은가. 노을빛의 검사를 본래의 모습으로 되돌린다.

아마 최우선 사항으로 생각되지 않을까. 나는 녀석을 되돌릴 수 있는 방법을 대충 알 수 있을 것 같았지만······.

"다른 방법이 있을 수도 있으니까."

현시점에서 배때기 엔딩까지 가는 길목에 있는 것들이 확실히 보이지 않는 만큼 최대한 여러 가지 가능성을 열어둬야 했다.

"조금 쓸쓸하기는 해요?"

"조금은. 걱정되기도 하고 그러네. 다들 잘 지내는지 궁금하기도 하고······ 뭐 혜진이가 알아서 해주겠지. 매뉴얼은 놓고 왔으니까. 하는 거 보니까 잘 하고 있는 것 같은데?"

"너무 부담 주는 것도 안 좋은 것 같지만······ 사랑하는 내 님이 일어나는 것 같아서 진짜 좋아하는 것 같네요. 가망이 없는지도 모르고."

"가망이 왜 없어?"

"내가 몇 번이나 말하지 않았나? 쟤네는 가망 없다니까. 이지후, 이기연이나 잊지 마요. 절대로 저 둘이 이어질 일 없어."

"누나야말로 잊지 마. 누가 이기는지 보자고."

"기대되네요."

"나도 마찬가지야."

쓸데없는 농담 따먹기를 지속할 정도로 발길이 떨어지지 않기는 했지만 일단은 발걸음을 옮겨야 했다.

곧바로 날개를 펼치자 어색하게나마 몸이 공중으로 떠오르는 것이 느껴진다.

이지혜, 아니, 도미니온스 역시 마찬가지다. 조금씩 표정이 변하는 것을 보니 슬슬 집중해야 한다고 생각한 것 같았다. 사대 천사들에게 도미니온스가 이지혜라는 사실을 들키지 않는 것이 첫 번째였으니 저렇게 감정을 잡을 만도 하다. 그나마 남아 있던 이지혜의 얼굴이 완전히 사라지는 것은 순식간, 살얼음판을 걷는 기분을 느낄 법도 한데 이지혜는 긴장한 구석도 없다. 오히려 재미있어 하는 것 같은 모습에 웃음을 참기가 힘들다.

"조금 있으면 도착할 겁니다. 이기영 님."

"네. 도미니온스 님."

북쪽으로 계속해서 몸을 움직이자 거대한 신전이 시야에 비친다. 언제 만들었는지 알 수 없었지만 처음 보는 양식의 건축물이다.

익숙해질 만도 하건만 익숙해지지 않는다. 객관적으로 보면 훌륭해 보이기는 했지만 별다른 감정은 생기지 않았다.

'어차피 부서질 신전인데 뭐.'

어차피 흔적도 없이 사라질 건축물이다.

조금 더 앞으로 몸을 옮기자 익숙한 인형이 한눈에 들어왔다. 이쪽을 초조하게 바라보는 무능력 비둘기, 쓰로누스.

당연하지만 무사히 귀환해 다행이라는 듯이 고개를 끄덕이는 모습조차 마음에 들지 않는다.

'저 개새끼 진짜.'

내가 밖으로 나가는 걸 반대하는 데 한 표를 던진 새끼. 아니나 다를까 허겁지겁 이쪽으로 다가오는 것이 눈에 띄었다.

물론 놈이 내 안부를 묻는 일 따위는 벌어지지 않았다. 그것보다 훨씬 더 중요한 일이 일어났으니까.

천천히 신전에 착륙한 도미니온스는 쓰로누스가 내게 다가오기 전에 앞을 가로막으며 입을 열었다.

"별일은 없……."

"타락한 검이 되살아났습니다."

"뭐?"

"타락한 검이 되살아났다고 말씀드렸습니다. 회의를 소집하는 게 좋을 것 같습니다. 쓰로누스."

"도미니온스. 그게……."

"두 번이나 말씀드렸습니다. 쓰로누스. 타락한 검이 되살아났다고."

'지혜 누나. 메소드 연기. 시바.'

"세라핌은 어디에 있습니까?"

'그렇죠. 여기서 압박해야죠. 그 새끼 잘못이죠?'

"한번 알아보겠다."

'그 와중에 이 무능력한 새끼는 세라핌이 어디 있는 줄도 모르네. 넌, 시바, 할 줄 아는 게 뭐야?'

"죄의 심판을 타락한 검에게 사용한 것이 확실합니까?"

"내…… 내 눈으로 직접 확인했다."

"그의 죽음을 직접 확인해 본 것이 맞습니까?"

"그건……."

"쓰로누스."

"……."

"당신이 확인했어야 하는 일입니다."

"……."

"세라핌을 잘 알고 계시면서도 어떻게…… 그는 자신의 능력을 과신하고 있습니다. 아무리 경황이 없다고는 한들, 타락한 검의 영혼이 육신을 떠난 것조차 제대로 확인하지 않다니요. 만약 오늘 정찰을 나가보지 않았다면 그가 일어났다는 사실조차 모르고 있었을 겁니다."

"……."

"내 실수다. 도미니온스."

"당신을 문책하고 있는 것이 아닙니다. 일차적으로 문제를 제공한 것은 세라핌입니다. 세라핌의 오만함이 문제를 일으킬 줄 알고 있었어요."

'다시 한번 그렇죠? 그 새끼 잘못이죠.'

"도미니온스 나는……."

"당신의 변명이나 의견을 듣고 싶은 것이 아닙니다. 일은 일어났고 이제는 수습할 방법을 찾아야 해요."

'지혜 누나 잘한다. 시바. 장하다. 이지혜. 비둘기들을 박살내버리렴.'

"인류와의 전쟁이 쉽지 않을 거라고, 생각처럼 잘 풀리지 않을 거라 몇 번이나 말씀을 드렸었는데……."

"……."

"상황이 달라졌습니다. 노선을 확실하게 정해야 해요. 이대로 계속해서 전쟁을 이어나갈 것인지, 아니면 새로운 방법을 찾을 것인지 말입니다. 급한 일입니다."

천천히 고개를 끄덕이는 쓰로누스의 모습이 시야에 비쳤다. 이 새끼가 생각이 있는 건지 없는 건지는 모르겠지만 도미니온스가 살짝 몸을 움직이자 이쪽에 말을 걸어오는 게 시야에 비쳤다.

"그러니까…… 무슨 일은 없었느……."

"그럼 갑시다. 도미니온스 님."

"네. 이기영 님."

눈도 마주치지 않고 몸을 움직이는 것이 맞다.

"없었느냐……."

빛기영 가라사대 무능력한 새끼는 쳐다보지도 말라고 하셨노라.

210장
원탁 회의

'뭐, 잘 만들어지기는 잘 만들어졌네.'

거대한 건축물의 외관도 외관이었지만 안쪽 역시 상당히 신비롭다. 지구 어디에서도 볼 수 없었던 양식으로 디자인된 천장은 높고 거대하다. 커다란 기둥에는 천사들이 조각되어 있고 벽면에는 그들의 신화를 그려놓은 것 같은 그림이 눈에 띈다.

계속해서 일렁이는 그림 같은 것들이 신기하게 느껴지기는 했지만 감상은 딱 그 정도였다.

본래 종교란 게 이렇다. 베니고어 교단이나 다른 교단들 역시 별반 다르지 않다. 압도적인 광경을 연출하는 예술품들은 인간으로 하여금 스스로를 작은 피조물로 느끼게 한다. 저도 모르게 입을 벌리게 만들고 신의 존재에 대해 다시 한번 생각해 보게 만든다.

그게 보통이다. 스테인드글라스에서 쏟아지는 햇빛과 웅장한 찬송가, 드높이 떠 있는 종교적 상징과 그곳에서 뿜어져 나오는 신성. 모든 것들이 계산되어 있다는 걸 눈치채지 않을 수가 없다.

이들은 문명화되어 있다. 인간과 비슷한 점도 있고 다른 점도 있지만 천사들 역시 문명을 가지고 있다.

'너무 당연한가.'

악마들 역시 문명을 가지고 있을진대…… 무려, 대륙을 구원하기 위해 오신 분들이 이런 것 하나 가지고 있지 않을까.

대충 예상하기도 했고, 이미 몇 번의 확인 작업을 거쳤지만 다시 한번 고개를 끄덕이게 된다.

이들은 이성적이다. 개똥철학이지만 본인들의 합리적이라고 생각하며 대의를 위해서 움직인다. 진심으로 본인들이 하는 일이 대륙에 도움이 될 거라고 믿으며 그걸 위해 희생을 감수하고 있다. 쓸데없는 즐거움과 쾌락을 위해서 움직이는 것이 아니다.

물론 그런 놈들이 없다고 확정을 지을 수는 없지만 적어도 그렇게 행동하고 있다는 판단이 들었다. 어디까지나 겉으로는. 그래. 겉으로는 말이다.

천천히 도미니온스와 함께 발걸음을 옮기자 고개를 끄덕이며 인사를 건네는 이들의 모습을 확인할 수 있었다.

날아야 이동할 수 있게 설계된 공간을 향해 날개를 뻗자 조금 어색하게 몸이 위로 떠오르는 것이 느껴졌다.

거대한 문이 스스로 열리자 안에 있는 황금색의 원탁이 시야에 비쳤다. 사대 천사들뿐만이 아니라 다른 이들도 함께 자리한 모습, 그들보다 강해 보이지는 않았지만 중요한 이들이라는 것에는 반론의 여지가 없으리라.

도미니온스가 천천히 자리에 몸을 앉힌다. 쓰로누스 역시 조심스레 자리를 잡았고 나 역시 도미니온스의 옆자리에 안착했다.

"회의를 소집했다고 들었다. 도미니온스."

"그렇습니다."

'이 누나 진짜 왜 이렇게 연기를 잘해.'

아마 모르고 본다면 안에 이지혜가 있는 줄은 꿈에도 생각하지 못했을 것이다. 도미니온스의 성격과 말투, 사소한 행동까지 모든 것을 복사한 것만 같다. 당장 다른 이들이 위화감을 느끼지 못하고 있으니 다른 말이 필요할 리가 없다.

"그렇습니다."

"오랜만이군. 네가 직접 회의를 소집한 것은 말이야."

"그리 오랜만이라는 생각은 들지 않습니다. 비교적 최근에도……."

별로 쓸데없는 말을 나누는 와중에도 나를 바라보는 시선이 느껴진다. 무능력 쓰레기 비둘기 쓰로누스가 아니다.

'케루빔.'

붕대로 몸을 칭칭 감은 채로 조용히 의자에 앉아 있는 파란색 장발. 희라 누나한테 제대로 두들겨 맞은 모양새였다.

물론 차희라 역시 몸이 성치는 않은 상태라고 들었지만…….

'대미지를 입은 건 둘 다 마찬가지네.'

비등비등했다고 볼 수 있지 않을까. 붕대를 감고 있다는 건 신성력으로도 완전히 회복되지 않을 정도로 처맞았다는 걸 의미할 테니 아마 내 생각이 맞을 것이다.

시선에 적의는 없지만 짜증은 있다. 아무래도 내가 이 자리에 함께 있는 게 그리 마음에 들지는 않은 모양.

아니나 다를까 입을 여는 모습이 시야에 비친다.

"저 인간은 왜 이 자리에 함께 있는 것이냐."

"그는 인간을 벗어난 초월자입니다. 어느 쪽이냐고 묻는다면 저희와 더 가까운…… 가까운 쪽입니다. 그와 함께하기로 결정했다면 그를 배제해서는 안 됩니다. 그는 우리 편에 서기로 결정을 내렸고 우리의 뜻을 존중하고 있습니다."

"실제로 그럴지는 두고 봐야 알겠지. 저자가 자신의 죄를 회개하고 우리를 이해한다고 한들, 나는 저자가 우리와 같다고 생각하지 않는다. 한번 등을 돌린 이는 언제든지 등을 돌릴 수 있음을 기억해라."

"그는 이전에 대해 기억하지 못하고 있습니다. 그리고…… 단순한 추측과 의심만 가지고 그를 핍박하는 것은 우리와 어울리지 않는 행동입니다. 체통을 지켜주세요. 케루빔. 당신이 인간에게 당해 기분이 별로 좋지 않다는 건 이해하지만."

"……."

"그는 이제 우리에 속해 있습니다."

"말은 잘하는군. 정말로 그가 우리에 속해 있다면 어째서 그를 통제하는 것이냐. 도미니온스."

"통제가 아니라 보호입니다. 케루빔."

"난 인정할 수 없다."

'보통 그런 놈들이 제일 먼저 인정하게 되더라. 퍼렝아.'

"너무 심한 발언은 자제해라. 케루빔."

'이제 와서 보호해 주는 척하지 마. 이 무능력한 비둘기 새 끼야.'

"내가 네게 하고 싶은 말이다. 쓰로누스."

"사담은 그만. 분명히 말했습니다. 케루빔. 우리는 당신의 화를 들어주려 이곳에 모인 것이 아닙니다. 중요한 이야기입니다."

거대한 문을 열고 들어온 세라핌이 입을 연 것은 바로 그때였다.

"그 중요한 이야기가 뭔지 궁금한데…… 모두를 불러 모을 일인가?"

"……."

백금색의 머리카락을 가지고 있는 녀석은 특유의 오만한 표정으로 자리에 앉은 이후, 손가락으로 책상을 두드리고 있다. 아마 습관 같은 행동이겠지. 마치 내가 허벅지를 두드리는 것과 비슷해 보여 짜증이 일어나기도 했다.

전체적으로는 여유가 있어 보이는 모습, 하지만 그 표정이 바뀌기 전까지는 시간이 얼마 걸리지 않았다.

정확히 도미니온스가 말을 이은 직후였다.

"타락한 검이 되살아났습니다."

"뭐?"

"들으신 그대로입니다."

"나는 그런 농담 별로 안 좋아해. 도미니온스."

"농담이 아닙니다. 세라핌. 그가 일어나는 걸 제 눈으로 직접 확인했고, 이번에도 많은 동지를 잃었습니다."

"……."

"네. 이번에도 말입니다. 정말로 그에게 죄의 심판을 사용한 것이 맞습니까?"

"……."

꿀 먹은 벙어리네.

이해할 수도 없고 인정할 수도 없다는 얼굴, 초조해 보이는 것 같지는 않았지만 녀석의 표정은 확실히 일그러져 있었다. 뭘 생각하고 있는지는 모르겠지만 여러 가지를 상황을 상정하고 있지 않을까.

김현성이 어떻게 일어났는지부터, 어쩌면 본인에 능력에 대해 의심하고 있을 수도 있다고 생각했지만 확률은 적다.

녀석만 입을 다물게 된 것이 아니다. 미리 이야기를 들었던 무능력 쓰레기는 담담하게 도미니온스의 말에 경청하고 있었지만 케루빔을 비롯한 다른 원로 천사들의 얼굴은 누가 보기에도 심각해 보였다.

"허허…… 어떻게 이런 일이……."

"그 말이 정말입니까?"

"네. 어떤 이유와 경위로 그가 몸을 일으키게 된 것인지는 알 수 없지만 타락한 검은 현재 살아 있습니다."

"그럴 리가……."

"'그럴 리가'가 아닙니다. 세라핌. 당신이 이 상황을 가장 잘 설명할 수 있다고 생각합니다만……."

"나는…… 나는 틀림없이 그의 죄를 심판했어. 도미니온스. 그는 셀 수도 없을 정도로 많은 심판에 검에 박혀 처형당했어. 살아 있을 리가 없어."

"하지만 살아 있습니다."

"그 말이 맞다면 다시 한번 그를 처형하면 그만이다. 심각하게 생각할 이유가 없어."

"그건 당신 생각입니다. 세라핌. 이번에는 얼마나 많은 신성을 사용해, 얼마나 많은 동지를 희생시킬 생각입니까? 타락한 검을 다시 한번 처형시키기 위해 얼마나 많은 희생을 감수할 생각입니까."

'비둘기 새끼 아무 말도 못 하죠?'

"당신의 실수를 문책하고자 말하는 것은 아닙니다만 이는 당신의 책임입니다. 세라핌. 잘못에 대한 책임을 지라고 말한 것은 아닙니다만 이는 당신의 실수였습니다."

"나는 실수 같은 건 하지 않아. 도미니온스. 분명히 우리가 놓친 게 있었을 거야. 그는 확실하게 숨을 멈췄어. 악마에게 영혼을 판 또 다른 인간이 그를 살렸을 수도 있고, 아니면 그 자가 다시 한번 악마에게 힘을 빌렸을 수도 있지."

"……."

"물론 미래에 일어날 일까지 상정하지 못한 건……."

"할 말은 그것뿐입니까?"

"……내가 부주의했다. 사과하지."

"……."

"부디 내 사과가 성에 찼으면 좋겠지만…… 내 입에서 잘못했다는 소리를 듣기 위해 이런 자리를 마련한 건 아니겠지. 무슨 말을 하고 싶은 거야. 도미니온스."

"상황이 달라졌다는 걸 말씀드리고 싶은 겁니다."

"어떤?"

"말 그대로입니다. 상황이 달라졌습니다. 많은 동지를 첫 번째 전투에서 잃었고 인간들이 우리에게 생각보다 더 적대적입니다. 전투를 지속할 수는 있지만 많은 인간이 목숨을 잃을 겁니다. 물론 우리가 감당해야 할 희생 역시 늘어난다는 건 굳이 말할 필요도 없겠죠."

"그래서."

"너무 강압적으로 나가는 것은 서로에게 좋지 않다는 겁니다. 그들은 우리를 원망할 겁니다. 아니, 이미 원망하고 있습니다."

"그 정도는 감수하고 있는 일이야. 이곳을 구원하기 위해서는."

"이전과 같은 실수를 반복하고 있다는 걸 알고 계셔야 합니다. 끊임없는 성전으로 되돌아오는 것은 아무것도 없습니다. 서로에 대한 증오와 분노뿐 아무것도 얻을 수 있는 게 없습니다."

"애초에 우리는 인간들의 개체 수를 조절하려고 하고 있다.

도미니온스. 그들이 우리를 이해하지 못하는 건 원래부터 예상하고 있었던 것이지 않았나. 우리는 그들에게 이해를 받고자 이런 행동을 하고 있는 게 아니야. 지금에 와서……."

"그들의 이해를 바라는 것이 아닙니다. 다만 노선을 바꿔야 할 필요성이 있다 느꼈을 뿐입니다."

아주 약간의 침묵이 흐른 뒤, 다시 한번 세라핌이 말을 이어왔다.

"네 머리에서 나온 생각이 아니군."

"네. 그 말이 맞습니다."

살짝 움찔하는 도미니온스가 눈에 보였다. 자연스럽게 시선이 이쪽으로 쏠리기 시작한 것은 당연지사.

예상한 상황이기는 했지만 생각보다 눈치가 더 빠르다. 갑작스레 생뚱맞은 이야기를 하고 있으니 외부의 영향을 받았다고 느끼고 있는 것이다. 아마 내게 들었다고 생각하고 있겠지, 뭐. 받아들여질지 받아들여지지 않을지는 모르겠지만 일단은 입을 여는 게 맞는 것 같았다. 녀석이 빨리 말해보라는 듯 나를 재촉했으니까.

"말해봐라. 이기영."

"원하신다니…… 실례를 무릅쓰고 말씀드리겠습니다."

"……."

"인간을 사랑하시고 아끼시며 인간과 대륙을 위해 노력하시고 계신 분들의 노고를……."

"본론만."

"물론 그래야지요. 하지만 본격적으로 말씀을 드리기 전에 간단한 질문부터 드리고 싶습니다."

"……"

"이 일이 그만큼 급한 일입니까?"

"무슨 소리지?"

"이 과업이 코앞에 들이닥친 것처럼 급한 일입니까?"

"……"

"인간의 위험성이라면 저도 충분히 인지하고 있습니다. 저역시 인간이었으니까요. 하지만 당장 10년, 아니, 20년 이후에 대륙의 균형이 깨어질 거라고 보시는 겁니까?"

"무슨 말이 하고 싶은 거냐."

"아직 시간적인 여유가 있다고 말씀드리고 싶은 겁니다. 네. 군이 절반이나 되는 인간들을 가슴 아픈 죽음으로 내몰면서까지 일을 진행해야 하느냐에 대해 말하고 있는 겁니다. 그들은 우리와 다릅니다. 그들의 목숨은 유한합니다. 직접적으로 말씀드리면 군이 우리가 손을 쓰지 않아도 그들에게는 끝이 있습니다. 무엇 때문에 그들과 적대시하며 우리가 가진 것을 희생하며 싸우고 있는 겁니까."

"그건 대륙을 구하기 위해."

"그러니까 왜 전쟁이라는 방법으로 답을 찾고 있는 것이냐 묻고 있는 겁니다. 세라핌님."

"……재미있기는 하지만 의미가 있는 행동인지 모르겠군. 인간. 그들에게 끝이 있다는 것을 모르는 이는 이 자리에 없

244 희귀자
사용설명서 28

다. 하지만 그들은 다른 의미에서 무한하다. 끊임없이 후대를 남기고 이전에 했던 실수들을 반복하지."

"그 말이 맞습니다. 케루빔 님."

"지금 나와 말장난을 하자는 건가."

"그럴 리가 있겠습니까. 그 말에 힌트가 있다고 말씀드리고 있는 겁니다."

"뭐?"

"……."

"후대를 남기지 못하게 하면 됩니다."

"?"

"그럼 개체 수는 알아서 조절돼요."

"……."

"신성이 조금 많이 들 수도 있겠지만 이건 어떻습니까."

"……."

"그들의 욕구를 잘라 버립시다."

순식간에 장내에 침묵이 가라앉았다.

"시스템을 바꿔. 근본적인 원인을 해결하는 거예요."

몇몇 원로들이 경악한 표정으로 나를 바라보고 있는 것이 시야에 비쳤다.

"우리가 인류의 새로운 진화에 기여하는 겁니다."

모두가 꿀 먹은 벙어리가 된 모습이었다. 몇몇 이들은 확실하게 또라이를 바라보는 표정으로 나를 보고 있다.

그럴 만도 하다고 생각했다. 정말로 이 방법을 떠올리지 못한 것인지 아닌지는 모르겠지만…….

'아니지, 생각해 보지 않았을 리가 없지.'

정말로 인간의 개체 수를 조절하려는 게 목적이었다면 이렇게 합리적인 방법을 고려해 보지 않았을 리가 없지 않은가.

어떻게 봐도 평화로운 방법이다. 물론 걸리는 부분이 있기야 하지만, 극단적으로 말해 인류의 절반을 날려 버리는 것보다는 우리에게 이롭다고 자신 있게 말할 수 있다.

물론 후대의 인간들은 이 상황을 어떻게 받아들일지 알 수 없었지만 뭐, 크게 중요한 사안은 아니라고 생각했다.

1차적으로.

'어차피 전부 개소리이기도 하고.'

2차적으로는.

'실행된다 하더라도…….'

일이 마무리된 이후에 수습하는 것은 우리가 아니라 위쪽의 높으신 분들일 테니까.

이쪽이야 적당한 떡밥을 던지고 물기를 기다리면 그만이라는 거다. 물어도 그만 안 물어도 그만이지만 내 입장에서는 물어주는 게 더 좋을 거라는 것은 부정할 여지가 없다.

어느 정도 피드백이 있을 거라고 생각한 것은 당연지사. 하지만 아직까지 무거운 얼굴을 하며 다음 말을 기다리고 있는 이들이 시야에 비친다.

'뭐야. 너네 진짜로 생각 안 해본 거야?'

진짜로?

악독한 빌런 새끼들이 이 쉬운 방법을 떠올리지 못했다고 생각하니 잠깐 동안 자괴감이 느껴지기는 했지만 아마 도덕적인 이유는 아닐 거라고 생각했다.

당연히 이 새끼들이 나보다 도덕적 양심이 뛰어나서 고려하지 못한 것이 아니다. 인간과 애초에 사고방식이 다른 게 가장 큰 원인일 것이고, 녀석들의 사고방식의 틀 안에 갇혀 있는 것 또한 원인으로 꼽을 수 있을 거다.

녀석들이 이미 인간에 대해 규정을 내렸다. 인간이 인간답게 행동하는 것에 대한 의문을 느끼지 않는다. 인간은 그런 동물이라 이미 결론을 내린 것이다. 끝이 있는 삶을 살아가고 후대를 남기고 자신의 지식을 전하며, 끊임없이 성장하면서도, 스스로를 파괴하는, 아름다운 반딧불이 같은 것으로 생각하고 있었을지도 모르겠다. 그 규정 안에는 아마 인간들의 욕구도 포함되어 있을 것이다.

굳이 또 다른 이유를 찾아보자면…….

'예산 문제겠지, 뭐.'

상상도 할 수 없는 예산을 때려 박아야 했을 테니 말이다. 굳이 신성으로 환산하자면 이 거대한 신전을 서너 개 정도는 때려 박아야지 개입할 수 있지 않을까.

실행하자고 해서 간단하게 실행할 수 있는 문제가 아닐 것이다. 아직까지도 아무런 피드백이 없는 상황에 저도 모르게 주변을 둘러볼 수밖에 없었다.

세라핌은 생각할 것이 많은지 입을 열 것 같지도 않다. 쓰로누스 저 무능력 비둘기는 뭔가를 말하고 싶어하는 것 같았지만 가장 먼저 발언권을 가지는 게 부담스러운 모양새.

원로들이야 사대 천사들의 코멘트 이후에 노선을 정할 거고…… 바람잡이를 해줄 도미니온스가 곧바로 입을 여는 건 위험하다.

아마 가장 먼저 입을 열 비둘기는…….

"절대로 쉽게 생각할 일이 아니다."

퍼랭이겠지.

"수도 없이 많은 차원에서, 감히 헤아릴 수 없는 시간 동안 인간은 인간으로서 존재했다. 그들이 그렇게 설계되고 진화해 온 이유가 있다. 욕구를 잘라 버린다는 것은 제대로 만들어진 건축물의 뼈대를 바꾼다는 것이나 다름이 없어. 어떤 부작용을 떠안을지 모른다는 위험성이 존재한다, 이 말이다."

"갑작스럽게 바꾸자는 것이 아닙니다. 당장 내일 아침 세상이 변하도록 두고 보자는 것이 아니에요. 변화는 급진적으로 일어나는 것이 아니라 아주 천천히 일어날 겁니다. 한꺼번에 모든 욕구를 사라지게 만드는 것이 아니라 한 세대에 걸쳐 조금씩 조금씩 변하게 만드는 겁니다. 후대의 후대, 후대의 후대를 걸쳐 점차적으로 일을 진행하면 됩니다. 그들은 자신들이 변화하는 것도 모른 채로 서서히 변해갈 겁니다. 그리고 그에 걸맞은 새로운 행동 양식을 찾게 될 겁니다. 그게 진화예요. 그게 신인류입니다."

"개소리로군."

'개소리긴 개소리지.'

"개소리가 아닙니다."

"어떤 부작용을 떠안게 될지도 모른다고 이야기했다. 멍청한 인간아."

"그 부작용도 우리가 충분히 감당해 낼 수 있습니다. 그들이 의도와 다르게 변화한다면 다시 다른 길을 열어주면 됩니다."

"종국에 그들은 자손과 후대를 남기려는 욕구를 상실하게 될지도 모른다."

"시기를 정하면 되겠군요."

"발정기를 만들자는 말이나 다름없어 보이는군. 인간은 짐승이 아니다."

"말이 그렇다는 겁니다. 극단적인 예를 드린 것뿐이라고 생각하시면 됩니다. 물론 쉽지 않은 길이 될 것입니다. 그렇게 간단하게 생각할 수 있는 일이 아니라는 케루빔 님의 생각에도 당연히 동의합니다. 하지만 처음부터 쉬운 일이 어디 있겠습니까."

"……"

"기존의 방법 역시 결코 쉬운 일이 아닙니다. 우리가 예상할 수 없는 부작용이 있을 수도 있고, 결정을 내리는 것 또한 쉽지 않았을 겁니다. 하지만 어떻습니까? 지금 우리는 하나 된 과업을 향해 나아가고 있습니다. 위험을 감수하고 결정을 내리고 함께하기로 손을 모았습니다."

"네가 생각한 일은 근본을 바꾼다는 것이나 다름이 없다."

"저도 알고 있습니다. 전자의 선택지가 더 쉬운 길이라는 건 의심의 여지가 없습니다."

"……."

"아주 간단한 일이 될 겁니다. 병력들을 몰고 가 그들을 죽이고 대륙을 통제하면 되지요. 여러분들이 인간을 초월한 무력을 가지고 있다는 것을 생각하면 종국에는 그 과업을 이룰 것입니다. 수많은 피와 희생으로 쌓인 탑 위에서 축배를 들겠지요."

"매번 극단적인 예를 제시하는 화법은 여전하구나."

"항상 최악을 생각하는 것은 당연합니다. 실제로 최악의 상황이 들이닥칠 수도 있으니 말입니다."

"……."

"다시 한번 확실하게 말씀드리겠습니다. 케루빔 님의 말 그대로 제가 제안하는 길은 어려운 길이 될 겁니다. 신경 써야 할 일도 많고 수도 없이 많은 부작용을 떠안을지도 모릅니다. 성전에 들어가는 예산을 상회하는 신성을 소비하게 될지도 모릅니다. 하지만 적어도 피와 희생으로 얼룩진 탑 위에서 축배를 들지는 않을 겁니다."

"……."

"우리가 함께 만들어 나갈 신인류처럼 우리 역시 변화할 거라고 믿어 의심치 않습니다. 더욱더. 긍정적인 방향으로요."

작게 손을 벌리는 액션 정도는 취해주자. 선거 운동에 나가는 정치인처럼 힘 있고 선한 목소리를 장내에 가라앉게 만들자. 개소리로 치부해도 상관없다. 아니, 이미 몇몇은 고려할 가치도 없는 사안이라고 생각하고 있겠지. 하지만 바람잡이가, 다른 말로 지지자들이 하나둘 생겨나면 개소리에도 힘이 실리는 법이다.

슬그머니 쓰로누스를 바라보자.

'지지해 줄 거지?'

너 나한테 잘못한 거 많잖아. 다시 친해지고 싶으면 지지해 줘야 돼. 그렇지?

'마지막 기회야.'

기립 박수라도 쳐야지.

하지만 저 무능력한 새끼는 표정을 굳힐 뿐 다른 말을 하질 않는 것이 보인다. 오히려 이쪽의 눈치를 살살 보는 게 반대표라도 던질 것 같은 분위기였다.

도미니온스 역시 슬그머니 대중의 눈치를 살피기 시작, 아무런 호응이 없으니 뭔가 반응을 끌어내야 한다고 판단한 것이다. 쓰로누스에게 도움의 손길을 내밀었다는 게 더 어울리는 표현이리라.

"뭔가 다른 의견은 없습니까? 쓰로누스는……"

"나는……"

'그래. 너는 뭐. 이 새끼야. 빨리 말해.'

"나는 잘 모르겠다."

'뭐?'

"물론 희생과 피로 세워진 탑에서 축배를 들고자 하는 것은 아니다…… 하지만 만약 그렇게 인간이 바뀌어 버린다면 그게 진정으로 우리가 사랑했던 인간인 것일까. 많은 것이 바뀔지도 모른다. 우리가 생각했던 것 이상으로 그들은 변화할지도 모른다."

'이 개새끼.'

어차피 이 새끼한테는 기대도 안 했다.

"그럼 지금과 같은 노선을 유지하시겠다는 겁니까?"

"그렇다고 말하는 것은 아니다. 무언가 다른 방법을 생각하는 게 좋을 것이라는 의견에는 나 역시 동의한다. 우리는 너무 많은 것을 잃었어. 다시 한번 더 비슷한 상황을 겪을 수는 없다."

'이거 별로 안 좋은데.'

지지자가 없다면 개소리는 개소리로 남을 수밖에 없다.

도미니온스 하나로는 힘이 실리기 부족하고 케루빔과 쓰로누스는 전혀 이쪽에 호응해 주지 않는 상황. 원로들은 자신들끼리 심각한 대화를 나누고 있었지만 딱히 다른 의견을 제시해 오지는 않았다.

세라핌이 입을 연 것은 바로 그때였다.

"나쁘지 않군."

'뭐?'

"나쁘지 않아."

'……'

"도미니온스의 말이 맞아. 설득력이 부족하기는 하지만 가능성이 없는 이야기는 아니야. 장기적으로 바라보면 이것이 더 합리적이야."

"무슨 말을 하는 거냐. 세라핌."

"똑같아. 생각해 봐. 케루빔. 어차피 우리는 인간을 통제해야 해. 그들의 개체 수를 조절해 대륙의 균형을 유지하겠다는 건 우리의 오랜 숙원이 아니었나? 가정해 봐. 모든 게 끝난 이후의 미래를 한번 가정해 보자고 그들은 다시 늘어나기 시작할 거야. 그들의 욕구는 끝이 없다는 걸 잘 알고 있잖아?"

"인간이 발전하고 빛나는 이유는 여러 가지 욕망을 가지고 있기 때문이다. 세라핌."

"하지만 그들은 그 욕망 때문에 스스로를, 주변의 모든 것들을 파괴하지. 그러한 문제 때문에 통제하자고 말했던 것이 아니었나?"

"이런 방식으로는 아니었다! 세라핌! 정신이 나간 소리를 지껄이는군. 그들을 바꾸려고 해서는 안 돼. 통제와 관리하는 것에 동의한 것이지 그들의 근본을 바꾸는 것을 동의한 것은 아니다!"

"이미 통제와 관리를 하겠다는 것부터가 위험성을 가지고 있는 거야. 케루빔. 우리는 다시 한번 더 슬픈 선택을 해야 할 거야. 끊임없이 그들을 통제하기 위해 그들을 죽여야 할 거라고. 이자의 말대로야. 우리가 신인류의 탄생에 기여하는 것. 그게 우리의 존재 이유일지도 몰라."

"미쳤군. 정신이 나갔구나, 세라핌. 그리고 도미니온스. 저 인간의 감언이설에 홀린 것이냐. 이전에 있었던 일을 떠올려 보거라. 이 아둔한 것들아. 저자는 뱀의 헛바닥을 가지고 있고 악마보다 더 비열하고 교활한 머리를 가지고 있다. 정말로 저 쓰레기 같은 인간이 진실로 인간을 사랑해 말 같지도 않은 의견을 던질 거라고 생각하는 것은 아니겠지."

"거친 언동은 자제해라. 케루빔."

"저 정신 나간 소리를 부정하면서도 저자를 두둔하는구나. 쓰로누스!"

"나는 저 인간의 감언이설에 속아 넘어간 게 아니야. 케루빔."

"그 입 닥쳐라. 세라핌! 네놈은 이 전에도 그랬었지."

"뭐?"

"네 추악한 욕망을 내가 모를 줄······."

"입 다물어."

"내가 모를 거라고 생각한 것이라면 오산이다."

"입 다물어. 케루빔!"

'히야. 시바. 개판이네. 개판이야.'

"회의와 상관이 없는 소리는 자제하는 게 좋을 것 같습니다."

"지금 이 꼴을 보고도 그런 말이 나오다니."

"지나치게 흥분해 있습니다. 케루빔. 당신답지 않아요."

"이런 상황에서 어떻게 흥분을 가라앉힐 수 있을까. 너야말로 너답지 않다. 도미니온스. 언제나 합리적인 판단을 했던 네가······."

'아주 개판이죠? 슬슬 원로 비둘기들도 참전하고 있는 게 보이네요.'

"아직 결정된 것도 아니지 않습니까. 그저 생각을 해보자는 것뿐입니다. 여러 가지 방향성에 대해서 말입니다."

"어떻게 이런 걸 두고 볼 수 있단 말입니까. 인간의 근본을 바꿔 버린다니요. 그걸 정말로 인간이라고 부를 수 있는 겁니까?"

"그것 역시 인간입니다. 신인류라 하지 않습니까. 어려운 일입니다만 만약 가능하다면 정말로 위대한 업적을 세우는 것일지도 모릅니다. 이 대륙뿐만이 아니라 전 차원에 있는 문제들을 해결할 수도 있단 말입니다."

"심각하게 생각할 사안이 아닙니다. 고려해 볼 가치도 없어요. 단순히……."

"그렇기 때문에 심각하게 생각해 보자는 것이 아닙니까!"

여기저기서 언성을 높이는 이들이 눈에 보인다. 딱 봐도 진영이 갈라져 있는 모습은 너무나도 흐뭇해 참을 수가 없다.

솔직히 이렇게 쉽게 될 거라고는 생각하지 못했다.

'대단하네. 시바.'

가족끼리 정치 이야기는 하지 말라는 명대사를 괜스레 실감하게 된다. 원래 세상에서 제일 무서운 게 이념이라 하더라.

'비유우우우웅신들.'

그 말 그대로, 첫 번째 퍼즐 조각을 판 위에 올려놓은 순간이었고, 병신 새끼들이 미끼를 문 순간이었다.

'조금 의외기는 해.'

쓰로누스와 도미니온스 정도가 안고 가는 패라고 생각해 벌인 일이었지만 갑작스러운 쓰로누스의 배신에 어안이 벙벙했던 상황이었다.

하지만 나를 구해준 것이 백금색 비둘기일 거라고는 생각하지 못했다. 만약 녀석의 지지가 없었다면 이번 계획은 흐지부지하게 끝나지 않았을까.

군이 예를 들어보자면 이는 사업이나 다름이 없다. 예산은 한정적이고 답은 정해져 있다. 계획의 옳고 그름을 판단하기 이전에 수지가 맞지 않는 장사라는 거다. 사업성이 있을지 없을지의 여부를 판단해 보면 회의적인 여론이 대두될 가능성이 크다.

문제는 녀석들이 이걸 사업으로 받아들이지 않고 있다는 점, 적어도 세라핌의 참전이 이 사업을 이념 전쟁으로 변화시켰다. 공산주의가 가장 완벽한 이론이라 믿고 국가의 존망을 베팅한 정치가들처럼 녀석은 나락으로 떨어지고 있는 쪽에 주사위를 던졌다.

아니, 엄밀히 말하면 나락으로 떨어지는 이념이라고도 볼 수 없지. 가능성이 아예 없는 것은 아니었으니까.

'막대한 예산을 들여야 한다는 것만 빼면.'

부족한 부분은 보완할 수 있다. 긴 시간이 있다는 걸 생각해 보면 정말로 신인류를 탄생시킬 수 있을지도 모른다.

하지만 그 긴 세월과 막대한 신성을 쏟아부어야 한다는 것을 가정해도 흑자 전환이 언제 올지 기약할 수 없는 상황이라는 거다.

"미끼를 물기는 물었네요."

"근데 그건 뭐야? 누나 몸도 아닌데 얼굴에 뭘 그렇게 붙이고 있어?"

"아, 습관 같은 거예요. 사실 얘네 피부가 워낙 좋다 보니 이런 거 할 필요가 없는 것 같기는 한데 그래도 하고 싶은 거 있죠? 이래야 쉬는 것 같다고요. 사실 머리 스타일도 바꿔보고, 여러 가지 해보고 싶기는 한데…… 갑자기 바뀌는 건 조금 그렇죠?"

"조금 그렇지…… 이상하게 쳐다볼 것 같은데?"

"아닐 걸요. 걔네들이 뭐 관심이나 있겠어요. 안 그래도 지금 자기들끼리 편 갈라서 싸우느라 정신없을 텐데…… 제 머리 스타일이 바뀐 게 대수겠어요?"

"다른 비둘기는 몰라도 케루빔은 눈치챌 수도 있을걸."

"아, 그 비둘기는 그럴 수도 있겠네요. 의외로 섬세한 것 같던데. 그렇게 격렬하게 날뛰어주니 더 고맙더라고요. 손뼉도 마주쳐야 소리가 난다고 그쪽에서 더 열을 내주니까 떡밥이 불타오르는 거 아니겠어요? 조용히 지나갔으면 이렇게까지 격렬해지지도 않았을 텐데…… 어제 이야기 들었어요?"

"뭐?"

"원로들끼리 한판 붙었다잖아요. 슬쩍 봤는데 무슨 청문회 분위기보다 더 살벌했다니까요. 얘네들 생각보다 더 진지해요. '신인류 탄생의 선구자'라는 타이틀이 몇몇 비둘기들의 심금을 울린 거 같기도 하고, 무엇보다 세라핌 쪽이 호의적이다 보니 이런 흐름으로 가고 있는 거겠죠. 그 미친 비둘기가 아군이 될 줄 누가 알았겠어요?"

"그러게."

"쓰로누스 쪽은……."

"아직 제대로 만나지는 못했는데…… 시간을 언제 내보기는 해야지. 솔직히 크게 기대는 안 해. 2 대 2면 균형이 딱 좋기도 하고, 더 치열해져야 싸움 구경하는 맛이 나지."

"오빠 말이 맞아요. 요즘 여기 돌아가는 거 보면 진짜 꿀잼이라니까. 지구에서 뉴스 보는 것보다 더 재미있어요. 꼬투리 잡아서 질질 시간 끄는 것도 그렇고, 파벌 만들어서 서로 견제하는 것도 그렇고…… 기왕이면 성취감 있는 일을 하는 게 좋기는 한데 그냥 아무 의미 없이 분탕질만 하는 것도 재미있네요."

"지금부터 시작이지 뭐. 준비는 제대로 됐지?"

"오빠는 준비 제대로 됐어요?"

"물론."

"그럼 슬슬 준비하죠. 슬슬 우리 대주주님 들어올 시간인데. 아, 나는 진짜 왜 오빠를 지구에서 못 만났을까. 우리 진짜 제대로 한탕 할 수 있었을 텐데."

"나도 그렇게 생각해, 누나."

자리에서 일어나 착착 준비하는 모습이 시야에 비쳤다. 나 역시 만들어놓은 자료를 검토하기 시작, 도미니온스가 다과를 준비하는 사이 이쪽은 차를 준비한다. 와인도 괜찮지 않을까 싶었지만 이건 일이 성사된 이후에 까야지. 조명도 나쁘지 않고 분위기도 괜찮다.

슬쩍 지혜 누나의 얼굴을 보니 벌써부터 이 분야의 전문가가 된 듯한 표정이 눈에 들어왔다.

'키야. 시바, 진짜 타고난 사기꾼이야. 진짜.'

"오빠 표정 변한 것 좀 봐. 진짜 타고난 사기꾼이라니까. 태어나길 사기꾼으로 태어났어요."

"……원로들은?"

"이미 받아났어요. 아까 제가 한 말 못 들었어요? 그냥 다 준비됐다니까."

"응."

"이제 사담은 금지예요. 올 때 됐으니까. 오빠도 긴장해요."

"잘해보자고."

"실패하면 죽어야죠."

탁자의 자리를 앉은 모습에 사기꾼의 얼굴은 없다. 완벽히 도미니온스로 변신을 마친 이후에 다시금 자료를 검토하는 모습이다.

시간이 얼마 지나지 않아 문이 열린 것은 당연지사. 굳이 고개를 돌리지 않아도 누가 왔는지 알 수 있었지만 곧바로 몸을 일으켜 반기는 정도의 센스는 필요했다.

반갑다는 듯 미소를 지으며 인사를 건네자 고개를 끄덕이는 세라핌의 모습이 시야에 비쳤다.

"오셨습니까?"

"그래. 도미니온스는 미리 와 있었나."

"조금 더 검토할 게 있어 일찍부터 와 있었습니다. 아무래도 허투루 진행할 사안이 아니니까요."

"그 말이 맞아. 케루빔과 쓰로누스는 이해하지 못하고 있는 것 같지만……."

"처음부터 이해할 수 있을 거라고는 생각하지 않았습니다. 케루빔이 새로운 사고를 받아들이지 못하는 성격이라는 건 모두가 알고 있는 사실이니까요. 쓰로누스의 경우가 조금 의외이기는 했지만 생각해 보면 이상하지도 않습니다. 그는 겁이 많지 않습니까."

"네 말이 맞아. 도미니온스. 쓰로누스는 겁이 많지."

"아마 결과물로 나오는 것이 있다면 쓰로누스 역시 합류할 거라고 생각합니다. 케루빔을 설득하는 것은 어려울지 모르겠지만 적어도 그가 가지고 있는 낡은 이론에 반박할 수는 있겠죠."

"……."

"굳이 그들을 비난할 필요는 없습니다. 결국에는 이해하게 될 테니 말입니다. 그래서 이번 일이 중요합니다."

"알고 있어."

살짝 이쪽을 바라보는 게 시야에 비쳤다.

"하지만 조금 의구심이 있는 부분이 있기도 해. 아 물론 내 입장은 너와 같아. 도미니온스. 신인류를 만들고 새로운 대륙을 만드는 것은 이전부터 내가 가지고 있던 생각이기도 했어."

'아니, 세 과장님. 그거 제 기획서이고 제 실적인데 중간에 가로채기 있기 없기?'

사실 별 상관은 없지만.

"기획서도 인상적이었어."

"감사합니다."

"하지만 위험성이 아예 없다고 볼 수는 없지. 그렇지 않나?"

'이렇게 나오네.'

충분히 할 수 있는 생각이다.

'아예 병신은 아니야.'

좋다고 해서 따라오는 모지리는 아니다. 충분히 기획서를 검토해 보고 내린 결론이겠지.

이지혜와 함께 머리를 굴려서 만들기는 했지만 그렇다고 해서 있던 위험성이 사라지는 것은 아니다. 이건 거짓으로 보고할 수 있는 부분도 아니었고 사기를 칠 수 있는 부분도 아니었다. 이 사업을 안전한 투자로 포장하는 건 아무리 가면의 영웅 듀오라고 해도 무리일 수밖에 없다.

'최대한 숨기기는 했지만.'

그 와중에도 잘 캐치했네.

"특히 현재의 상황을 떠올려 보면 더욱더 그래. 일의 실패가 어떤 결과로 다가올지에 대해서는 다들 생각해 봤을 거라고 생각하는데. 도미니온스. 너는……."

"저 역시 마찬가지입니다. 세라핌. 하지만 어떤 일이든 위험은 따를 수밖에 없습니다. 우리는 이미 한 번의 실패를 겪었습니다. 물론 피치 못할 사정이 있었지만 그 실패의 원인을 우리에게서 완전히 분리시킬 수는 없습니다."

"……."

"생각하셔야 합니다. 세라핌. 분노와 증오로 무엇이 남았습니까. 이 전쟁을 이어나간다고 한들, 그 끝에는 무엇이 남을 것 같습니까. 인간들은 당장 눈앞에 닥쳐올 일들만 바라볼 수 있습니다. 그들이 생각하는 미래와 우리가 생각하는 미래는 다릅니다. 그들은 저항할 겁니다. 순응하지 않을 겁니다. 우리가 강경하가 나간다면 그들은 더욱더 강경하게 부딪칠 겁니다. 보이지도 않는 머나먼 미래를 위해 자신을 희생한다는 건 결코 쉬운 일이 아닙니다."

"……."

"선택지를 고를 수 있는 것이 아닙니다. 쓰로누스와 케루빔은 두 가지의 선택지가 있을 거라고 생각하지만 그들의 생각이 틀렸습니다. 서로의 생각이 다르다 정도로 치부할 수 있는 문제가 아니에요."

"……."

"이것은 이념의 문제가 아니라 옳고 그름의 문제입니다."

"네. 도미니온스 님의 말이 맞습니다. 이건 옳고 그름의 문제입니다. 그렇기 때문에 이번 기획안의 테스트는 꼭 필요한 부분입니다. 세라핌님."

'생각보다 고민하고 있네.'

예산을 너무 높게 잡았나 하는 생각이 드는 것도 무리가 아닌 상황이었지만 이 정도는 잡아줘야 투자다운 투자라고 할 수 있지 않겠는가.

제대로 된 결과물을 만들기 위해서 필요한 신성을 적어놨을 뿐이다. 원로 비둘기들을 더 뒤흔들 수 있는 제대로 된 자료가 필요했으니까.

선뜻 손을 뻗지 못하는 걸 보면…….

'확실히 의심하고 있구나.'

이기영을 의심하는 것이 아니다. 이미 이기영은 죄의 심판을 받았으니까. 녀석의 의심하는 것은 어디까지나 이 일의 성공 여부다. 아마 이런 심리가 작용하고 있지 않을까.

'한번 했던 종목이 더 자신 있다 이거지.'

1회차는 실패로 돌아갔지만 그것은 곧 경험이기도 했다.

한번 뛰어들었던 시장에 재도전하는 것이 더 안정감이 있다고 느껴질지도 모른다. 앞으로 이쪽이 걸어갈 길은 완전히 새로운 길이었으니까.

나 역시 마찬가지다. 만약 투자를 한다면 익숙한 분야에 투자를 하는 것이 상식이다. 굳이 예를 들자면…….

'요식업계 종사자가 실패 후에 패션 사업에 뛰어드는 것 같은 느낌이겠지 뭐.'

티를 내지 않고 있을 뿐이다. 녀석은 불안감을 가지고 있다.

슬그머니 도미니온스를 바라보자 고개를 끄덕이는 모습이 보였다. 시작하라는 듯한 신호를 보내는 눈, 곧바로 입을 열 수밖에 없었다.

"물론 세라핌 님이 가지고 계신 불안감은 이해합니다."

"나는 불안한 게 아니야. 다만."

"제가 보여 드린 기획서가 부족하게 느껴진 것이겠죠. 사실 어느 정도 예상하고 있었습니다. 세라핌 님 성에 차지는 않을 거라고 생각해서 말입니다. 제가 느끼기에도 여러 가지 위험성이 따르고 있었고, 작업을 조금 더 구체화시켜 보니 생각보다 깊고 넘어가야 할 문제도 많았습니다. 여러 가지 오류가 많아요. 이 계획은 완벽하지 않습니다."

"이기영 님의 말이 맞습니다. 완벽한 것은 아닙니다."

"시간을 더 두는 게 정답일 겁니다. 그게 예산을 줄일 수 있는 방법이겠죠. 하지만 그럴 수가 없는 것 또한 현실입니다. 안 그래도 긴 세월을 바라보고 하는 일입니다. 케루빔 님의 진영에서 손을 쓰기 전에 저희 쪽에서도 결과물을 만들어야 합니다. 그래야 원로들이 합리적인 판단을 할 테니까요."

"그래서, 신성이 필요하다 이건가?"

"말씀드리지 않았습니까. 세라핌 님. 세라핌 님이 가지고 계신 불안함과 제 기획서의 미흡함, 모두 인정한다고요. 위험한 곳에 투자하라 말씀드리지 않겠습니다. 기반을 다지는 것은 저와 도미니온스 님으로 충분할 겁니다."

'그래, 맞아. 우리 너 빼고 할 거야.'

"뭐라?"

"기분 나쁘게 듣지 않으셔야 합니다. 세라핌. 당신의 상황을 고려해 보고 결정한 일입니다. 생각하고 있는 것보다 예산이 더 들어갈 수도 있습니다. 단순히 기획서의 테스트 서버를 만드는 것뿐이지만 중간에 어떤 변수가 생길지 예상할 수 없습니다. 일단 기반을 다진 이후에 괜찮다는 판단이 서시면 합류하시는 게 좋을 것 같습니다."

'근데 우리 자회사 주식 상장하면 후발 주자한테 돌아가는 건 적을 수도 있다는 거 이해할 수 있지?'

"도미니온스 님의 말이 맞습니다. 세라핌. 도미니온스 님께서 보유하고 계신 신성이 생각보다 많아 충분할 것 같습니다. 굳이 부담 느끼지 않으셔도 됩니다."

'우리 너 아니어도 예산 많거든, 이거 누가 봐도 대박 날 아이템인데 셋이서 나눠 먹기는 조금 그렇지. 애초에 시작도 나랑 도미니온스가 한 거고 너는 그냥 중간에 합류했으니까. 나중에 떨어지는 콩고물이나 받아먹으라 이거야.'

아마 이렇게 들리지 않을까.

"네. 이기영 님의 말대로입니다. 사실 조금 더 빨리 말씀드려야 했는데……."

'티키타카 느낌 괜찮다. 누나. 신인류의 아버지, 어머니 타이틀은 우리가 가지고 간다. 백금색 비둘기야. 너는 조력자 정도로 이름만 적어줄게.'

분명히 이렇게 들리고 있을 것이다.

211장
실험

　물론 간단히 걸려들 거라고 생각하지는 않았다. 누군가를 작업 치는 게 쉬운 일은 아니었으니까.

　하지만 본인이 이성적이고 합리적이라고 판단할수록 이런 종류의 덫에 걸릴 여지가 있다.

　많은 사람이 자신은 당하지 않을 거라고 생각한다. 수많은 사기 사례를 매체나 이야기를 통해 접해도 본인들은 안전할 거라고 생각한다. 하지만 당장 세상을 둘러보라, 피해자들 어디에나 존재한다. 많은 피해자가 이성적이지 못하거나 멍청해서 거미줄에 걸리는 것이 아니다. 남의 등쳐먹고 살아가는 사기꾼들도 사기를 당하는 세상이다. 교육 수준이 높은 계층의 사람들은 물론이거니와 사회 경험이 낭낭한 베테랑들 역시 쥐도 새도 모르게 뒤통수에 구멍이 뚫린다.

물론 우리 회귀자처럼 선천적으로 뒤통수가 먹음직스러운 이들도 있기는 하지만 오히려 그런 경우가 더 흔하지 않은 경우다. 대부분은 조심스러워 한다. 본인이 가진 무언가를 내밀 때는 짐승들조차 조심스럽게 움직인다.

　세라핌 역시 다르지 않았다. 그간의 작업을 통해 이 이론이 가능성이 있다는 것은 알고 있었지만 본인이 가진 걸 내놓는다는 건 완전히 다른 문제다.

　그래서 필요한 게 바로······.

　'적정선이라는 거지.'

　적정선이 중요했다. 부담이 되지 않는 금액, 내놓아도 타격이 들지 않을 정도로 적은 금액.

　물론 점차적으로 늘려 나가는 게 맞겠지만 나와 누나가 책정한 가격은 세라핌에게 부담되는 금액은 아닐 거라고 생각했다. 녀석이 언제든 여유롭게 굴릴 수 있는 유동 자금, 딱 그 정도였다. 객관적으로 봤을 때는 결코 적은 양은 아니었지만 지금까지 자산을 악착같이 쌓아 올리신 세라핌에게는 투자할 만하다고 생각되는 신성이었다. 버리는 셈 치고 던져볼까 하는 생각을 하게 되는 것도 무리가 아니라는 거다.

　특히나 이쪽이 자신을 배제시키려고 하는 느낌을 받는다면 더욱더 의구심이 생길 수밖에 없을 것이다. 신인류 부모 열차에 제때 탑승하지 못해 중간에 팽 당하지 않을까 싶은 불안감.

　아마 녀석의 입장에서는 이게 가장 크게 다가올 거라고 생각했다. 다른 비둘기들과는 다르게 세라핌은 자기주도적인 성격이었으니까.

나와 지혜 누나 정도라고는 볼 수 없지만 녀석도 비슷한 면을 가지고 있다. 어느 쪽이냐 묻는다면 나와 닮은 느낌이지 뭐. 허벅지를 툭툭 두드리는 모습까지 비슷하다.

만약 내가 녀석의 입장이었다면…….

'기획서를 한 번 더 읽어보겠지.'

주사위를 던지는 걸 좋아하는 건 아니었지만 필요할 때 던지지 못할 만큼 바보는 아니었으니까. 하지만 정말로 이게 주사위를 던질 가치가 있는지 판단하는 게 먼저다.

예상했던 대로 아무 말 없이 다시 한번 기획서를 꼼꼼히 훑어보는 모습이 시야에 비쳤다.

당연하지만 기획서에서 문제를 찾을 순 없을 것이다. 애초에 위험성이 있다는 건 녀석 역시 알고 있는 사실이 아니었던가. 그걸 제외하면 특별히 모난 부분은 없다.

그럼에도 불구하고 의심이 생긴다면…….

'다시 한번 더 묻겠네.'

"테스트 서버는 정확히 어떤 식으로 돌아가는 거지?"

"보고 계신 그대로입니다. 작은 세상을 먼저 프로그래밍한다고 생각하시면 됩니다. 이 거대한 맵 안에 말입니다."

여기서는 가지고 있던 걸 한 번 꺼낼 필요가 있다.

도미니온스가 살짝 손가락을 튕기자 작은 맵이 시야에 비치기 시작했다. 크기는 작지만 마치 대륙의 축소판과도 같다. 하늘 위에서 작은 세상을 바라보고 있는 것 같은 느낌. 작은 집들과 자연환경들도 눈에 보인다.

실제로 만들었냐고? 당연히 실제로 만든 결과물이지. 의심이 많은 놈은 결과물로 직접 보여줘야 고개를 끄덕이는 법이다.

예상했던 것처럼 무척 놀란 것 같은 얼굴이 눈에 띄었다. 정말로 이렇게까지 일이 진행됐다고는 생각하지 못하는 것 같다.

"사실 프로그램들이 살아갈 환경을 마련한 지는 꽤 됐습니다. 대륙의 중요 도시와 필수 환경 정도만 축소해 디자인했으니 아마 오류가 크지는 않을 겁니다. 세세한 오류 정도는 있을 수 있겠지만 곧바로 수정할 수 있을 정도고요."

"흥미롭군. 인간의 축소판들이 이 작은 대륙에서 생활한다는 건가?"

"정확히 말하면 인간이 아니라 인간의 흉내를 내는 프로그램이며 더미라고 하는 게 맞습니다만…… 일단은 그렇습니다."

"개성은 어떻게 부여할 생각이지? 만들어진 더미가 실제 인간처럼 생활한다고는 생각하지 않아. 기껏해야 흉내 내기밖에 되지 않을 거야. 별 의미 없는 행동일 수도 있다고."

"쌓아놓은 데이터가 있습니다."

"어디서 온 것인지 이야기할 수 있나?"

"지금 당장 말씀드리기에는 조금 곤란합니다."

"도미니온스는 알고 있……."

"네. 저는 알고 있습니다."

실제로 가지고 있다. 거짓은 없다. 정말로 나는 데이터를 가지고 있고 실제로 이 의미 없는 실험을 진행할 생각이다. 그래야 녀석이 주사위를 던질 테니까.

"합류해야 알려줄 수 있다는 건가?"

"크게 관심을 가지실 정도는 아닙니다. 사실 숨길 사안도 아니니 말씀드려도 상관없지만…… 저는 대륙 대부분의 인간들의 데이터를 가지고 있습니다. 실제 살아 있는 생명처럼 움직일지에 대해서는 확신이 없지만 적어도 비슷하게 행동할 겁니다."

"으음……."

"500만 명입니다."

"뭐?"

"500만 개의 프로그램이 각자 다른 행동을 할 겁니다. 같은 행동이나 복사 붙여넣기 따위도 하지 않을 거라고 자신 있게 말씀드릴 수 있습니다. 네. 각기 다른 500만 개의 개성과 성향이 있는 겁니다."

"아무리 더미라고 한들, 그 정도나……."

"가능한지 말씀드리고 있는 겁니다. 예산에 적혀 있는 신성으로도 충분합니다."

"그렇기 때문에 이런 실험이 가능한 겁니다. 세라핌. 만약 이기영 님이 아니었다면 시도조차 할 수 없었을 겁니다. 이는 실제로 세상을 창조한 것이나 다름이 없습니다. 물론 대륙의 복제판에 가깝겠지만 그렇기 때문에 더 의미가 있을 겁니다."

"……."

'이 정도나 했는데 안 넘어와?'

모든 게 실재하고 있었고, 거짓말도 없다. 물론 중간에 계획을 뒤집지도 않을 것이다. 이 실험은 계속 진행될 거고 신인류 만들기도 예정대로 진행될 거다. 녀석이 만약 투자를 한다면 말이다.

이윽고 천천히 고개를 끄덕이기 시작하는 녀석의 표정이 시야에 비쳤다.

"나도 함께하지."

"……굳이 그럴 필요 없습니다. 세라핌."

"아니, 나도 함께하고 싶어. 기존 예산의 두 배를 투자하겠어."

"세라핌 님. 정말입니까?"

"그래."

'아이고 우리 세 사장님 배포도 크십니다. 진짜.'

"세라핌, 괜찮다고 말하지 않았습니까."

"아니야. 도미니온스. 좋은 일은 함께하는 게 더 좋지 않겠어? 지금 당장 전달해 주도록 하지."

'화끈하기도 하셔라. 감사히 받겠습니다요. 세 사장님.'

"그럴 필요가 없다고 말했는데도……."

"계약서까지 작성하도록 하는 게 좋겠어."

도미니온스가 굳이 끼어들 필요가 없다는 멘트를 조금씩 투척하자 조금 더 애가 탔는지 곧바로 일을 진행시키려고 하는 모습이 시야에 비쳤다.

"결과물은 언제 볼 수 있지?"

"5일이면 충분할 겁니다."

"빠르군."

"그만큼 시간이 촉박하니까요. 당연하지만 쓰로누스 님과 케루빔 님에게는 비밀입니다. 아마 계속해서 저희를 견제하려고 하실 겁니다. 세라핌 님께서도 두 분을 견제해 주셨으면 합니다. 원로들에게도 힘을 조금 실어주시고요."

"물론이야. 나도 내가 할 수 있는 일이 뭔지는 충분히 인지하고 있어. 결과물은 확실히 가까운 시일 내에 볼 수 있는 건가?"

"네. 약속드리겠습니다."

"좋아. 그럼 이만 나가도록 할게. 네 말대로 원로들을 비롯한 다른 이들을 설득해야 하니…… 오랜만에 바빠지겠어."

"세라핌 님만 믿고 있겠습니다."

'고맙다, 새끼야.'

"그래."

'진짜로 고맙다. 이 새끼야.'

물론 아직까지는 부담되는 신성은 아니겠지만 본래 시작이 반이다. 콧노래까지 흥얼거리며 바깥으로 향하는 녀석의 모습은 가관.

약간의 시간이 지난 이후에 도미니온스, 아니, 이지혜가 입을 열어왔다.

"예산의 두 배면…… 생각보다 많이 땡겨오지는 못했네요. 예산을 조금 더 잡을 걸 그랬나 봐요."

"아니야. 이 정도가 딱 좋은 것 같아. 누나. 만약 조금 더 높게 불렀으면 훨씬 더 경계했을걸. 그리고 목적은 다른 데 있을 수도 있고……."

"아아. 데이터?"

"응. 맞아."

"확실히 구미가 당길 만도 하죠. 만약 일이 실패해도…… 원천 기술만 건져도 이익이라고 생각했을 테니까. 저도 똑같이 생각했을 거예요. 일이 잘 풀릴 확률도 높고, 정말로 각기 다른 개성을 가진 더미들을 500만 개나 뽑아낼 수 있다면 다른 실험도 가능하다고 생각하지 않겠어요? 어차피 본인은 사용할 수 없겠지만…… 애초에 베니고어 넷 운영자 시스템에 접근해서 데이터 뽑아낼 수 있는 건 오빠랑 우리 막아들 둘뿐이잖아요?"

"뭐 그렇지?"

"나도 권한 주면 안 되려나."

"주고 싶어도 못 줘. 박물관 관리자 타이틀이 있어야 되는 거라. 아무튼 재미있기는 재미있네. 그럼 곧바로 실험 시작해야지. 누나. 우리 투자자님이 결과물을 원하시는데 열심히 실험해 봐야 하지 않겠어?"

"이미 실험해 봤잖아요."

"다른 실험 말이야."

이지혜가 허공을 두드리자 축소된 맵 안에 손톱만 한 크기의 인간들이 빛과 함께 생겨나는 것이 시야에 비쳤다.

기본적으로 더미이기는 하지만 베니고어 넷에 저장된 데이터를 기반으로 만들어진 것들이라 꽤 리얼하다. 베니고어 넷 사용자나 기존 대륙에 있는 이들의 복사판이라고 봐도 되지 않을까.

마치 게임을 하는 것 같은 기분도 든다. 스마트폰을 확대하는 듯한 모션으로 손가락을 펼치자 한 풍경이 확대된 채로 눈에 들어왔다.

파란 길드의 모습이었다. 때마침 식사 시간인지 다 함께 모여 식사를 하는 모습, 무슨 이야기를 하는지는 모르겠지만 재잘거리는 모양새가 꽤 즐거워 보인다.

박덕구, 안기모, 김예리, 박기리 삼 남매는 그중에서도 가장 신났는지 박수까지 치고 있었고 정하얀은 여전히 이쪽 옆에 딱 붙어 있다.

선희영과 엘레나는 대화를 나누고 있었고 알프스는 자신의 강아지를 안아 들고 있다. 김창렬과 유아영, 한소라도 자리해 있는 모습, 빠져 있는 사람은 없다.

조혜진의 모습도 눈에 띈다. 딱 각진 자세로 앉아 불편한 자세로 식사하고 있는 모습은 정말로 조혜진을 그대로 옮겨놓은 것 같지 않은가.

물론 김현성도 있다. 녀석은 분위기를 주도하지는 않았지만 바람 따라가는 듯이 잘 어울리고 있다.

'이거 오류인가?'

조금 더 어색한 모습을 보여줄 줄 알았는데 저건 또 의외다. 아무래도 김현성의 사교 수치가 상향 조정이 되었나 보다.

"파란 길드로 돌아가고 싶어요?"

"왜, 감상에 빠져 있는 것 같아?"

"조금 그렇게 보이기는 해요. 나도 우리 길드 보고 있었거든. 이제는 집 같은 곳이잖아요. 그럴 만도 하죠. 이 삶에 완전히 정착했으니까."

"나도 비슷해, 누나. 애타게 그립지는 않은데 생각이 나기도 하고."

"그런데 이거 진짜 어렵네요. 신인류 한번 만들어볼까 싶기도 했지만 실험으로도 어렵다니까요. 이거 결과물 낼 수 있을지 모르겠어요."

"일단은 이 정도로도 충분해. 다음 모임까지는 더미를 만들었다는 것만 공개하고 조금 더 땡겨오지. 뭐. 천천히 조절하면 된다니까."

이기영 더미가 그리폰을 타고 붉은 용병 길드로 향하는 것이 보인다.

옆에서는 이지혜가 뭔가를 툭툭 두드리는 모습, 아마 성향이 어떻게 변할지 시험하고 있는 거겠지. 저번에도 똑같은 걸 했었으니까.

하지만 결과는 다르지 않다.

붉은 용병 길드에 들어간 이기영 더미가 필사적으로 길드를 빠져나가려 문을 두들기는 모습, 하지만 차희라 더미에게 머리를 잡혀 끌려가는 것이 눈에 보였다.

'신인류는 개뿔.'

이건 어차피 떡락할 주식이었다.

"참혹한 광경이네요. 진짜로 죽겠는데요? 아. 그래도 전보다는 나아요. 세부 조정한 게 효과가 있기는 있나 봐."

'별로 효과가 있는 것 같지가 않은데.'

"데이터 쪼가리이지만 흥미롭기는 흥미로워요. 욕망을 거세

한다는 게 쉬운 일은 아니라는 거죠. 이렇게 부작용이 일어나는 걸 보면…… 세부 수치를 조정해도 결국에는 똑같네요. 이건 어쩔 수 없나 봐요."

"음……."

"삼 개월 정도는 억누를 수 있지만 특정 인물들은 발정기, 아. 발정기라고 하면 안 되는구나. 인간이 짐승도 아닌데. 이걸 뭐라고 표현해야 조금 더 고급스러울까요. 사랑의 날로 명명할까요?"

"들어맞는 단어는 천천히 생각해 보지, 뭐. 그게 중요한 건 아니니까."

"아무튼 이 주간이 오면 공격성을 띄는 인물들이 생긴다는 게 문제예요. 성향에 따라 갈리는 것도 흥미롭고요. 평소에 욕구가 잘려 나가다 보니 사랑의 날이 찾아와도 다른 사람들에 비해 효과를 덜 받거나 완전히 잃어버리는 사람들, 반대로 폭발하듯 터져서 공격성까지 드러내는 인물들, 전자는 오빠고 후자는 차희라 더미라고 보면 되겠네요."

공격성을 드러내지 않더라도…… 이상한 행동을 하는 인물들이 있기도 하다. 이기영 더미가 자고 있는 방을 몇 번이나 들락거린 정하얀과 일당들만 봐도 이 일이 얼마나 큰 부작용을 야기시키는지에 대해 예상해 볼 수 있었다.

"그런 것치고는 어느 정도 시스템이 돌아가기는 해요. 양쪽 다 공격성을 띄고 있거나 욕구를 완전히 잃어버린다면 문제겠지만, 어찌 됐건 비율이 맞아떨어지기는 하니까요."

"꽤 진지하네. 누나는."

"언제 이런 걸 또 해보겠어요? 재미있잖아요. 실험 같은 거. 조금 게임 같기도 하지 않아요? 어차피 해야 되는 일이 기도 하고…… 이런 실험을 해봤다는 것만으로도 플러스 점수를 받을 수 있을 걸요. 물론 발표할 수 없는 내용도 있지만…… 아무리 그래도 저런 건 못 보여줘요. 우리 일이 실패할 거라고 말해주는 거나 다름없는데."

"당연히 은폐시켜야지. 너무 좋은 것만 보여주면 안 되니까. 적당히 부작용 몇 가지 보여주면 돼. 약한 거 있잖아. 막 감금시키고 이런 거 말고…… 그냥 고개를 끄덕일 만한 부작용 같은 거 우리 능력으로 충분히 감당할 수 있겠다 싶은 거. 그런 거 위주로 선별해서 보여주자."

"성향이 갈라진다는 것도 발표하면 좋겠네요. 비둘기들도 흥미로워할 것 같아요. 우리가 찾지 못한 답이 있을 수도 있고요. 사실 이걸 가지고 북 치고 장구 치고 한다는 것 자체가 무리가 있지만…… 아! 그리고 김현성 더미랑 조혜진 더미랑은 아직도 진전 없어요. 데이트 정도는 할 줄 알았는데…… 이쪽에서 도움을 줬는데도 불구하고요. 단순한 프로그램 덩어리인데 의도한 대로 움직이지 않는다는 것도 재미있네요."

"누나 그거 현실이 아니야. 뭐 그런 거에 큰 의미를 두고 그래. 안 그래도 김현성 더미는 오류가 생긴 거 같기는 하더라고. 사교성 수치가 조금 상향 조정되기도 했고 약간은 다르다니까. 그리고 왜 그런 실험을 해."

"누가 이게 현실이 아닌 걸 모르겠어요? 그러니까 장난 좀

처본 거죠. 그리고 이게 데이터 쪼가리이기는 한데 이게 생각보다 리얼하다니까요. 소름 돋는 거 하나 말해줘요?"

"뭔데?"

"이기영 더미는 이 상황이 뭔가 이상하다는 걸 눈치챘어요. 어쩌면 자신이 더미라는 것도 눈치챘을지도 몰라요."

"뭐?"

시바, 소름 끼쳐. 뭐야.

"시발, 소름 끼치는데."

"저도 얼마나 소름 끼쳤는지 몰라요. 편지까지 남겼다니까요."

"뭔데?"

이지혜가 살짝 허공을 터치하자 더미가 작성한 편지가 눈에 들어온다.

[여러분들이 무엇을 원하시는지는 모르겠지만 제가 도움이 될 수도 있을 것 같습니다.]

'으아. 시바, 소름 끼쳐.'

"저 새끼 데이터 삭제해. 누나."

[존경하는 초월자시여. 저를 지켜보고 계시다는 건 알고 있습니다.]

"아, 누나. 진심 소름 끼쳐, 이 새끼. 뭐야."

"이미 저건 처분했어요. 그러니까 저게…… 345번째였네요. 제가 보고서 보낸 거 아직 안 읽어봤어요?"

"아직……."

"정확히 몇 회차였더라. 382번째 회차였나. 그때도 한 번 눈치챈 것 같더라고요. 극단적으로 일을 진행시켰을 때의 데이터가 필요해서…… 솔직히 제가 생각하기에도 오류가 조금 많기는 했어요. 세세하게 조정하지도 못하기도 했고…… 환경 변화도 너무 갑작스러워서 여기 있는 더미들도 혼란스러웠을 거예요. 당연히 382번째 회차도 들켰죠. 이기영 더미가 이런 식으로 메시지를 보내서 그냥 무시했거든요."

"그래서?"

"어떻게 된 줄 알아요?"

"어떻게 됐는데."

"얘가 반란을 일으킨 거 있죠. 시스템에 저항해야 한다고 사람들 선동하고 지랄병 났었어요. 진짜로 깜짝 놀랐다니까요. 하루아침에 신전이 불바다 되고 이래도 나오지 않을 거라고 강짜 부리면서 협박하는데 환장할 노릇이죠. 황당해서 지켜보다가 곧바로 리셋했어요."

"소름 끼치네. 진짜."

"저도 소름 끼쳤다니까요. 혹시 우리도 이런 상황은 아닐까. 하고 걱정도 된 거 있죠. 아무튼 그거 보고서는 읽고 곧바로 처분하세요. 어차피 프레젠테이션용으로 내놓을 수도 없는 데이터니까. 차라리 없는 게 낫지 않겠어요?"

"안 그래도 삭제하려고 했어. 다른 특이 사항은 없어? 아, 애들은 좀 어때."

"더미요?"

"아니, 실제 애들."

"매뉴얼대로 진행하고 있는 것 같아요. 전쟁 준비도 잘 하고 있는 것 같고 조금 희망적인 분위기였던 것 같은데…… 예전보다는 나아요. 김현성은 아직 그대로이기는 하지만 여러 가지를 시도하고 있는 것 같기는 하더라고요. 일단 비둘기 측에서 군대를 보내지 않으니 준비할 수 있는 시간이 생기는 거겠죠."

정확히는 막고 있다고 말하는 게 올바른 표현이리라.

말 그대로 전쟁은 소강상태에 돌입했다. 아마 인류 측에서도 혼란스러워하지 않을까. 갑작스레 비둘기들이 완전히 자취를 감추고 틀어박혔으니 애네들도 충분히 의아해할 거라고 생각했다.

지금 당장 병력을 끌고 가도 이상하지 않을 타이밍. 케루빔이야 시기를 놓치면 안 된다고 주장하고 있었지만 세라핌이 그걸 막고 있으니 뜻대로 될 리 만무하지 않은가.

애초에 전쟁을 치를 수 있는 분위기도 아니었다. 내가 생각해도 황당할 정도로 내부가 달아올라 있었기 때문이다. 매번 토론과 토의가 끊이지 않았고 심지어 종종 몸싸움까지 일어나기도 했다. 원로 비둘기들이 푸드덕거리며 목소리를 높이는 장면은 꽤 현실감이 넘쳤을 정도. 파벌은 완벽히 갈라졌고 반대를 위한 반대를 하는 비둘기들마저 생겨나기 시작했다.

"이런 상황에서는 힘들겠지."

"정말로 위기라고 생각했으면 이런 식으로 파벌이 나누어지지도 않았을 거예요. 당장 발등에 불이 안 떨어졌으니 여유롭게 가도 상관없다고 느끼고 있는 거겠죠. 그만큼 인류가 위협적으로 다가오지 못했다는 이야기가 되나요?"

"뭐 그렇겠지. 아마 나라도 그렇게 생각할 거야. 누나. 조금 과장해서 말하면 우리가 더미들을 바라보고 있는 심정으로 인간들을 보고 있을 텐데…… 누나도 이 더미들이 위협이 될 거라고 생각하고 있지는 않잖아."

"그거랑 이거랑은 다르죠. 케루빔은 차희라한테 쥐어 터졌잖아요."

"그래서 과장해서 말한 거라고 했잖아. 기본적으로 우위에 있다고 생각하기 때문에 이게 먹힌 거야. 인간보다 위에 있다는 생각이 바탕에 깔려 있기 때문에 이 개자식들이 신인류 어쩌고에 관심을 가지게 만들 수 있었던 거라고."

"그건 동의해요. 바꿀 수 있다고 생각한 거겠죠. 오빠 말대로라면 쓰로누스와 케루빔이 그나마 인간을 동등하게 생각해 주고 있다는 게 되는 거네요. 참 아이러니하다. 그치?"

"걔네도 사실 똑같은 놈들이지 뭐. 누가 더 나쁘냐고 묻는다면 신인류 계획에 손을 들어준 멍청이들이 적폐기는 하지. 그러니까 신나게 뽑아 먹어도 돼. 발표 자료 준비됐지?"

"네. 마무리 작업으로 편집 좀 하면 될 것 같아요. 세라핌이 처음에 와서 보고 간 게 엊그제 같은데 벌써 시간이 이렇게 됐네요. 시간 참 빠르다니까. 정신없이 일하다 보면 이게 싫어.

너무 빠르게 지나간다고요."

"먼저 나가서 세팅 좀 하고 있을게."

"네. 발표 잘해요."

곧바로 밖으로 움직이자 프레젠테이션을 진행할 무대가 시야에 들어왔다.

'재미있겠네.'

사실 별로 보여줄 것도 없다. 말 그대로 이런 실험을 진행 중이고 차도가 있다는 것 정도만 발표하면 끝이었으니까. 이것만으로도 투자자들의 구미를 당기게 하기에는 충분하다.

시간이 얼마 지나지 않아 원로 비둘기들이 하나둘 모습을 드러내기 시작.

처음 봤을 때는 약간 괄시하는 듯한 얼굴도 있었지만 이제는 그런 표정도 없다. 오히려 환하게 웃으며 인사를 보내오는 모습에 나 역시 고개를 끄덕일 수 있었다.

세라핌 역시 미리 자리해 있다. 케루빔은 모습을 드러내지 않았지만 녀석 쪽 진영에 있는 비둘기들은 자리에 앉아 있다.

'자존심이 상한 거겠지.'

당연히 초대장은 보냈다. 하지만 자신이 직접 몸을 끌고 오는 건 자존심이 허락하지 않은 모양이다. 무언의 시위라고 봐도 되지 않을까?

'쟤는 왜 왔어?'

쓰로누스도 눈치를 보며 자리를 잡는다. 잠깐 동안 어수선한 장내에 이야기를 주고받는 목소리가 들린다. 심지어 점점 목소리가 높아지고 있다.

충돌할 거라고 생각했었다. 만나기만 하면 서로 으르렁거리는 두 파벌이 한자리에 모여 있으니 어떻게 아무 일도 일어나지 않겠는가.

사실 의도하기도 했다. 그래야 더 임팩트가 있잖어.

'시간 됐네.'

순식간에 조명이 꺼진다.

장내가 다시 한번 소란스러워지고 딱 하는 소리와 함께 빛이 들어와 나를 비췄다.

굳이 약을 팔 필요는 없다고 생각했다. 제품이 확실하면 구태여 이빨을 털 필요도 없다. 이상한 서론으로 시간을 끄는 것보다는 곧바로 보여주는 게 확실하다.

박수를 한 번 치자 곧바로 눈앞에 축소된 대륙의 환경이 시야에 비친다.

'타이밍 좋았어. 누나.'

며칠 전 세라핌에게만 보여줬던 것과는 질적으로 다르다. 단순히 환경만 마련되어 있는 것이 아니다. 실제로 더미들이 움직이며 생활하고 있는 것이 보인다. 누구는 모험을 떠나고 있었고 누구는 일상을 즐기고 있다. 각자 다른 행동 방식으로 움직이며 각기 다른 모습으로 대륙에서의 삶을 보내고 있다.

마치 홀로그램처럼 나타난 신기술에 회장이 완전히 침묵에 휩싸여 버렸다. 신문물을 처음 접한 이들처럼 입을 벌리고 이걸 바라보고 있는 이들도 있다. 심지어 케루빔 진영 쪽에서도 동요하는 분위기.

물론 여기서 끝이 아니다. 박수를 한 번 더 치자 전혀 다른 도시가 보인다.

도시와 도시를 잇는 숲, 그 안에 있는 마을과 던전, 거대한 산과 바다, 호수의 신전, 또 다른 거대한 도시와 그 안을 꽉 채운 더미들. 한눈에 다 들어오지도 않는 광활한 환경에서 500만 개의 인격이 살아가고 있는 모습을 이들은 실시간으로 지켜보고 있다.

"이게······."

당연히 세 사장님은 흡족해하는 분위기다. 본인이 투자한 온전한 결과물이 세상에 나타나는 순간이었으니 얼마나 자랑스러울까.

"대륙의 축소판이라고 말해도 될 정도로 과언이 아닌 시스템입니다. 단순히 명령대로 움직이는 인형들이 아닌, 각기 다른 성향을 가지고 있는 더미들입니다. 오백만 가지 성향과 행동 패턴. 네. 여러분들 잘못 들으신 게 아닙니다. 무려 오백만 가지입니다. 말 그대로 저와 도미니온스, 그리고 세라핌 님은 작은 세상을 창조했습니다."

"이게······."

"미쳤군. 아니, 대단하다고 표현해야 하는 건가."

'대단한 거지. 새끼야.'

"말도 안 돼······."

'말이 왜 안 돼? 데이터만 확보되면 가능해.'

"모든 것은 테스트를 위해서였습니다. 네. 신인류 계획의 첫 걸음, 단순히 이론으로만 존재하던 신인류 계획을 좀 더 확실하게 구체화시키기 위해서였습니다. 그 위험성을 두 눈으로 직접 보기 위해, 앞으로의 계획을 미리 시험하기 위해 우리는 작은 세상을 만들었습니다. 당연히 맞습니다. 네. 이 계획에 반대하시는 분들의 말씀도 틀린 것은 아닙니다. 이 계획은 위험성을 띄고 있고 완전하지 않습니다. 어떤 역경이 우리를 기다리고 있을지도 확실하지 않습니다. 하지만 보십시오. 이 작은 세상에서 움직이고 있는 이들을 보십시오."

대륙이 황폐화되고 있는 것이 시야에 비친다. 비명을 지르는 더미들과 고통에 몸부림치는 이들의 모습도 눈에 보인다.

찬란했던 빛에 휩싸여 있던 도시들은 어두워지고 문명과 멀어진다. 아무것도 없었던 태초의 모습으로 돌아가기 시작한 대륙의 모습에 안타까운지 몇몇 비둘기들의 탄식 소리마저 들려온다.

"이것이 여러분이 원하는 결과입니까."

"……."

"진정 이 결과물이 여러분이 원하는 결과물입니까."

"……."

"아무리 숭고한 일이라고 한들, 잘못된 방법으로는 그 어떤 것도 얻을 수가 없습니다. 부정적이고 폭력적인 방법으로는 아무것도 바꿀 수가 없습니다. 우리의 숭고한 뜻을 더욱더 숭고하게 만드는 것은 결과가 아니라 과정입니다. 우리는 생각하고 있습니다. 네. 우리는 공감할 수 있기 때문에 이 자리에 있는 것입니다. 저와 의견이 같은지, 같지 않은지는 상관없습니다. 중요한 것은 우리가 이들의 고통과 대륙의 아픔에 공감하고 있다는 겁니다."

"……."

"결과에서 비롯된 고통에 공감할 수 있는 능력이 있다면 과정에서 비롯된 고통에도 공감할 수 있어야 합니다. 숲의 아픔에 공감할 수 있다면 나무의 아픔에도 공감해야만 합니다. 자신이 가진 걸 걸고 그들의 아픔에 진심으로 마주해야 합니다. 여러분은 인간이 무한한 가능성을 가지고 있다 생각하지만 여러분 역시 그들과 같습니다. 우리에게도 무한한 가능성이 열려 있습니다. 대륙을 넘어 전 차원에 우리들을 창조한 신인류가 살아가는 가능성이 우리의 눈앞에, 열려 있습니다."

"……."

"바른 이론, 그 이론을 뒷받침해 줄 수 있는 혁신 기술, 함께해 주시는 여러분이 계신다면 우리는 세상을 바꿀 수 있습니다. 우리가 세상의 주인이 되는 것입니다. 무능력한 신들과 불쌍한 인류를 잡고 뒤흔드는 악마들을 몰아낸 이후, 우리가 신세계의 신이 될 수 있습니다. 우리는 신인류의 새로운 창조자로 기억될 것입니다! 여러분!"

"……."

"투자하십시오! 미래에! 희망에! 새로운 인류에! 우리가 그려 나갈 행복한 미래에! 투자하십시오!"

212장
의심과 확신

그야말로 비둘기들의 무수한 악수 요청이 나와도 이상하지 않을 상황이었다.

대충 봐도 분위기가 가열된 것이 느껴진다. 휘파람 부는 소리나 괴성을 지르는 이들은 없지만, 우레와 같은 함성과 박수 소리가 뒤섞여 전해져 오는 게 들려왔다.

심지어 우리 쪽 진영의 비둘기들 같은 경우에는 자리에서 일어나 박수를 보내고 있으니 분위기가 어떤지는 굳이 언급할 필요도 없으리라. 마치 시상식 같지 않은가. 기립 박수. 그래. 기립 박수다.

쓰로누스는 어안이 벙벙한 표정이기는 했지만 함께 온 반대 파벌 비둘기들이 혼란스러워하는 것이 보인다. 실제로 이렇게 빠르게 일이 진행될 줄은 몰랐겠지.

아니, 이렇게 구체화시켜 작정하고 들어가 있을 줄은 예상하지 못했던 것이 분명하다. 말 그대로 이건 단순한 이론이었을 뿐이니까. 막대한 신성과 헤아릴 수 없는 세월을 투자해야 얻을 수 있는 결과물이었다.

반대 파벌의 주요 비둘기들이 꼬투리를 잡을 때 주로 사용하는 단어가 이상론이라는 단어가 아니었던가. 현실성 없는 이야기고, 이루어질 수 없는 이야기라고, 단순히 망상이라고 주장한 녀석들은 모두 심기가 불편한 얼굴들을 하고 있다.

물론, 이건 더미들이 살아가고 있는 세상에 불과하다. 신성을 섞은 데이터 쪼가리고 별 의미도 존재하지 않는다. 하지만 이들은 가능성을 읽었다. 새로운 이론과 그 이론을 뒷받침해 줄 수 있는 기술을 직접 목도하고 있다.

'혁신 기술이라는 건 좋아.'

다른 건 둘째 치고 일단 있어 보이잖아. 단순한 개소리를 그럴듯한 개소리로 보이게 만들어준다구.

눈으로 보이는 결과물이다. 아마 머리가 조금 돌아가는 비둘기라면 이런 생각을 하고 있지 않을까.

'저 기술이라면 가능하다. 수많은 오류에 대비할 수 있으니 비용을 최소화시킬 수 있을 것이다.'

원가 절감 개꿀이자녀. 투자자 입장에서 이것보다 좋은 게 어디 있겠어?

'시간 단축도 가능하겠지. 한번 닦아놓은 길을 다시 걸을 수 있다는 게 얼마나 메리트 있는 일인가.'

속도도 나오면 말 다했지. 뭐.

이건 안전주다. 안전한 투자고 안전한 주식이다. 물론 그것 만으로도 부족하다. 믿고 맡길 수 있는 창업자인가, 라는 요소도 굉장히 중요하겠지만 이미 이기영 코인은 믿고 매수하는 코인이 아니었던가. 사대 천사 중 두 명이 이쪽의 지지를 보내고 있는 것만 생각해 봐도 답이 나온다.

신진 소기업이나 스타트업 기업이 갑작스레 새로운 기술을 가지고 시장에 등판했다 생각해 보자. 투자해 달라고 아무리 목소리를 높여봤자 단순 개소리로 들리겠지만 대기업 회장님께서 자리에 함께 있다면 분위기는 달라진다.

심지어 상석에 앉아 박수 세례에 동참하고 있단다. 젊은 기업인, 지금껏 없었던 새로운 인재, 대기업의 자본을 지원받고 있는 상황이라면 투자자들이 군침을 흘릴 만도 하다.

비둘기들도 예외는 아니었다.

"투자하겠습니다!"

'무수한 악수의 요청이!'

"대단하군! 대단해! 하하하하!"

'그래 형 원래 대단하잖아. 그걸 이제 알았어?'

"역시 다릅니다. 이기영 님은 달라요! 세라핌 님도 정말 대단하지 않으십니까. 신인류 계획이라니, 완전히 새로운 바람이 아닙니까. 실제로 가능할지도 모릅니다."

반대 파벌도 흔들리고 있는 게 느껴진다.

"물론 아직 조심해야 할 시기라는 것에는 입장 변화가 없지만 최소한 이제는 허무맹랑하다는 말로 공격받을 일은 없겠습니다."

"방금 표정 보셨습니까? 많이 어두워진 것이 보입니다. 이렇게 아니라 투자해야지요. 아암, 그래야지요."

"정말로 가능할 거라고 보는 것인가! 저건 단순한 프로그램이지 인류가 아니다."

"무려 500만 가지입니다. 최소한 여러 가지 변수에 대항할 수 있다고 판단하는 것이 옳습니다."

"옳습니다. 옳고 말고요."

"하지만!"

"예의를 지켜주십시오! 회의를 하러 온 것이 아니지 않습니까! 반대 의견을 말하고 싶은 거라면 후에 마련된 자리에서 하세요!"

"말 다했습니까!"

"그래요! 말 다했습니다!"

'개판 좋죠.'

"아직 발표가 전부 끝나지도 않았는데 이 무슨 추태입니까! 사과하세요!"

"사과하셔야 합니다!"

"어떻게 지금 이 상황에!"

"사과하세요!"

"지금은 전시 상태입니다! 그런 와중에 이런 말 같지도 않은 장난에 휘둘리다니!"

"전시 상태라니! 하핫! 전시 상태라니요. 상대는 인간입니다. 어디 전시 상태라는 말이 가당키나 한 말입니까!"

'그래 너 말 잘한다. 기분 나쁘기는 한데 그런 자세 좋다구. 너는 편하게 죽여줄게.'

"그 인간에게 병력을 잃었습니다! 예산에 여유가 있는 상황이 아니란 말입니다!"

"정 그렇게 불안하면 원로가 비자금으로 숨겨놓은 자금을 가지고 오면 되는 거 아닙니까!"

"그런 이야기가 아니지 않습니까!"

"투자하지 않겠다면 나가세요! 나가세요!"

'시바 진짜 개판 되는 거 한순간이네.'

"인류는 동의하지 않을 겁니다! 우리뿐만이 아니라 인류 역시 저 미친 계획에는 동의하지 않을 거라고!"

'그래 맞지. 하지만 너네 계획에도 동의하지는 않을 거야.'

이쯤이 정리하기가 괜찮은 타이밍이 아닐까. 다시 한번 박수를 짝짝 치려고 하는 순간이었다.

"그만."

하는 소리가 들려온 것.

세라핌이 아니다. 목소리가 들려온 쪽으로 고개를 돌리자 익숙한 파란 머리가 시야에 들어왔다.

'케루빔.'

언제부터 보고 있었는지는 모르겠지만 어두워진 표정이 눈에 띈다. 이쪽이 내놓은 혁신 기술을 보고 깜짝 놀랐다기보다는 현재의 상황 자체가 마음에 들지 않는 모양인 것 같았다.

당연히 마음에 들지 않을 만도 했다. 이 개판을 보고 고개를 끄덕일 수 있는 놈이 얼마나 있을까.

'이건 아쉬운데.'

물론 놈이 파벌을 만든 주요 인물이기는 했지만 갈등의 골이 이 정도까지 깊어졌다는 것에 대해서는 심란함을 느끼고 있는 것 같았다. 본인이 안에 들어와 있을 때는 몰랐겠지만 한 발자국 뒤에서 지켜보니 조금 더 이성적으로 판단할 수 있는 시간이 생긴 것이다.

어디까지나 내 추측이다. 하지만 어느 정도는 들어맞으리라 생각했다. 녀석은 그나마 정상적인 비둘기였으니까.

"이 무슨 추태인가."

'아 이 새끼 눈치 깠나?'

마치 이렇게 말하는 것 같은 눈빛이다. '이거였구나, 녀석이 노린 게 이거였구나' 라고.

'착각은 아니지?'

새삼스레 깨달은 듯한 얼굴이었다.

맞든 아니든 상관없지만 최소한 이성을 찾은 것만 같다. 무척 흥분한 전과는 반대로 호흡을 가다듬고 있는 게 보인다.

내가 너무 힌트를 준건가? 아무래도 이건 너무 티 났지? 어디서 들킨 걸까. 조금 적당히 할 걸 그랬나? 너무 갈등을 조장하는 데 집중한 건가? 뭐 사실 별로 상관은 없지만……

최근에 녀석의 상태를 살피지 않았다는 게 조금 후회되기는 했지만 이미 대세의 흐름은 막을 수 없다.

'네가 어떻게 할 건데?'

도미니온스는 내 편이고 세라핌 역시 내 편인데. 심지어 보여? 내 지지자들이 이렇게나 많은데. 네가 어떻게 할 건데? 장담하건대 분열을 보장시키는 것이 저 이기영이라는 발언을 한다면 쥐 잡듯이 잡아 비둘기 사회에서 매장시켜 줄 자신이 있다. 그렇게 멍청한 정치적 발언을 할 리가 없지.

대충 봐도 머리를 쓰는 것 같은 타입이 아닌 것 같이 보여 괜스레 기대하게 된다. 사대 천사의 머리는 도미니온스와 세라핌이다. 쓰로누스는 그냥 무능력한 새끼고 케루빔은 그저 겉절이에 불과하다.

하지만 저 새끼는 그렇게 멍청하지는 않았던 것 같았다. 혹시 맛탱이가 나가 목을 치려고 할까 긴장하고 있었던 타이밍이었지만······.

"질문을 하고 싶군."

놈은 다른 선택지에 주사위를 던졌다.

"네. 마침 질문을 받으려고 하던 차였습니다. 케루빔 님."

내 입장에서는 최선의 선택이지 않을까.

"계획을 어떻게 진행할 것인지 묻고 싶다. 나는 이 계획에는 동의하지 않지만 만약 정말로 가능성이 있다면 어떤 식으로 진행하게 될 것인지 묻고 싶군. 아마 인간들 역시 이 계획에 동의하지 않을 것이다."

"······케루빔 님의 말이 맞습니다. 인간들은 신인류 계획에 동의하지 않을 겁니다. 하지만 그들의 동의 여부가 중요합니까? 애초에 첫 번째 계획 역시 그들의 동의를 구하고 한 일은 아니지 않습니까. 인간들은 대륙이 변화하는 것도 눈치채지 못할 것입니다. 시스템에 접근 권한 따위도 없는 그들이 뭘 알겠습니까."

"하지만 그들이 우리를 적대한다는 사실은 변하지 않을 것이다."

"한번 꼬인 실타래를 풀기는 어렵겠지만……. 우리는 인간들에게 화친을 제안할 생각입니다. 사과의 의미를 포함해, 그들이 입은 피해를 보상해 줄 계획이라고 하면……."

"바로 전까지 서로 창과 칼을 맞대던 사이끼리 말인가?"

"인간은 멍청이가 아닙니다. 케루빔. 우리는 오랜 시간 동안 그들을 지켜봐 왔습니다. 이해관계를 통해 그들은 적도 될 수 있고 친구도 될 수 있어요. 물론 우리를 적대시하는 이들이야 존재할 겁니다. 하지만 더 이상 전쟁을 이어나가기 힘들다고 판단한 이들 역시 존재할 겁니다. 문이 열리지 않는다면 조금씩 두드리면 되겠죠. 우리에게 주어진 시간은 많습니다. 아주 많아요."

'이 새끼 어울리지 않게 생각하네.'

녀석이 천천히 이쪽으로 다가오는 것이 시야에 비쳤다.

'이거 사정거리 맞지?'

손을 뻗어 새하얀 목을 꺾어 버리지 않을까 하는 상상을 하기는 했지만 이미 녀석은 무리수를 던지지 않기로 결심했다.

괜히 쫄 필요는 없다. 당당해지자 기영아. 시바. 꿋꿋해져야 하는 거야.

한참이나 이쪽을 바라보던 녀석이 천천히 손을 뻗는 것이 보였다. 악수를 하자는 제스처럼 보이지 않은가.

'이 새끼 왜 이렇게 무례해?'

이미 분위기가 개판이 되었다지만 발표 중간에 뚜벅뚜벅 걸어 나와 무대 위로 올라오는 행동을 뭐라고 표현해야 할까. 결벽증을 가지고 있는 것도 그렇고, 약간 주인공 병을 가지고 있는 게 아닌가 싶기도 했지만 원하는 게 이런 거라면 들어줘야지.

나는 살짝 손을 뻗어 녀석의 손을 맞잡았다. 다른 이야기는 없겠지만 일단은 이쪽에 손을 들어준다는 제스처라고 판단해도 되지 않을까.

사방에서는 박수 소리가 들려오기 시작했다. 어차피 무능력 쓰로누스는 대세의 흐름에 따라올 것이고 반대 여론이야 점차 정리될 것이다.

물론 녀석이 원하는 게 그런 흐름일 리는 없지.

'내부에서 파내려고 하는 거구나?'

일차적으로는 내 정체를 밝혀내겠다는 생각일 것이고, 이차적으로는 이 계획을 더 파고들겠다는 생각이 아닐까. 외부에서 어슬렁거리는 것보다는 확실히 내부에 들어와 뒤집는 게 나을 테니 말이다.

그래. 나처럼. 녀석은 나 같은 선택을 했다. 기회를 확실히 노리고 들어와 가장 중요한 순간에 검을 꽂을 것이다. 곧바로 손을 맞잡기는 아쉬우니 조금만 더 깐죽거려 주자.

"동의하시는 겁니까?"

오랜만에 비열한 미소를 지으며 놈을 바라보는 게 좋을 것 같다.

"제 말에 동의하셨군요."

히죽히죽거리면 표정이 어떻게 변하려나.

"무엇이 옳고 무엇이 그른지 드디어 깨달으셨군요."

하지만 좀처럼 흥분하지 않는 얼굴이 눈에 띈다. 조용히 입꼬리를 올려도 놈은 동요하지 않는다.

녀석이 중얼거리는 소리가 들려온다. 아마 다른 이들에게는 들리지 않겠지.

"나는 인간을 사랑한다."

"그것 영광입니다."

"하지만 네놈을 보면 구역질을 참을 수가 없구나. 대륙의 기생충아."

오랜만에 느껴보는 느낌이다.

그럴 리가 없다고 생각해 다시 한번 녀석을 살펴봤지만 특유의 그 느낌은 사라지지 않는다.

틀림없다. 내 안에 깃들어 있는 성스러운 빛은, 녀석을 악마로 규정하고 있었다.

'내가, 시바, 그럴 줄 알았지.'

녀석의 몸에서 나는 어둠의 악취 때문에 제대로 숨을 쉴 수가 없을 지경, 구역질을 참을 수 없을 정도였다. 이제야 모든 개연성이 충족되는 것이 느껴진다.

'더러운 악마 새끼가 누구 보고 구역질이 난다 안 난다야?'

어째서 녀석이 그토록 전쟁을 원하고 있는지, 어째서 신인류 계획에 반대하고 있는지 알 것 같다.

애초 녀석은 인간을 위한 적이 없다. 미래의 인류를 위해 현재 인류의 개체 수를 조절한다는 개소리 역시 단순한 멍멍이 소리에 불과하다. 저 악취 나는 쓰레기가 진심으로 인간을 사랑할 리가 없지 않은가.

모든 건 거짓에 불과했다. 전쟁을 통해 인간의 마이너스 감정을 먹고 대륙에 혼란을 야기시키기 위한 연기다.

차마 헤아릴 수 없는 시간 동안 가면을 쓰고 자신을 숨겨온 철두철미함을 떠올리자 온몸에 소름이 돋는다.

어쩌면 가면의 영웅이 가장 견제하던 적 역시 케루빔이 아니었을까? 너무 강경하게 반대할 때부터 수상하기는 수상했어. 진짜 너무 수상했지. 필요 이상으로 흥분하는 것도 지금 생각하니까 이상하다고.

이 정도 개연성이면 충분하겠지? 너무나도 설정이 잘 맞아떨어지는 느낌이라 입꼬리가 올라간다.

어쩌면 준비물은 이미 마련된 건지도 모르겠다. 이 새끼는 이미 악마 그 자체가 될 준비를 마쳤다.

물론 섣부르게 건드릴 수는 없었다.

'녀석은 사대 천사였고 많은 비둘기의 귀감이 되는 애들 중 하나니까.'

일단은 놈을 고립시키는 것이 먼저다. 원래 모든 작업의 기초가 그렇다. 한 명을 정치질 하고 싶다면 그 무리에서 떨어뜨려 놓는 게 옳다.

슬그머니 회의실에 착석한 모습은 아주 가관, 그렇게 반대를 했던 주제에 이제는 신인류 계획에 앞장서겠다고 하는 것 같아 아니꼽다. 네 정체를 파헤쳐 주고 말겠다는 듯이 말하는 눈빛이 신경 쓰이는 것은 마찬가지였다.

'출사표를 먼저 던졌다 이거지?'

아마 경고의 의미도 들어가 있으리라.

'네가 무슨 짓을 하는지 전부 지켜봐 주마' 혹은 '허튼짓은 하지 못할 것이다' 같은 뜻이 아닐까.

행동반경이 조금 축소됐다는 불편함이 있기는 했지만 커다란 문제는 없을 것이다. 애초에 이쪽은 뭔가 걸릴 만한 짓을 한 적이 없으니까. 퀘스트를 보낸 적도 없고 망원경을 사용하는 것도 자제했다.

아마 놈이 이쪽과 함께해야 한다고 마음먹은 것도 그러한 이유가 바탕이 되어 있었기 때문이 아닐까. 멀리서, 외부에서는 확실한 증거를 찾을 수 없으니 내부에서 찾기로 결정을 내린 것이다.

'똑똑한 비둘기네.'

선택한 방법 역시 의외였다.

"진행 상황은 어떻게 되어가고 있나?"

"현재 계속해서 실험 중입니다. 나름대로 만족할 만한 결과를 얻기도 하고 있습니다. 결과가 나오는 대로 보고 드릴 테니 너무 재촉하지 않으셔도 됩니다. 케루빔."

"일을 화려하게 벌인 것치고는 진도가 느린 것이 아닌가. 도미니온스?"

"결코 느린 것이 아닙니다. 신인류 계획을 발표한 지 아직 한 달도 지나지 않았습니다. 데이터는 계속해서 수집 중이며, 모든 오류가 잡히기 전까지는 아직까지 시간이 더 필요합니다."

"글쎄. 너희들이 자랑하는 그 기술을 이용한다고 가정하면 삼 일은 결코 짧은 시간이 아니다. 무언가 발표할 수 없는 이유가 없는 것은 아닌지 궁금하군. 더미들은 어떻게 지내고 있지? 몇 번이나 다른 회차를 반복한 것이냐. 말할 수 없는 부분이 존재하는 것은 아닌가?"

"……."

"나 역시 투자자다. 도미니온스. 그것도 꽤 많은 신성을 투자한 것으로 기억하는데…… 나는 일이 어떻게 돌아가고 있는지에 대해 응당 알아야 할 자격이 있다."

'누나도 성가셔하고 있네.'

이런 타입은 또 처음이겠지. 지금까지의 악마 관계자, 파란의 악마 늙은이와 사이코패스 살인마, 악마 숭배자 이토 소우타와 악마 소환사 진청, 그 외에도 수많은 녀석과 싸워왔지만 이런 타입은 처음이라 또 새롭다.

'나도 처음 봐.'

본래는 자신을 숨기는 게 보통이다. 자신의 신념이나 주장을 꼭꼭 숨기고 발톱을 드러내지 않아야 정상이다. 웃으며 등 뒤에 칼을 숨겨놓는 것이 이런 싸움의 정석적인 방법이 아니었던가.

하지만 녀석은 다르다. 애초부터 칼을 숨기지 않고 있다. 자신의 신념과 주장을 굳이 숨기지 않는 것이다. 나는 너희들에게 반대한다 육성으로 외치고 있는 것은 아니었지만 녀석은 행동으로 우리에게 적의를 드러내고 있었다.

바닥에 뿌리는 신성이라는 걸 알면서도 대규모의 신성을 투자한 것 역시 그러한 이유였다.

'괜히 상장했나?'

심지어 원로 비둘기들 몫까지 자신의 신성으로 사들이기 시작했고, 녀석은 얼마 지나지 않아 이기영 자회사 더미에 최대 주주로 올라섰다.

녀석의 말은 틀린 것이 없다. 투자 설명회에서 내가 말한 것처럼 투자자는 일의 진행 상황이 어떻게 돌아가는지 전달받아야 할 의무가 있다. 저 새끼가 자기 신성을 땅바닥에 버릴지를 가정하지 못해 일어난 상황이었다.

물론 크게 불리하지도 않다. 경영권 방어 같은 걸 생각해야 할 타이밍도 아니었고 녀석도 거기까지는 생각이 닿지 않았을 테니까. 녀석이 할 수 있는 일은 정해져 있다.

'압박하는 것.'

지금처럼 나와 누나를 압박하는 것이다. 마음대로 뒤흔들지 못하도록, 결과를 조작하지 못하도록, 다른 원로들에게 혼란을 주지 않도록 계속해서 견제하는 것.

우리 입장에서는 불편한 것이 당연하다. 속여야 할 눈이 늘었으니 말이다.

"1차 발표는 아직 많이 남아 있는 것으로 기억하고 있습니다. 당장 실험을 하고 있다고 해서 곧바로 결과가 나고 보여줄 수 있는 게 아닙니다. 데이터를 정리할 시간이 필요하고 오류가 났다면 그 오류를 분석할 시간도 필요합니다. 심정을 이해하지 못하는 것은 아닙니다만 케루빔. 너무 공격적인 태도는 지양해 주십시오. 이 일에 기대를 걸고 있는 것은 당신뿐만이 아닙니다. 저는 완벽한 상태에서 일을 진행시키고 싶습니다."

"너야말로 너무 과민 반응하는 것이 아닌가. 도미니온스. 나는 그저 진행 상황을 알고 싶을 뿐이다."

"……."

"그럴듯한 무대 위에서 그럴듯한 쇼를 선보였지만, 결과적으로 보인 것은 이론에 대한 비전이 아니라 기술에 대한 비전이었다. 물론 그것만으로도 커다란 가치가 있다는 걸 모르는 바는 아니지만 조금 더 정확한 데이터를 원하는 이들이 많다. 나는 그들을 대표하는 것뿐이다."

"최대한 빠른 시일 안에 보여 드릴 수 있도록 하겠습니다."

"정확한 날짜를 명시해 주면 좋겠군."

'작작 좀 해, 새끼야.'

아마 지혜 누나라면 이렇게 말하고 싶지 않을까 싶었다.

"인간들과……."

"이미 접촉을 시도하는 중입니다. 케루빔 님."

"……."

"물론 받아들이지 않는 이들이 대다수지만…… 저번에 말했던 것처럼 상황이 달라지면 이해관계도 달라지게 마련이 아닙니까. 우리와 뜻을 함께하기로 한 이들이 있습니다."

"확실한가?"

"일을 처리한 것은 이기영이 아니라 나야. 케루빔."

"세라핌."

"물론 아직은 소수지만 그들이 함께할 이들이 더 있는지에 대해 알아보겠다고 들었어."

"……."

"일은 제대로 진행되고 있어 케루빔. 그렇게 의구심을 느끼지 않아도 괜찮아."

"정확히 어떤 이들인지 들어야겠다."

하지만 녀석의 올곧음이 정말로 효과가 있느냐고 묻는다면 필사적으로 고개를 저을 준비가 되어 있다. 정직하게 바위를 내겠다고 으름장을 내놓는 놈과 가위바위보를 하는 게 얼마나 쉬운 일인가. 지금 녀석이 하는 일이 그렇다.

'물론 이해는 돼.'

녀석이 보기에는 지금의 이기영이 할 수 있는 행동이 제한되어 있다고 생각하고 있을 테니까. 지금 당장은 이렇게 압박하고 조이는 것만으로도 충분하다고 여기고 있는 것이 아닐까.

어쩌면 다음 수를 생각하고 있을 수도 있다.

'첫 번째는 견제.'

본인이 투자한 자금으로 신인류 계획을 휘두르는 행위 자체가 바로 견제다.

놈의 생각이 맞다. 이쪽을 구석으로 몰아넣는다면 자기 자신의 행동반경이 더 넓어질 수 있다고 판단한 거겠지.

단순히 생각해 보면 별것 아니라고 판단할 수도 있지만 만약 놈이 이쪽 세력까지 포섭하려고 하는 거라면 조금 귀찮아질 수도 있다. 지금까지는 파벌과 나는 한 팀이었지만 놈이 어떻게 하느냐에 따라 서로가 멀어질 수도 있다.

함께 신인류 계획을 향해 달려가는 동료들이다. 하지만 그들은 투자자고 나는 그들이 가진 것을 돌려줘야 하는 입장이다.

만약 놈의 견제가 어느 정도 효과를 봤다고 가정해 보자. 저 퍼렁이가 어떻게 행동할지는 너무나도 뻔하지 않은가. 신성을 투자한 원로들을 포섭한 이후에는 견제가 아니라 칼로 심장을 쑤시려고 달려들 것이다.

'내 돈 내놔! 이 사기꾼 연놈들아!'

비둘기 수백 마리가 푸드덕거리며 저리 말할 것이라고 장담할 수 있다. 꿈과 미래를 향해 달려 나가던 회의실이 사기꾼에게 단체 사기를 맞은 피해자 모임으로 돌변해 우리의 목을 조를 것이다. 나와 누나의 입장에서는 최대한 조심해야 하는 상황이라는 거다.

'지금까지 신성이 얼마나 모였더라?'

정확한 수치로 표현할 수 없지만 대륙의 법칙을 하나둘 정도는 바꿀 수 있을 정도의 양이라고 볼 수 있지 않을까.

모두가 한마음 한뜻으로 신인류 계획에 사활을 걸었다. 자신이 가진 모든 신성을 쏟아부은 비둘기부터, 여기저기서 끌어모아 넣어놓은 비둘기들까지 있다. 말 그대로 이 사업이 무너지면 원로 비둘기 중에 반은 거울 호수의 물 온도가 어떤지 확인하게 될 것이다.

'IMF 뺨치는 쇼크가 올 수도 있겠는데.'

이걸 이렇게 표현해야 할지도 모르겠지만 아마 경제 대공황 수준의 혼란이 찾아오지 않을까.

케루빔이 간과한 것은 바로 그 점이라고 생각했다. 저 비둘기는 신인류 계획을 끌어내리고 싶어 하고 있지만 내게 투자한 비둘기 중 이 계획이 떡락하길 바라는 비둘기는 아무도 없다. 모두가 손을 잡고 기도하고 있는 상황이라는 거다.

'누가 악당이 될 것 같아?'

일반적인 상황이라면 내가 악당이 될 것이다.

'내가 악당이 될 것 같아?'

하지만 일을 망치려고 하는 외부의 적이 있다면 공공의 적이 되는 것은 내가 아니다. 우리는, 시바, 함께 가라앉고 함께 떠오르니까. 운명 공동체라는 거다.

"오늘 회의 거지 같았네요. 진짜. 사사건건 시비 거는데 짜증 나 죽을 뻔했다니까요."

"뭐 곧 해결될 거야."

"그런데, 왜 그렇게 악랄하게 웃고 있어요? 오빠?"

"누나. 누나는 만약 누나가 투자한 회사가 찌라시 때문에 휘청거리면 어떻게 할 것 같아?"

"네? 갑자기요?"

"찌라시를 퍼뜨린 놈을 원망할 것 같아?"

"당연히 그 쥐새끼를 원망하겠죠. 보통 사람들이 대부분 그렇잖아요. 변수가 생기면 변수에 원인을 두고 원망할 사람이 생기면 곧바로 원망하게 되는 법이에요. 만약 변수가 생기지 않았는데도 불구하고 떡락하면 내 안목을 의심하겠지만 그게 아니잖아요?"

"역시 그렇지?"

"근데 그게 왜요? 아…… 아하…… 와…… 이야…… 진짜 쓰레기네요. 그런데…… 음…… 그게 될까요? 얘네들은 인간이 아니라 비둘기들이라 조금은 더 이성적일지도 몰라요."

"아니야. 누나 얘네들도 인간들이랑 별반 다를 바 없어. 오히려 더하면 더했지."

예전에 베니고어에게 들었던 말이 괜스레 머릿속을 스쳐 지나간다.

아마 알타누스에 대해 이야기를 나누고 있는 도중이었을 거다.

'너희들도 완벽하지는 않구나.'

'맞아. 완벽하지 않지. 그걸 잘 기억해. 나의 자랑스러운 이기영 명예추기경. 우리들도 완벽하지 않아. 불안전하지. 대륙 위에 있는 이들과 서 있는 위치가 다를 뿐, 우리들도 별반 다르지 않아. 너는 그걸 잘 기억해야 돼. 우리도 완벽하지 않다는 걸.'

정확히 이런 대화였던 것으로 기억한다.

어째서 베니고어가 계속해서 완벽하지 않다는 걸 강조했는지 이해가 간다. 이때를 위해 복선을 깔아둔 거라는 생각은 들지 않지만 베니고어는 아마 이걸 전하고 싶었을 거다. 앞으로 너희들이 싸울 존재들도 너희들과 별반 다르지 않은 이들이라고, 완벽한 존재가 아니고 인간과 별반 다를 바 없다고. 나 역시 그녀의 생각에 동의한다.

이지혜가 나를 바라보며 웃음을 보인 순간 허겁지겁 뛰어들어오는 원로 비둘기 한 마리가 시야에 들어왔다.

"지…… 지금, 지금 우리에게 손을 내민 인간들이…… 가면을 쓴 천사들에게 습격당해…… 목숨을 잃었다고 합니다."

내가 만든 천사들이, 아니, 케루빔이 보낸 역겨운 비둘기들이 전쟁에 지쳐 손을 내민 힘없는 인류의 뒤통수를 쳤다는 소식이 들려왔다.

"그게…… 그게 정말입니까!"

표정을 굳힐 수밖에 없는 상황이었다.

'꿩 먹고 알 먹고.'

여러모로 이득이 되는 장사라고 봐도 되지 않을까.

이쪽에 붙으려 한 배신자들을 처리했으니 인류 측에도 이익이고, 천사 측에 붙어 있는 악마 놈의 이중생활을 고발할 수도 있으니 이 또한 이익이라 할 수 있는 상황이었다.

하늘이 무너진 것 같은 표정을 짓고 있는 원로의 심정도 충분히 이해가 간다.

'얘도 베팅했었지.'

그것도 꽤 많이 투자했던 것으로 기억한다.

애초 이 비둘기들은 안정적으로 신성을 공급받을 수 없는 입장이다. 베니고어나 엘룬 쓰레기 같은 이들을 대륙에 취업해 꼬박꼬박 월급을 받는 직장인에 비유한다면 이들은 따로 일터가 정해져 있지 않은 비둘기들로 비유할 수 있지 않을까. 이 비렁뱅이들은 지금까지 쌓아온 자산으로만 삶을 영위한다는 거다. 어딘가에 수급처가 존재할 수도 있겠지만 안정적이라고 말할 수 있을 정도가 아니다.

'그러니 가만히 있을 수 있겠어?'

상황이 꼬일 대로 꼬일 상황인데.

누가, 어째서 이런 일을 저질렀는지 궁금해하는 것 같지도 않다. 저 원로 비둘기의 표정에 깃들어 있는 것은 어떻게 이번 일을 해결해야 하는가다. 일을 망친 원인에 대해서 떠올리지 못할 정도로 궁지에 몰려 있지 않은가.

"이, 이 일을…… 이 일을 어떻게 하면 좋습니까?"

'뭘 어떻게 해. 뻔하잖아. 다른 선택지가 없다고. 이걸 어떻게 수습하겠어? 일단은 버텨야지. 안 그래?'

"무언가 다른 방도가 있는지 찾아봐야 할 것 같습니다. 아니, 애초에…… 어째서 일이 이렇게 된 건지…… 다른 명령이 내려오기는 한 겁니까?"

"지금은 정보가 부족한 상황입니다. 현, 현재 전선에서 계속해서 전투가 벌어지고 있다고. 인간들이 전선을 옮기고 있는 것 같습니다. 그들이 아군 진영을 압박하고…… 심지어 신전으로 향하고 있다고 합니다."

'대응 빠르네.'

이를테면 신호탄을 쏘아 올린 셈이다. 암묵적으로 휴전 상태에 돌입했던 양측 진영이 서로 눈치를 보고 있는 상태였다.

우리 조금 지친 것 같은데 너희들은 어때? 아, 너희들도 그래? 그럼 조금만 더 쉬자. 우리 군이 말 안 해도 알잖아. 내부 정리할 것도 필요하고 너무 갑작스럽게 커다란 전투가 일어나는 바람에 처리해야 할 사안이 많다고. 서로 구역만 침범하지 말자 이거야. 이런 배경에서 먼저 뒤통수를 친 쪽이 화친을 주장했던 천사들 쪽이라는 이야기가 된다.

물론 피해 규모가 그리 크지 않다고 해도 일단 신호탄을 쏘아 올렸다는 사실 자체가 중요했다. 인류 측에서 움직이지 않을 이유가 없다는 거다.

김현성이 있는 지역은 완전히 소강상태에 들어갔지만 그것만으로도 의미가 있다. 영웅이 되살아난 것은 팩트였고 빛의 진영은 한 번 더 싸울 수 있는 힘을 얻었다.

아마 지금쯤이면 정하얀도 마력의 회복을 끝내지 않았을까. 우리 회색빛의 용사는 자신을 증명해야 할 테니 몸이 달아올라 있을 테고, 차희라는 이미 옛날 옛적에 일어나 싸울 준비를 끝내놓았을 것이다. 우리 혜진이도 착실히 매뉴얼대로 움직이고 있다. 전선을 위로 올리고 압박하는 것.

물론 전진 기지에 기반을 둔 만큼, 저들의 예상처럼 비둘기들의 심장부까지 다가오지 못하겠지만 그래도 땅따먹기를 하고 싶다는 의지는 내보였다는 것은 충격적으로 다가올 거다.

'드래곤들은 합류하기로 한 건가?'

확실히는 알 수 없지만 가능성은 높다. 일부 병력이라고 한들, 알을 깨고 나왔다는 것 자체가 제공권에 대한 대비가 있다는 거니까. 정리하자면 비둘기 측에서 한 방 먹인 게 꼭 천사들에게 긍정적으로 다가오지 않았다는 것.

아마 김현성이 움직인다면 조금 더 일이 재미있어질 것이다. 알프스가 수정된 매뉴얼을 전했다면 조만간 움직이기 시작할 것이다.

"타…… 타락한 검이 움직이고 있다는 것도……."

'그렇지. 움직일 때 됐지.'

이성이 붙어 있는 상황은 아니지만 이 역시 아군 측에게는 커다란 의미로 다가온다.

사실 일반적인 상황이라면 비둘기 측에서도 커다란 문제로 다가오는 상황은 아니다. 지금까지 해왔던 걸 해오면 된다. 쉬운 일이다. 가지고 있는 걸 포기하고 다시 한번 이전의 일을 되풀이하면 된다. 하지만 지금 그게 아니지 않은가.

"다시 돌아가야겠습니다. 지금 당장 대책 회의를……."

"안 그래도 이미 모여 있습니다. 이기영 님. 일단…… 일단

모시겠습니다."

'그래, 그럼 더 편해지지.'

발걸음을 옮기기가 무섭게 여기저기서 성난 목소리들이 들려온다.

"이게 어떻게 된 일입니까!"

"다시 전쟁이라니요! 도대체 어째서!"

"이게 지금 무슨 상황이랍니까. 지금 말이나 됩니까! 어디서 허가가 떨어진 겁니까."

"그게 중요한 게 아니지 않습니까. 이걸 어떻게 수습하느냐가 문제예요."

"일단 병력을 보냅시다. 인간이 이 신성한 신전에 발을 들이게 할 수는 없습니다."

"병력을 보내다니요! 지금 이 상황에 어떻게 병력을 보낸단 말입니까! 다시 싸우자는 말이나 다름이 없습니다. 무언가 착오가 있었고 오해가 있었다는 걸 전해야지요!"

"본래부터 인간은 우리를 적대하고 있었습니다. 쓸데없는 말을 할 때가 아닙니다. 지금은 싸워야 할 때입니다."

"신인류 계획이 코앞에 있는데 쓸데없는 전쟁놀이로 예산을 허비할 수 없습니다. 이곳에 묶인 신성을 생각해 봅시다. 조금 더 이성적으로 상황을 살펴봐야 합니다."

'그다지 이성적으로 보이지는 않는데요?'

대공황을 맞은 첫날 금융 시장에 나와 있는 개미들을 보고 있는 것만 같다. 모두 손에 봉투 같은 걸 꽉 쥔 모습은 눈 뜨고 봐주기 힘들 정도가 아닌가. 불안감으로 맛탱이가 간 것 같은 눈을 보여주는 이들의 모습도 보이는 걸 보면 보통 힘이 드는 상황이 아닌 모양이다.

'아주 개판이야. 진짜 개판도 이런 개판이 없어요.'

살짝 인기척을 드러내자 역시나 이쪽으로 시선이 쏠리기 시작했다. 옆에 있는 지혜 누나도 걱정스러운 표정 연기로 사태의 심각함을 표현하는 중. 자신을 절제한 연기력이 눈에 띈다. 표정을 최대한 숨기려고 하지만 당혹스러움은 감출 수 없는 디테일함에 나도 모르게 탄성이 나왔다.

그 탄성에 무언가 불안감을 느낀 것일까. 나를 바라보는 원로 비둘기들의 표정이 조금 더 어둡게 변하는 것이 시야에 비쳐왔다.

"모두들 진정하십시오."

"아. 이기영 님."

"이기영 님. 소식은 전해 들으셨습니까."

"이기영 님!"

일단은 숨을 한번 고르자.

"들으셨습니까?"

최대한 아무렇지도 않다는 듯 말을 잇는 게 중요했다.

"네. 전해 들었습니다. 인간들이 신전을 향해 병력을 끌고 들어오고 있다는 것도, 또 타락한 검이 움직이기 시작했다는 소식도 말입니다."

"이…… 이 일을."

"당황하실 필요 없습니다. 계획에는 변함이 없을 겁니다. 병력을 보내 전선을 유지하고 다시 한번 자리를 만드는 게 좋을 것 같습니다. 물론 이걸로 그들이 진정할 수 있을지는 알 수 없지만 지금 당장 전투를 벌이는 것은 저희 계획에 좋은 일이 아닙니다."

"하지만……."

"네, 말씀하시죠."

"지금이라도 예산을 축소시키는 게 좋지 않겠습니까?"

"이미 예산은 한계까지 축소시킨 상황입니다. 여러분들이 투자해 주신 신성은 계속해서 작은 대륙을 움직이는 데 사용하고 있습니다. 수만 번의 시뮬레이션이 예약되어 있습니다. 대륙을 유지하고 있는 시스템에 접근하기 위해서 필요한 신성 역시 마찬가지입니다. 엄밀히 말해 축소시킬 수 있는 상황이 아닙니다. 작업 중인 신성을 회수할 수는 있지만 지금 회수한다면 손해가 클 겁니다."

"어느…… 정도로 손해가."

"이미 신성의 삼 분의 일가량이…… 아니, 그 이상이 들어가 있는 상황입니다."

'뺄 수 있어?'

딱히 말로 하지 않아도 될 것이다.

'손해가 큰 정도가 아니라 완전히 망하는 거야.'

떡락하는 거라고.

"계획에 다른 문제는 없습니다. 실험도 잘 진행되고 있습니다. 이번 일만 해결하면 됩니다. 네. 딱 이번 위기만 잘 넘기면 되는 겁니다."

솔직히 창업자가 저 문장을 입에 담았다는 것 자체가 이미 끝장났다는 걸 의미하지만 뭐 그런 게 중요하겠는가. 어차피 쟤네들은 믿고 싶은 걸 믿을 것이다. 이번만 버티고 버티면 언젠가는 떡상할 거라는 믿음, 잠깐 위기가 오기는 했지만 결국에는 버티는 자가 승리할 거라는 믿음. 그런 믿음이 저들을 움직일 것이다.

"투자한 신성을 회수하고 싶으신 분이 있다면 지금 당장 돌려드리겠습니다. 물론 계약서상에 명시된 것처럼 원금을 그대로 돌려드리지 못하겠지만⋯⋯."

"⋯⋯."

"불안하실 겁니다. 네. 불안해하시는 마음도 충분히 이해할 수 있습니다. 하지만 이럴 때일수록 힘을 모아야 합니다. 모두가 똘똘 뭉친다면 그 어떤 위기인들 해결하지 못하겠습니까. 저희 쪽에서 미처 상정하지 못한 일이 터진 것뿐입니다. 네. 갑자기 말입니다."

"⋯⋯."

"이번 실수는 바로잡을 수 있습니다. 어느 정도의 손해가 있겠지만 그것만 감수한다면 충분히 위로 올라갈 수 있습니다. 중요한 것은 다시는 이런 문제가 생기지 않도록 대비해야 하는 일입니다. 어째서, 누가 병력이 움직였습니까?"

"현재 파악 중에 있습니다. 하지만⋯⋯."

"역시 그렇군요. 아마…… 확실하지는 않습니다만."

"……."

"작전 세력이 있는 것 같습니다."

"……."

"물론 이 자리에서 쉽게 말씀드릴 수 있는 사안은 아닙니다만 신인류 계획이 성사되는 걸 바라지 않는 세력이 존재하는 것 같습니다. 네. 확실할 겁니다. 이런 타이밍에 일을 저질렀다는 건 확실히……."

"이상하다?"

"네, 이상하지요. 마치 일을 망치려고 작정하지 않았다면 일이 이렇게까지 진행되기도 쉽지 않을 겁니다. 불쌍한 인간들이 우리에게 손을 내민 사실 자체가 본래 극비였습니다. 물론 여러분들도 일의 진행 상황은 알고 계시기는 했지만 정확한 위치를 알고 있는 것은 저와 도미니온스, 세라핌, 그리고 케루빔 님뿐이었지요."

"……."

"이렇게까지 일을 벌일 수 있는 건……."

라고 입을 열었을 때였다.

"내부에서 나간 병력은 없다."

하는 소리와 함께 목소리가 들려온 것. 고개를 돌리자 애써 침착한 척하는 것 같은 얼굴이 눈에 띈다. 그리고 녀석의 트레이드 마크라고 할 수 있는 파란색 머리도 말이다.

'매번 주인공처럼 등장하시네.'

당연하지만 표정이 좋지만은 않아 보였다. 일이 조금 꼬였다는 사실을 인지하고 있는 것 같은 느낌.

내부에서 나간 병력이 없다는 걸 확인한 것을 보니 본인 나름대로 조사를 마친 것 같았다.

아마 지금쯤 본인이 거미줄에 발을 들여놨다는 사실을 인지하고 있지 않을까.

"신전 안에서 대기하고 있는 병력이 아니라 외부에서 전선을 유지하던 병력이 일으킨 사고일 겁니다. 계획적으로 말입니다. 그리고 말씀드리지 않았습니까. 작전 세력이 존재한다고요. 병력을 운용했다는 증거는 이미 한참 전에 인멸했을 겁니다."

"말도 안 되는 추측이군."

'생각보다 조심스럽네.'

발언에 조심하고 있다는 게 느껴진다. 이 거미줄이 본인을 위해 만들어졌다는 것을 조금이라도 눈치챘다면 당연히 조심스럽게 움직일 수밖에 없는 시점이었다.

녀석은 지금 정보가 부족하다고 판단하고 있다. 어째서 갑작스레 천사들이 인간들을 공격했는지, 내가 가진 다른 패가 무엇인지, 정확히 무엇을 노리고 있는지, 또 그를 위해 준비한 것이 무엇인지 경계하고 있는 것이 눈에 보였다.

"단순한 추측이라고 하기에는 마음에 걸리는 부분이 있습니다. 신인류 계획을 달갑지 않게 생각하는 분들이 많다는 것. 케루빔 님이 가장 잘 알고 계시지 않습니까. 제 기억에는 분명 케루빔 님도 반대하셨던 것으로 기억하는데……."

"……"

"설마요. 설마……"

"……"

"그럴 리가 없을 겁니다. 그렇지요?"

녀석이 나를 보고 구역질 나는 인간이라 칭했으니 최대한 구역질 나는 표정을 선보이는 게 맞다. 비웃음을 섞은 미소를 보내고 눈을 작게 떠 녀석을 바라본다. 최대한 때리고 싶은 얼굴로 보여주는 것이 맞다.

나는 이럴 때가 통쾌하더라.

"인간과의 전쟁을 원하고 계시는 겁니까?"

"……"

"설마 했지만 정말로 있었나 봅니다. 죄 없는 인간들을 죽여 자신의 배 속을 채우고 싶어 하는 이들이, 이 신성한 신전 안에, 천사의 탈을 쓴 채로…… 쥐새끼인 양 숨어 있었나 봅니다."

"……"

"비극이로군요. 참 비극입니다."

장내가 조용해진 것이 느껴진다. 딱 꼬집어 케루빔을 지칭한 것은 아니었지만 그런 뉘앙스로 이야기를 풀어나가고 있다는 사실을 눈치채지 못할 이가 어디 있을까.

당장 녀석을 잡아 족치고 싶기는 했지만 나 역시 조심할 수밖에 없는 상황이었다. 아직 준비물이 전부 준비되지 않은 상황에 섣부르게 들어갈 정도로 바보는 아니었으니까.

잠깐의 침묵이 장내에 감돈다. 모두가 케루빔과 나를 바라보고 있어 조금은 부담스럽기는 했지만 원래 빛기영은 근본부터가 무대 체질이 아니었던가. 저런 시선이야 오히려 즐겁게 느껴진다.

의연한 척 살짝 고개를 돌리자 시야에 비치는 것은 파란색 머리를 한 천사. 케루빔이 머리를 굴리는 게 보인다. 그만큼 모호하게 말하기는 했다. 언성을 높이자니 모양새가 이상해질 테고 부정하기에도 적절하지 않다.

결국 녀석이 선택한 것은 내 말에 수긍하는 것. 아마 그 정도밖에 할 수 있는 게 없을 게 분명했다.

"……네 말에 동의한다. 아무래도 쥐새끼가 숨어 있는 것 같군."

쥐새끼가 있다는 건 확정된 이야기네.

"네. 그런가 봅니다."

케루빔 역시 가장 적절한 선택지에 손을 얹었다. 조금은 시간을 두고 싶다는 표현이 아닐까?

이쪽이 섣부르게 들어가기를 주저하고 있는 것처럼 녀석 역시 갑작스레 이쪽을 몰아붙이는 것을 주저하고 있었다.

아마 하고 싶은 말은 많을 것이다. 하지만 모든 일에는 순서가 있는 법이 아니겠는가. 빌드업이라는 게 그만큼 중요하다. 기왕이면 흥분해 날뛰어 자폭해 줬으면 싶었지만 그 정도로 멍청이는 아닌 모양. 오히려 이쪽을 바라보는 눈은 한번 해보자고 말하는 듯했다.

이다음이야 뻔했다.

'분위기를 한번 환기시키겠지.'

"그리고, 그 질문은 나를 겨냥해서 한 말인 것이냐."

이런 식으로.

아마 놈의 입장에서는 자신을 한 번 정도는 변호할 필요가 있다고 느꼈을 것이다.

"어떤 질문을 말씀하시는 것인지……."

"인간과 전쟁을 원하고 있냐는 질문 말이다."

"그렇지 않습니다."

"일이 틀어지면 힘든 것은 여기 있는 원로들과 그대뿐만이 아니다. 나 역시 손해를 입는다는 것은 여기 있는 모두가 알고 있는 사실이 아닌가. 변명하는 것은 아니다만 방금의 발언에 사과해 줬으면 좋겠군. 나는 이미 신인류 계획에 함께하기로 손을 내밀었다. 기존의 계획을 유지하기를 바라고 있었다는 것은 부정하지 않겠지만 이미 과거의 이야기다. 여기 있는 모두가 같지 않은가. 생각이라는 건 바뀔 수 있는 법이다."

'일단은 모르는 척하겠다. 이거지?'

"불편하셨다면 사과드리겠습니다. 굳이 케루빔 님을 겨냥해 드린 말씀은 아니었습니다. 너무 갑작스러운 상황이라……. 네, 저도 경황이 없었나 봅니다. 다시 한번 정식으로 사과드리 겠습니다."

"받아들이지."

"하지만 찍찍거리는 쥐새끼가 신전 안에 숨어 있다는 것은 사실입니다. 정확히 무엇이 목적인지는 알 수 없지만 우리가 힘을 모아 그자를 색출해야 할 필요성이 있습니다. 이 이후에도 무슨 일이 일어날지 모릅니다."

"네가 말하지 않았나. 정확히 우리에게 손을 내민 인간들이 습격당했다. 그 사실을 알고 있는 것은 나와 도미니온스, 세라핌, 그리고 이기영 너뿐이다. 물론 외부에 이 말이 빠져나갔을 가능성을 아예 배제할 수는 없지만, 네 말이 사실이라면 너 역시 용의자 선상에 올려야 함이 옳다."

"동기가 없지 않습니까."

"동기가 없다고는 할 수 없다. 가령 네가 아직 인간의 탈을 벗지 못했다고 가정해 보자."

"저는 인간이 아닙니다. 제 등 뒤에 있는 날개가 바로 그 증거가 아닙니까."

"그럼 인간의 탈을 벗지 못한 것이 아니라 네 마음이 아직 그들에게 가 있다고 가정하는 것은 어떨까."

"저는 이미 죄의 심판을 받았습니다. 무엇이 옳고 그른지, 무엇이 진정으로 대륙을 위하는 길인지는 그 누구보다 제가 가장 잘 알고 있습니다. 신인류 계획 역시 그 때문에 고안해 낸 방법이 아닙니까. 저는 이미 그들과 섞일 수 없어요. 본질이 달라졌습니다."

"나 역시 네가 범인이라고 말하는 것이 아니다. 하지만 만약 그렇다고 가정한다면 네게도 동기는 충분하다. 우리에게 손을 내민 인간들, 그 인간들을 네 입장으로 생각해 보자면 적이 되는 것이 아닌가? 인류에게는 배신자로 여겨질 수 있는 인간들이다."

"저는 천사들을 이끌 능력이 없습니다. 케루빔 님. 커다란 결정에 허가를 내리거나 명령을 할 수 있는 입장이 아닙니다. 만약 제가 그 쥐새끼가 맞다면 어떻게 그들을 포섭할 수 있었겠습니까."

그렇잖아. 나는 그럴 수 있는 능력이 없어. 네가 제일 잘 아는 거 아닌가?

"천사의 형태를 한 무언가일 확률도 존재하지 않을까."

"가정, 가정, 가정이라니. 지금 케루빔 님께서 정확히 무슨 말씀을 하시는지 이해가 가지 않습니다. 그러니까 케루빔 님의 말씀은 제가 천사와 비슷한 형태를 한 무언가를 만들어, 인간 측의 배신자를 처단하기 위해 그들을 보냈다는 겁니까? 물론 증거는 없으시고요? 아, 가정이라고 하셨죠. 제가 깜빡했습니다. 단순한 가정을 구태여 입을 열어 꺼낸 이유도 궁금해집니다."

"또다시 그렇게 과대 해석해 표현할 필요는 없다. 네가 쥐새끼라고 말한 것도 아니지 않은가. 그저 너 역시 그 후보에서 벗어날 수 없다는 것을 에둘러 표현한 것뿐이다. 모든 가능성을 열어야 하는 것이 맞는 것 같아 말을 꺼낸 것이지."

"네. 모든 가능성을 열어둬야지요. 하지만 그 말씀은."

"물론 나 역시 용의 선상에 있다는 것을 부정하지는 않으마. 조사가 필요하다면 성실히 임할 수 있다. 다만 그대 역시 마찬가지다. 세라핌, 그리고 도미니온스도 마찬가지겠지. 그 외에도 조사가 필요하다고 생각되는 이가 있다면……."

'정면 돌파.'

녀석답다는 생각이 든다. 잘못한 것이 없으니 당당해도 되겠다는 태도로 보인다. 이쪽이 증거를 조작할 가능성에 대해서도 상정하고 있는 게 분명할 것이다. 그렇지 않으면 저렇게 나올 리가 없지 않은가.

'뭔가 준비된 게 있나?'

지금부터 준비하는 게 맞다고 생각하고 있을지도 모르겠다. 최소한 자신은 변호할 수 있을 거라고 그렇게 느끼고 있을 것이다.

살짝 주변을 둘러보자 비둘기들이 애매한 반응을 보이기 시작했다.

"그렇다면……."

"새로운 기관을 만들어 운영하는 것이 옳다. 첫 용의자로 지목된 네 명은 관여할 수 없는 독립적인 기관 말이다. 기관이 만들어지는 대로 차례대로 조사를 받는다면 무언가 나오는 게 있지 않겠지."

'예상한 건가.'

"신인류 계획에 투자한 천사들 반과 그렇지 않은 천사들 반으로 구성하는 게 괜찮을 것 같군."

'너무 스무스하게 넘어가는 것 같은데…… 너 이 새끼 뭐 준비라도 했어?'

"스스로를 변호할 수 있는 방법을 찾는 게 이로울 것이다."

'아니…… 이 새끼 예상했구나?'

이 앙큼한 새끼. 정말로 준비한 거구나?

잠깐이었지만 뒤통수가 가려워진다. 확실하게 맞은 것은 아니었지만 놈이 내 뒤통수를 쓰다듬고 있는 것이 느껴진다.

나를 노려보고 있는 눈을 보자 내 생각이 맞았다는 걸 확실히 알 수 있었다. 머리 아픈 짓거리를 하지 않는 타입이라고 판단했었는데 그건 또 아닌 모양. 정말로 케루빔이 내가 함정을 팔 것이라는 걸 예상하고 있었다고 생각하자 조금 싸해지기 시작했다. 물론 어떤 종류의 함정일지는 예상하지 못했겠지만 최소한 자신을 엮을 거미줄이 준비될 거라는 것 정도는 알고 있었던 것이다.

'잘 알고 있네.'

오히려 이 퍼랭이가 쓰로누스보다 나에 대해서 더 잘 알고 있을 것 같다는 생각도 든다.

적어도 녀석은 처음부터 끝까지 나를 의심하고 있었다.

'이제 발톱을 드러냈다고 보면 되는 거야? 역갱 준비한 거지? 역으로 털어먹겠다?'

세라핌의 죄의 심판에 대해서는 애초에 믿지도 않았다는 거네. 내 뒤에 있는 날개도 마찬가지고.

나도 이제 녀석에 대해 알 수 있을 것 같다. 녀석은 자기 자신의 판단을 믿는다. 주변에서 뭐라고 한들, 놈은 놈이 옳다고 판단한 것만 믿는다.

"좋은 방법인 것 같습니다. 케루빔. 저 역시 성실하게 조사에 임하겠습니다. 밝혀질 게 있을지는 모르겠지만……."

"동의해 줘서 고맙다. 도미니온스."

여기서 어떻게 동의하지 않는다고 말할 수 있겠어? 지혜 누나 역시 선택지가 없었을 것이다.

"나 역시 동의하겠어. 케루빔."

"세라핌."

'부정하는 순간 역적으로 몰릴 분위긴데.'

"저 역시 동의하겠습니다. 케루빔 님."

이건 호응할 수밖에 없다.

녀석이 정론이다. 물타기와 인민재판으로 호로록 상황을 정리하려고 했던 이쪽보다는 확실히 이성적인 선택이다.

'이게 불리하게 작용할까?'

당연하지만 나 역시 증거를 남기지 않았다. 애초에 이기영이 쥐새끼라는 건 영 들어맞는 이야기도 아니다.

'케루빔이 증거를 가지고 있나?'

가능성은 적다. 녀석이 아무리 모든 상황을 안배해 놓았다고 한들, 이런 것까지 완벽하게 예상하는 것은 불가능하다.

"그럼 곧바로 시행하도록 하지. 독립 기관의 구성은 쓰로누스를 통해서."

"네."

"최대한 빨리 구성한다고 해도 삼 일은 걸릴 테니 그 이후부터는 순차적으로 빠르게 조사에 임했으면 좋겠군."

"옳으신 말씀입니다. 케루빔 님."

그렇게 이틀이 흘렀다. 길다면 길고 짧다면 짧다고 할 수 있는 시간이었지만 결코 유익하지 못한 시간은 아니었다.

여느 때처럼 더미 월드를 만지작거리고 있었을 때 옆쪽에서 목소리가 들려왔다.

"준비하고 있었던 거 맞아요."

"그래?"

"네. 거의 백 퍼센트라고 봐도 되지 않을까 싶은데요? 이쪽에서 함정을 파놓는 걸 기다리고 있었네요."

"조사받는 건 조금 어땠어? 누나?"

"뭐 어쩌고 말고 할 게 있나요. 살얼음판 같은 분위기죠. 구성원을 구성하는 것도 예정된 시간보다 빠르게 진행됐잖아요? 미리 준비하지 않았으면 이런 속도가 나올 리가 없죠."

"세라핌은 어때?"

"케루빔을 의심하고 있는 것 같았어요. 그 비둘기야 원래 그렇잖아요? 자신의 능력에 대해 의심하지 않으니 오빠가 죄를 씻었다고 생각하는 놈인데. 그나저나 준비한 건 있어요? 왜 이렇게 태연해요? 그동안 바쁘게 움직인 것 같지도 않고 그냥 더미 월드나 만지작거리면서 빈둥대고 있는 것밖에 안 보였는데. 일 시작하기 전에 이미 준비 다 끝내놓은 거예요? 이렇게 여유로워도 돼요?"

"왜 재미있잖아. 더미 월드."

"저쪽에서 이 갈고 준비하고 있잖아요. 얘가 은근히 만만치 않다니까요. 케루빔한테 작업 치려고 한 거 아니었어요?"

"……."

"작업 들어가려고 한 게 케루빔이 아니었어요?"

"……."

"너무 태연하다 싶었는데…… 정말로 케루빔이 아니었던 거예요?"

"……."

"아니, 답답하게 진짜 말 좀 해요. 그래야 여기서도 호응을 해주거나 하지. 세라핌이에요? 쓰로누스? 케루빔 맞죠? 지금 여기서 시간만 죽이면……."

"누나도 이런 건 절대 안 알려주잖아. 오히려 안심되네. 누나가 아직 못 깨닫고 있다는 건 저쪽에서도 절대 알아차리지 못하는 게 되는 거잖아."

"무슨 수수께끼 게임해요? 이제 말할 때도 됐잖아요."

"작업 치려고 한 건 케루빔이 맞아."

"그런데요?"

"한 놈 더 있거든. 사실 케루빔은 곁절이지. 진짜로 작업 치려고 한 건 따로 있다 이거야."

"……누군데요?"

"지금 아군 병력은 어때?"

"갑자기 무슨 뚱딴지…… 같은…… 아."

뭔가를 깨달았다는 듯이 입을 벌리는 도미니온스, 아니, 이지혜의 모습이 시야에 들어왔다.

그녀가 천천히 말을 건넨다. 궁금증이 해결된 얼굴은 속이다 시원해 보인다.

"이제 알겠네요. 오빠가 작업을 치려고 한 게 뭔지. 이제 알겠어요."

"뭔데?"

"……시간."

역시 누나는 눈치가 빠르다니까.

나도 웃으며 입을 열었다.

"정답."

213장
방주

문제는 시간이었다.

"한 시간이 지나갈 때마다 소비되는 신성이 어느 정도일 것 같아?"

비둘기들이 한마음 한뜻으로 모아준 신성은 초 단위로 쓰레기통에 버려지고 있다. 더미 대륙에 계속해서 투자되고 있는 비용과 기존 대륙의 시스템을 뚫기 위한 비용, 심지어 전쟁을 지속시키는 것에서도 신성을 필요로 한다. 모인 신성의 삼분의 일이 사용되고 있다는 건 결코 과장된 말이 아니다. 신성은 지금 이 시간에도 계속해서 소모되고 있었다.

실실 웃고 있는 이지혜의 얼굴이 시야에 비친다. 혹시나 내생각에 부정적인 의견을 보내면 어떡하나 걱정했지만 저 얼굴을 보니 그런 걱정은 서랍 안으로 집어넣어도 될 것처럼 느껴졌다.

'조금 안심되네.'

"시간이 흐를 때마다 인류 측이 얻게 되는 이득도 상당하겠네요. 계속되는 전투마다 소소한 이득을 가져가고 있으니까요."

"케루빔이 여기에 묶여 있으니까."

"세라핌도 묶여 있지만 네임드 개체들이 묶여 있다는 사실보다 더 문제가 되는 건 보급과 비용이겠네요. 오빠 말이 맞아요. 이건 제대로 들어맞았어요. 케루빔 입장에서는 뒤통수를 맞았다고 해도 무리가 없겠는데요. 기간은 어느 정도로 생각해요?"

"글쎄. 길게 뻐기면 반 개월은 뻐기고 싶은데…… 일주일 정도면 눈치채지 않을까. 조금 더 늦을 수도 있고…… 지금은 바쁜 상황이니까. 이것저것 따질 여유가 없겠지. 아마 한창 신날 타이밍일 거야. 본인이 상황을 뒤집었다고 판단하고 있을 테니까. 역으로 함정을 파놓은 게 제대로 들어 먹혔고 조금만 버티면 눈에 거슬리는 놈 하나를 처리할 수 있다고 생각하고 있겠지, 뭐."

"그러니까요."

"누나도 알고 나도 알잖아. 눈앞에 다친 사냥감이 있는데 어떻게 이빨을 들이밀지 않을 수가 있겠어. 잡힐 듯 잡힐 듯 잡히지 않아주면 애 입장에서는 더 애가 타지 않을까 싶은데…… 눈치가 없는 놈은 아니니까. 최대 기간으로 잡으면 두 달 정도는 더 해먹을 수 있겠네."

"어떻게 조금 더 해먹을 수 있는 방법을 찾아봐요? 아니면."

"아니야, 누나. 굳이 그럴 필요는 없어. 너무 티 나게 움직이면 괜한 의심 사기 딱 좋다니까. 지금 이 상태가 가장 이상적인 상태야. 더미 월드는 계속해서 돌아가고 있고 신성도 던져 주고 있고 아군 진영도 매뉴얼대로 움직여 주고 있고."

"그게 가장 크죠?"

"물론."

외부에서도 이쪽에서 벌어지는 일들을 이해하고 있다면 이득은 극대화된다.

'크게 위협적인 상황을 만들지만 않으면 돼.'

비둘기들이 발작을 일으킬 정도의 이득만 챙기지 않으면 된다. 지금까지 아군 진영이 보여준 모습을 보면 이해하고 있는 것처럼 보이기도 했다.

시간이 흐를수록 유리한 것은 이쪽이라는 걸 인지하고 있는 것이다. 매뉴얼 그대로, 무리하지 않는 선에서 스노우 볼을 굴리는 걸 도와주고 있는 것처럼 느껴진다.

'이게 운영 아니겠어.'

아주 작은 이득, 그 작은 이득을 계속해서 굴리는 게 중요하다.

혜진이도 아마 할 일이 많지 않을까. 내부 정비야 끝냈겠지만 전선을 앞으로 당긴 이상 신경 쓸 게 더 많아졌을 것이다. 병력을 앞으로 당긴 만큼 임시 전선을 구축해야 할 것이고, 움직이기 시작한 사랑스러운 회귀자의 동향을 예의 주시하면서도 녀석을 본래대로 되돌릴 방법을 찾고 있을 것이다.

'그래, 혜진아. 시바. 시간은 우리 편이라고.'

"슬슬 나가봐야 되는 거 아니에요?"

"아. 그래야지."

"뭐 크게 준비된 건 없는 것 같기는 하던데…… 그래도 너무 당해주지는 마요. 떡밥 던지려다가 순식간에 잡아먹히는 수가 있으니까. 실제로 위험하다니까요. 까딱하다가는 배신자로 몰려서 오도 가도 못해요."

'그럴 리가 있겠어?'

자만이 아니라 확신이다.

조사에 성실히 임하려 발걸음을 옮기는 와중에도 그 생각은 변하지 않는다. 세라핌은 케루빔을 의심하고 있고 케루빔은 이쪽이 던져놓은 떡밥을 받아먹기 급급하다. 여러 가지 퍼즐을 차곡차곡 모아 판 안에 끼워 맞추기 정신이 없다는 거다.

독립 조사 기관이 만들어진 지도 얼마 안 됐으니까.

'초기 조사 정도에서 삼 일 정도 벌 수 있고.'

케루빔이랑 드잡이질하다 보면 일주일은 훌쩍 지나지 않을까.

만약 그때 가서 놈이 깨달았다고 한다고 해도 쉽사리 나를 옭아맬 수는 없을 것이다. 독립 기관을 만들자고 한 것은 녀석이었고 단순한 의심만으로 나를 압박할 수는 없다. 행정 절차대로 질질 시간을 끌다 보면 눈덩이는 커지고 커져 신전을 뭉개 버릴 정도가 커지고 종국에 작고 달콤한 복수가 완성될 것이다.

'형이 복수해 줄게.'

뭔가 이상한 기적이 느껴진 것은 목적지를 앞둔 바로 그때였다. 순식간에 붉어진 배경이 시야에 비친다.

"전투 준비한다. 전투 준비한다!"

'무슨 전투 준비야?'

"인간들이다. 전투 준비한다."

'그러니까 그게 무슨 소리야?'

비상사태라도 일어난 것처럼 신전 안이 붉은 경고등으로 가득 메워지는 중.

갑작스레 일어난 상황에는 정신을 차릴 수가 없다. 분명 방금 전까지만 해도 꽃밭이었던 것 같은데 시야가 어두워지기 시작한다.

'뭐야. 시바. 이거 현실이야? 이거 현실이냐고. 뭐야?'

불현듯 떠오르는 기억이 머릿속에 들어온다.

'김현성 연방 손절 사건?'

"불가능해."

신전의 결계를 뚫고 들어오는 것은 불가능하다.

조금 과장해서 말하자면 시스템으로 보호받고 있다고 느껴지는 수준의 결계다. 외부에서 뚫어내면 뚫어낼지언정, 순식간에 신전 안으로 이동하는 것은······.

'밖에 온 건가?'

시바. 갑작스레 불안감이 등 뒤를 타고 온몸을 휘감는다.

'진짜로 온 건가? 비둘기들이 호구로 보여? 그냥 적진으로 돌

격이라고?'

조혜진 제정신이야?

'아니, 시바, 위에서 캐리하고 있으면 아래에서 조용히 기다리면 되는데 뭐가 그렇게 불만이야? 내가 매뉴얼에 그딴 거 적어놨었어?'

독단적인 판단이다. 나는 이런 무리수를 던지는 것에 동의한 적이 없다. 애초 가만히 있어도 잘 굴러가는 판이었다. 그걸 설계하기 위해서 개고생이라는 개고생은 전부 다 하면서 기다렸는데. 이 판을 만들려고 내가 얼마나…….

"이…… 미친놈들."

순식간에 내부로 들어올 수 없다면 이 새끼들이 취할 수 있는 행동은 하나다.

"외부에서 뚫고 들어올 생각인 거야."

수성전을 해도 불리한 싸움인데 공성전으로 병력을 소모시키면서 들어온단다. 제정신으로 할 수 있는 행동이 아니다.

허겁지겁 뛰어나가 밖을 바라본 것은 당연지사. 내 눈에 들어온 것은 아주 익숙한 형태를 하고 있는 운송 수단이었다.

'방주.'

"이…… 이 미친 새끼들이."

'나이스 보트.'

"이 병신 새끼들……."

마지막에 봤던 것보다 더욱더 거대한 외관, 더 많은 인원을 태우기 위해서인지는 모르겠지만 이미 튜닝을 마친 상태였다.

선체의 앞부분에 장착된 뾰족한 장치를 보니 저 용도가 무엇인지 예상이 된다.

텔레포트로 배를 신전의 앞부분으로 옮긴 이후에.

'그냥 뚫고 올 생각인가?'

내가 불안해했던 그대로, 인류의 희망은 신전을 향해 돌진하고 있었다.

"이, 이 미친 새끼들아!"

다급한 상황에 망원경까지 켠 상황, 혹시 이쪽을 바라보는 눈이 있을까 걱정되기는 했지만 그것보다는 위에 있는 저 배가 더 걱정이 된다.

선체를 뚫고 들어간 시야는 어느새 선체의 내부까지 비치기 시작했다.

-더 힘차게!

'박덕구 시바. 이 돼지 새끼.'

-더 힘차게 저으라니까!

'이 돼지 새끼 진짜.'

-속도를 내야 한다니까!

마법사들이 마력으로 이루어진 노를 잡고 움직이는 모습은 장관이라면 장관일 것이다.

-아, 거 답답하네! 노 좀 줘보쇼. 힘차게 저어야 한다고 몇 번이나 말했는데! 매가리가 없어, 매가리가. 힘차게! 구호에 맞춰서, 여엉차! 여엉차! 여엉차! 모두 타이밍 좀 맞추쇼! 영! 할 때 밀고! 차! 할 때 당기라 이 말이요! 영차! 영차!

-아저씨. 비둘기들이 접근 중.

-마법 포대는 이미 준비됐습니다.

-그쪽은 기모 형씨가 좀 봐주쇼.

-포대 열어! 포대! 포대 열고! 신호에 맞춰서 발사합니다! 포탄 장전! 포탄 장전!

'마법 포대는 시바 또 언제 이렇게 많이 달았어. 시바. 도대체 뭘 하고 있었던 거야.'

-영차! 영차!

-발사!

콰아아아아아아아아아아아앙!!

-발사!

콰아아아아아아아아아아아아앙!!

박기리 삼 남매. 너희 진짜 왜 그래.

혹시나 이 미친놈들이 자기들끼리 독단 행동을 한 것은 아닐까 걱정도 됐지만 그건 아니었던 것 같았다. 애초에 녀석들끼리 움직였다면 여기까지 닿을 수도 없었을 것이다.

조금 더 선체 내부를 살펴보자 동승자들의 얼굴이 시야에 비친다.

'조혜진, 시바. 네가 어떻게 나한테 이래.'

결연한 표정을 유지한 채로 바깥을 바라보고 있는 조혜진.

'하얀이는 건강해 보이네. 근데 그거 손에 들고 있는 나뭇가지는 소라야?'

한소라의 신체의 일부를 손에 꽉 쥔 채로 중얼거리고 있는 정하얀.

'너는 또 거기에 왜 껴 있어. 시바.'

조용히 성검을 매만지고 있는 라파엘.

'희라 누나는 그냥 싸우고 싶어서 왔지?'

들떴는지 흥분한 상태로 보이는 차희라.

하나하나 다 열거할 수도 없다. 이런 자리에 어울리지 않는 이들까지 시야에 비친다. 선희영과 엘레나 역시 온 것을 보니 애초에 전위 후위는 가리지 않기로 한 모양인 것 같았다.

일단 파란 길드원들은 모두 모여 있다. 대륙의 강자로 분류할 수 있는 네임드들도 모조리 배에 타고 있는 것만 같다.

'저 배 채로 격추당할 거라는 가정은 아무도 안 한 거야? 저 미친 계획에 태클은 아무도 안 걸었던 거냐고.'

박기리 삼 남매의 선동에 조혜진이 말려든 건지, 아니면 일을 벌인 게 조혜진인지는 알 수 없지만 뭐가 됐든 무리수라는 것에는 변함이 없다.

바깥에서 벌어지고 있는 광경들이 도저히 믿기지 않는다. 거대한 폭격이 공중에서 시작되고 하늘에 떠 있는 배가 힘차게 신전을 향해 돌진하고 있다. 폭격을 맞고 선체에 충격이 왔는지 흔들리는 와중에도 저 방주는 부서지지 않는다. 시바, 그래. 저거 튼튼하기는 오지게 튼튼했어.

차원 여행까지 다녀온 경력이 있으니 몇 번은 버틸 수 있겠지만 저게 여기까지 닿으리라는 확신이 없다. 만약 내가 저 자리에 있었다면 저 배를 신전에 꼬라박는 주사위는 던지지 않왔으리라.

1차 방어선을 돌파한 방주가 맞이한 것은 개떼처럼 몰려들고 있는 비둘기들, 어떻게든 배의 움직임을 멈추려 하고 있었지만 마법 화포가 불을 뿜고 있다.

-발사! 발사! 발사아!!

'안기모 저 새끼 꿈이 해적왕이라고 그러지 않았어?'

"시발, 꿈을 이뤄서 행복하시겠네요."

콰아아아앙!

화포가 불을 뿜을 때마다 비둘기들이 방주에서 튕겨 나간다.

거대한 방어막이 어느새 선체를 감싼 이후에는 탄력을 받았는지 더 빠른 움직임으로 접근하는 방주가 보였다.

-전진! 전진! 더 힘차게! 더 힘차게! 부딪친다! 꽉 잡으쇼!

-다들 진입할 준비! 진입할 준비 합니다! 전투 준비! 전투 준비! 충격에 대비합니다! 곧바로 움직입니다! 매뉴얼대로 움직입니다!

"너나 시바 매뉴얼대로 움직여."

-꽉 잡으쇼!!!

콰아아아아아아아아아앙!

커다란 소리와 함께 투명한 막에 부딪히는 방주가 보인다.

조금 뻘쭘하기야 하겠지만 그대로 돌아가 줬으면 좋겠다. 하지만 우직 우직거리는 소리와 함께 기어코 방주가 결계를 비집고 들어온다.

이후에는 뻔하지 않은가. 귀를 울리는 굉음을 내며 방주가 기어코 신전에 처박혔고, 상륙 작전에 성공한 돼지 새끼가 의기양양한 얼굴로 배 안에서 뛰쳐나왔다. 뭐라고 코멘트를 하기 힘든 상황이었다.

"시…… 이발…… 이 나쁜 새끼들아……."

콰아아아아아아앙!

콰지지직! 퍼어어어엉!!

-움직여! 움직여어!!

-방패부터 먼저 내려. 방패부터!

-승리를!!

-움직여라!!! 전진! 전진!

-승리를 위해!

-준비! 준비! 방어 마법 준비!!

신전에 처박힌 방주 안에서 인간들이 쏟아져 나오는 것은 순식간이었다.

평소에 들고 다니던 방패보다 더 커다란 방패를 손에 든 채로 근육 돼지들을 이끌고 나오는 박덕구의 모습을 보니 어처구니가 없어 기가 찬다. 바깥에서부터 쏟아지는 공격들을 막으며 병력이 빠져나올 수 있게 하는 걸 보면 훈련 자체는 잘 되어 있다는 게 느껴졌지만 저게 다 무슨 소용이란 말인가.

'아니, 시바, 멋있기는 멋있네.'

위에서 떨어지는 공격도 막아서기 위해 방패로 위쪽까지 완전히 가득 채웠다. 마치 전진하는 작은 성벽을 보고 있는 것 같다.

마법사들의 보호 마법으로 병력을 한차례 감싼 것으로 모자라 신성력까지 전부 때려 박았다. 밀집된 탱커들이 움직임을 보조하기 위해 민첩 관련된 버프는 전부 사용한 것 같은 모습, 이동하는 속도가 꽤 빨라 내가 보기에도 당황스럽다. 당연하지만 평범한 사제의 버프를 받은 것이 아니다.

'벽 안에 있나.'

방패의 벽 안에 누가 있는지 확인할 수밖에 없었다.

'엘레나.'

망원경으로 안을 바라보자 에메랄드색 머리를 가지고 있는 엘프가 자리하고 있는 게 보인다. 입술은 덜덜 떨지만 계속해서 신성력을 보내고 있는 모습, 보조 탱커 한 명의 팔뚝을 붙잡고 계속해서 발걸음을 옮기는 것이 시야에 비쳤다.

얼굴을 보니 겁에 질려 있는 것이 보인다. 당연하겠지, 뭐. 애초에 쟤는 저런 난전에 대한 전투 경험이 압도적으로 부족하다. 후방을 책임지는 사제 중에서도 극 후방에 자리해야 하는 사제였고, 전투 사제처럼 써먹기에는 신체 능력이 너무나도 부족하다. 총알받이들과 함께 선봉으로 전장에 나선다는 경험 자체가 처음이 아닐까.

뚫을 수 없을 것처럼 느껴졌던 방패의 벽이지만 계속되는 폭격에도 금이 가는 것이 보인다.

콰앙!

소리가 들림과 동시에 작은 성벽의 한쪽 면이 터지기 시작. 철퍽 하는 소리와 함께 핏물이 엘레나의 얼굴로 튀는 것이 눈에 들어왔다.

방패의 벽은 순식간에 보조 탱커들로 메워졌지만 전투의 열기를 그대로 전해 받은 엘프 공주가 동요하는 것이 보인다.

-제길! 제기랄!

-아아아아아아아아악!

-바로 채워 넣어! 다음으로!

-부상자들은 뒤로! 신속하게 움직이쇼! 신속하게!

불행 중 다행인 것은 조혜진이 곧바로 그녀의 가까이에 자리했다는 것이었다.

-엘레나. 괜찮으십니까?

-네…… 네. 괜찮아요. 길, 길드마스터 대리. 그저.

-도착할 때까지 제가 붙어 있겠습니다.

-아니에요. 굳이 그러실 필요는…… 그러실 필요는 없습니다.

-괜찮습니다. 힘드신 상황이라 것 정도는 이해하고 있으니까요.

-……감사합니다.

조혜진을 붙잡은 채로 발걸음을 옮기는 엘레나의 모습은 한결 편해 보이기는 했지만 그렇다고 해서 두려움을 떨쳐낸 것은 아니다.

아니, 두렵다는 것 이전에 정신을 제대로 차릴 수 없다는 표현이 더 어울리지 않을까. 바로 옆에서 들려오는 비명과 소음, 땀과 혈액으로 꽉 차 있는 공기, 애써 고개를 돌려야 하는 낙오한 부상자들과 죽어가는 동료들, 전장을 넓게만 바라보던 그녀는 처음 보는 광경이다.

선봉이 바라보는 배경을 가장 후방에 위치해야 하는 사제가 바라보고 있다. 입술을 깨무는 모습이 보인다.

뭔가를 깨달았다고 말하면 거창하겠지만 적어도 아까와 같은 얼굴은 아니다. 외부에서 본다면 방패의 벽 안에서 빛이 새어 나오는 것처럼 보이지 않을까. 엘레나의 몸 전체가 환하게 빛나고 있다. 그만큼 한계에 가까운 신성력을 뿜어내고 있는 것이다.

결연한 표정의 조혜진은 살짝 고개를 끄덕인 이후에 곧바로 발걸음을 옮긴다. 방패의 성문이 열리는 것을 기다리고 있다.

-이제 괜찮습니다.

-저를 따라오세요. 엘레나 님.

-버텨라! 조금만 더 버텨! 거의 다 왔다. 버텨!

-엘레나 님! 어서 따라오세요.

지쳐 숨을 몰아쉬고 있는 엘레나에게 손을 내민 것은 파란 길드의 보조 탱커 유아영.

벽 안에서 대열을 새로 정비하는 병력들이 보인다. 방패의 벽을 이끌고 온 사제와 마법사들을 다시 한번 최후방으로 보내고 방패의 성문이 열리면 가장 뛰쳐나올 전사들이 무기를 가다듬는다.

대열을 재정비하기까지 시간을 벌어줘야 할 근육 돼지들은 쏟아지는 공격을 막으며 최대한 버티는 중, 비명과 함성이 섞여 신전 안을 가득 메웠다.

-버텨어!! 버텨!!!! 조금만 더! 조금만 더!

-열어! 열어라! 지금! 지금 열어!!

-준비됐어! 열어!

-죽지 마쇼! 혜진 누님! 다치지도 마쇼!

-열어!

절대 열리지 않을 것 같았던 방패가 열리며 숨을 참아왔던 병력들이 바깥으로 빠져나오는 것이 보였다.

가장 처음 성문을 열고 나온 것은 긴 머리를 질끈 묶은 조혜진, 두 손으로 창을 잡은 채로 자신을 맞이하는 비둘기의 목을 꿰뚫는 것이 시야에 비쳤다.

'왜 이렇게 빨라? 혜진이, 시바, 이 갈았네. 창 한 방에 1킬이여. 아주.'

마치 김현성을 보는 것만 같다. 그것도 조금 더 날카로운 것 같은 느낌, 뒤를 따라오는 병력들보다 한참 앞에 서 있다.

저러다 포커싱돼서 다치기라도 하면 어떻게 하나 하는 생각도 들었지만 내 걱정은 기우에 불과했던 모양. 정말로 창을 들고 있는 건지 의심이 될 정도였다.

창을 지렛대 삼아 몸을 움직이고 꽂힌 것을 그대로 빼지도 않는다. 일정 거리를 둬야 하는 기존의 방식과는 다르게 완전히 비둘기들에게 둘러싸인 형국이 아닌가.

창을 휘두를 공간도 없는 전장에서 신창이 선택한 방법은 몸을 사용하는 것. 창을 완전히 놓은 채로 주먹질을 하는 것이 눈에 들어왔다.

'개…… 시바, 개 멋있어.'

단순한 주먹질이 아니다.

'뭐야? 저런 건 또 어디서 배웠어.'

이전에도 한 번 본 적이 있다. 차희라와 부딪친 적이 있었던 샤오린이 비슷한 걸 보여준 적이 있다. 종류는 다른 것 같지만 뭔가 형식이 있는 것처럼 보이는 것이 신기하게 느껴진다.

'무기 긴 애들은 전부 주먹질 같은 거 할 줄 아는 거야?'

무기를 자유롭게 사용할 수 없게 되는 환경에 처했을 때에 대한 대비가 아닐까.

샤오린의 것보다는 화려하지 않다. 어느 쪽이냐고 묻는다면 수수한 쪽, 하지만 절도가 있고 움직임에 군더더기가 없다. 필요한 만큼 움직이고 있는 느낌, 낭비가 없다는 게 전해져 온다. 마치 창을 휘두르는 것과 비슷하지 않은가.

발바닥으로 상대방의 정강이를 부러뜨리고 어깨로 밀친 이후에 공간을 만든다. 주먹을 쥔 이후에 상대방의 명치에 가져다 대자 주먹에 맞은 비둘기 엑스트라가 튕겨 나간다.

창을 뻗어오는 비둘기를 보고도 당황하지 않는다. 긴 다리를 쭉 뻗어 창을 감은 이후에 몸을 돌리자 오히려 창을 뻗은 비둘기가 땅바닥에 처박히는 게 시야에 들어왔다.

발로 턱을 걸어 올려 차고 팔꿈치로 옆구리를 찌른다. 너무 정신이 없어 내가 지금 뭘 보고 있는지도 이해할 수가 없었다. 생각보다 발차기를 잘하는 모습에 나도 모르게 입을 벌리게 된다.

"뭐야, 이거. 시발 왜 이렇게 멋있어."

보통의 싸움에서는 저렇게 할 수 없는 법이다. 그 어처구니 없는 광경을 보여주고 있으니 어떻게 기가 차지 않을까. 액션 영화에서 보여주는 장면들도 지금 저것보다는 덜 멋있을 거라고 생각했다.

'날 가져요. 누나. 시바.'

지금 이런 상황만 아니었다면 정말로 날 가지라고 이야기하지 않았을까.

'그래서 시바, 이제 어쩔 건데.'

쟤네들이 보여준 인상적인 모습은 확실히 뇌리에 박혔다.

'그래 너네 멋있고 아주 훌륭하세요. 진짜. 근데 이제부터 어쩔 거냐고.'

상륙 작전에 성공하셨네요. 진짜 덕구야, 대단하다. 너도 진짜. 어떻게 이걸 성공시켰어? 훈련을 얼마나 열심히 했는지, 내가 봐도 군더더기가 없더라. 근데 그래서 이제부터 뭐 할 건데. 여기서 어떻게 나갈 건데.

괜스레 입술을 깨물게 된다.

만약 일회성 기습 공격이었다면 고개를 끄덕였을 것이다. 내 통제에서 벗어난 행동이기는 했지만 나쁘지 않았다며 박수를 보내지 않았을까.

문제는 이게 올인이라는 것에 있다. 인류가 가진 걸 모두 걸고 냅다 적에 심장부에 꼬라박았다. 내로라하는 길드의 길드 마스터는 전부 자리해 있다. 저게 인류 전력의 끝이라고 해도 과언이 아니라는 거다.

총알받이들이라도 조금 자리해 있다면 그나마 안심이 되겠지만 어디까지나 저 병력은 소규모라고 말해야 옳다. 말이 좋아 상륙 작전에 성공한 거지 저 병력이 모두 고립된 거나 마찬가지라다. 그 어떤 지원을 기대할 수도 없고, 그 어떤 도움도 줄 수 없는 상태다.

'혜진아. 시바. 생각해 놓은 수는 있는 거지?'

저 자리에 김현성이라도 있었다면 그나마 안심이 됐을 것이다.

'아니야. 그래도 안심 안 됐을 것 같아. 혜진아. 뒤는 생각하고 온 거 맞지? 다음 수가 있기는 있는 거지?'

누구 머리에서 나온 아이디어인지는 모르겠지만 이다음은 어떻게 되는 거냐고 묻고 싶다.

'그냥 자살하려고 온 건 아닐 거 아니야. 시바.'

뭔가 그럴듯한 계획이 있어야 한다. 아니, 없더라도 내가 만들어야 한다고 생각했다.

'혼란.'

세라핌, 케루빔, 쓰로누스는 아직 전투가 벌어지는 곳에 도착하지 않았다. 적 네임드들이 전쟁터에 도착하지 않았기 때문에 지금 저 균형이 유지되고 있다.

'제길. 시바. 시바.'

이 사달이 났는데도 이 새끼들이 가만히 있을 이유가 없다. 어디서 뭣 하는지는 모르겠지만 이미 움직이는 중이 아닐까.

나 역시 움직여야 했다.

'어디로?'

지혜 누나는 따로 움직여 주겠지? 설마 저 사단이 났는데 이 지혜의 영혼을 빼앗은 도미니온스 연기를 조혜진한테 선보이지는 않겠지? 아니, 얘는 그러고도 남을 것 같다. 전투가 벌어지는 곳에 시선을 고정시킨 채로 발걸음을 옮기려고 했을 때였다.

"여, 여기 있었구나."

'쓰로누스.'

"다친 곳은 없…… 다친 곳이 없는 것 같아 다행이구나. 아니, 이러고 있을 시간이 없다. 지금 인간들이……."

"……."

"인간들이 신전을 습격했다. 지금 당장 안전한 곳으로 이동하는 게 좋을 것 같구나."

'안전한 곳이 어딘데.'

"한시가 급한 상황이다. 나 역시 지금 당장 가봐야 해. 인간들의 공세가 심상치 않아. 아마도 너를 되찾으려고 온 거겠지. 확실한 것이다."

'이 새끼는 갑자기 친한 척이야. 이 무능력한 새끼. 시바.'

"어서! 빨리! 지금 이러고 있을 시간이 없다."

표정이 긴박해 보이기는 한다. 급한 상황이기는 하겠지.

"쓰로누스 님?"

사실 지금 이러고 있을 시간이 있을 리가 만무했다. 이들의 입장에서는 인간들이 본인들의 성소로 침입한 상황이 아니었던가. 한쪽에서 아직도 긴박한 전투가 벌어지고 있는 만큼 곧바로 지원을 나가는 것이 옳다. 이런 상황에서 나를 먼저 찾아왔다는 건 어떤 상황에서는 환영할 만하다고 느껴진다.

'쓰로누스는 당장 합류하지 않는 건가.'

녀석이 합류한다면 팽팽한 균형은 분명히 무너질 것이다. 이 새끼가 무능력하기는 해도 김현성을 압도할 만한 무력을 지니고 있다는 것은 부정할 수 없는 사실이 아니었던가.

'이 새끼를 상대할 만한 놈이 누가 있지?'

당장은 떠오르는 이가 없다. 구태여 말하자면 라파엘 정도가 되겠지만 김현성을 궁지로 몰아넣은 녀석을 성검 용사 따위가 감당해 낼 수 있을 리 만무.

차희라야 케루빔과 싸우기를 원하고 있을 테고 정하얀은 특별한 롤을 부여받았을 가능성이 높다.

돼지 새끼야 어차피 맞는 게 역할이고…….

"빨리, 더 빨리 움직여야 한다."

'안전한 장소. 여기가 안전한 장소야?'

허겁지겁 뛰어온 곳을 보니 확실히 안전할 만하다고 느껴지기야 한다. 문제는.

"얼마 걸리지 않을 것이다. 일을 정리한 이후에 곧바로 돌아오마."

'뭐, 시바, 너 지금 나 두고 간다고?'

이 새끼가 나를 두고 전장에 합류하려 한다는 것.

"조금만 버티거라."

'뭐야. 시바. 진짜 나 버리고 갈라고?'

"그럼."

"……가지 마세요."

일단은 녀석의 소매를 꽉 잡을 수밖에 없었다.

지금 바깥은 무법천지였으니까.

'나 지켜줄 거잖아? 그렇잖아. 케루빔이 와서 해코지하면 어떻게 해? 이렇게 혼란스러운 상황인데 누구를 믿을 수 있겠어. 진짜 그 새끼가 나 죽이러 올지도 모른다니까.'

214장
이례적인 일

'넌 지금 가면 진짜 쓰레기인 거야. 나쁜 새끼인 거라고. 어떻게 시바 나를 혼자 두고 가.'

최대한 겁먹은 표정을 보여주는 것이 맞다. 여기는 안전하지 않다는 듯, 믿을 수 있는 건 너뿐이라는 얼굴로 쓰로누스를 바라보는 것이 정답이다.

잠깐이었지만 흔들리는 것 같은 느낌도 든다. 움직임이 순간적으로 멈췄다고 하는 게 올바른 표현일까. 온몸에 힘이 들어간 것 같았다. 어떻게 해야 할지 고민하고 있는 것이 분명하리라.

'뭐야? 시바 고민하는 거 아니지? 그렇지?'

아니, 상식적으로 생각해 봐. 너도 최근에 분위기 이상한 거 알고 있잖아. 우호적인 비둘기들도 있는 반면에 나를 못 잡아

먹어서 안달 난 새끼들도 많다고.

지금 바깥이 상식이 통할 것 같아? 케루빔이 왜 시바 지금까지 저 싸움터에 등판하지 않았겠어? 이 새끼 분명히 나 찾아다니고 있을걸. 안 그래도 뚝배기 한번 깨보려고 기 모으던 찰나였는데 좋은 기회가 왔다고 생각하겠지. 혼란스러운 와중에 거슬리던 새끼를 쓱싹하는 건 솔직히 누구나 다 하는 생각이잖아.

무법지대라고, 시바. 상식이 통하지 않는다니까?

굳이 케루빔이 아니어도 위험하기는 마찬가지다. 원로 비둘기 중에서도 나를 탐탁지 않아 하는 이들이 많다. 쓰로누스가 뛰쳐나간 순간 그 새끼들이 이쪽으로 들이닥치면 이기영의 소중한 목숨이 저 하늘 저편으로 날아가 버리는 상황이라는 거다.

"두렵습니다. 이곳은 안전하지 않아요."

'네 옆이 제일 안전한데 시바. 무슨 안전 타령이야?'

"……가지 말아주세요."

"이곳은 안전한 곳이다. 내가 이미 다른 이들에게도 이야기해 놓았어. 아마 그들이 널 지켜줄 것이다."

"그들이 저를 가만히 내버려 두지 않을 겁니다. 쓰로누스 님."

"그렇지 않……."

"몇 번이나 목숨의 위협을 받았습니다."

사실 받은 적은 없다. 좀 해줬으면 좋았을 텐데 그 정도로 미친놈들은 없더라.

"그럴 리가."

"말씀드리지 못했을 뿐입니다. 제가 이곳에 와서 계획한 일들을 마음에 들어 하지 않는 이들이 많다는 건 쓰로누스 님이 가장 잘 알고 계시지 않습니까."

'할 말 없지? 시바. 너도 내 편 안 들어줬잖아.'

"가지 마세요."

다시 한번 소매를 꽉 붙잡아보자. 잠깐 동안 혼란스러워하기는 했지만 이내 결심한 듯 입술을 꽉 깨물고 있는 모습.

한번 고개를 돌린 이후에는 조심스레 안쪽으로 발걸음을 옮기는 것이 시야에 비쳤다.

'그래. 시바, 잘 생각했어.'

일단은 붙잡아두는 것에 성공했다는 걸 깨달을 수밖에 없었다.

천천히 바닥에 자리를 잡아 조금은 어색한 몸짓으로 옆쪽에 자리를 잡는 것이 눈에 보였다. 본인이 느끼기에도 어색한지 조금 쭈뼛거리기는 했지만 이내 날개를 접고 조용히 입을 다물고 있다. 조금 안절부절못하는 것 같기도 하다. 한참 싸움이 벌어지고 있는 시점에 본인이 이러고 있어도 되는 건지 불안해하고 있는 거겠지, 뭐.

그 말 그대로 나를 지켜주고 있는 이 늠름한 천사는 책임에서 자유롭지 못하다.

'한번 해볼까?'

변덕이다.

'한번 해봐?'

본인이 가지고 있는 짐을 놓을 수 없는 이 천사가 짐을 놓는다면 어떻게 될까. 짐을 놓을 수 있을지 없을지는 모르겠지만 한번 가정해 보는 것도 나쁘지 않다.

'나쁘지는 않아.'

전투 능력이야 흠잡을 데가 없다. 그 김현성을 압도할 정도였으니 무슨 말이 더 필요하겠는가.

심지어 둠둠현성을 상대로도 밀리지 않는 모습을 선보이기도 했고 성격도 써먹을 만하다. 1회차 가면의 영웅이 어째서 녀석을 곁에 두었을까 떠올려 보면 금방 답을 찾을 수 있다.

'무슨 일이 일어날지도 모르잖아.'

이 천사가 내 편이 되어준다면 지금 일어나고 있는 전투 역시 훨씬 원활하게 진행하지 않을까.

문제는 이놈이 케루빔이나 세라핌에게 검을 겨눌 수 있느냐는 것. 다른 비둘기들을 적대할 수 있느냐는 것이었다.

때마침 콰아아아아아앙! 하는 소리가 들려온다. 조금 거리가 있는 곳에서 들려오는 소리였지만 연약하고 힘없는 이기영을 놀라게 하기에는 충분했다.

"괜찮을 것이다. 겁먹지 않아도 돼."

"하지만."

"잠깐 내가 바깥을 확인……."

"안 돼요. 가지 마세요."

'주변에 아무도 없어 새끼야. 누구 하나가 열심히 뛰어오고 있는 것 같기는 한데. 네가 신경 쓸 정도는 아니야. 정확히 말

하면 신경 쓰면 안 되는 거지.'

슬슬 분위기나 잡아봐야지. 침묵이 너무 길면 이상하자녀.

온몸에 떨림이 잦아든다. 공포에 질린 빛기영이 점점 안정되고 있다는 증거가 아닐까.

쓰로누스도 내심 다행이라고 생각하는 것만 같다. 이 정도 타이밍이 좋을 것이다. 딱 지금인 것 같다.

"……이따금…….."

"?"

"이따금 생각나는 것들이 있습니다."

"뭐?"

"흐릿하지만 이따금 생각나는 것들이 있어요. 저런 소리를 들을 때마다 머릿속에 떠오르는 것들입니다. 어째서인지는 모르겠습니다. 하지만 익숙하지 않은 장면들이 떠올라요. 그곳에서 저는 저런 비명 소리와 폭발 소리의 한가운데에 있었습니다."

"……."

"피 묻은 가면을 쓴 채로 웃고 있었어요. 인간들은 비명을 질렀습니다. 살려달라고, 살고 싶다고, 한 번만 기회를 달라고. 하지만 그런 그들 역시 온몸이 터져 넝마가 되어 흩어졌어요. 그들을 그렇게 만든 것은 틀림없이 저였습니다. 폐허의 중심에서 웃고 있었던 것은 저였어요. 어째서인지, 도대체 제가 왜 이런 걸 보게 된 건지는 모르겠지만, 그 가운데 자리한 것은 틀림없이…… 틀림없이 제 모습이었습니다."

그 누구에게도 밝힐 수 없었던 비밀. 쓰로누스의 얼굴이 흔들리는 게 눈에 들어왔다.

"그건……."

"쓰로누스 님을 처음 봤을 때가 기억이 납니다. 지금까지 외면하고 있었지만…… 애써 기억하지 않으려고 했지만, 분명히 저를 알고 계시는 것 같……."

"그건 네 모습이 아니다. 잊어도 되는…… 잊어도 되는 기억이야. 신경 쓸 일이 아니다. 이미…… 그래…… 이 전과는 다르니까. 지금의 모습과는 다르다."

"역시 그건……."

뭔가 말을 하기 꺼리는 표정이다. 당연히 이해할 수 있다. 쓰로누스의 입장에서 어떻게 그렇게 이야기할 수 있을까.

'아, 그거 너야. 사실 1회차에서 네가, 응? 나쁜 놈들에게 세뇌당했었는데, 그때 진짜 대단했었지. 막 있잖아. 여기저기 다 부수고 다니고 사람들도 화끈하게 죽이고 그랬는데. 내가 봐도 진짜 악질이었다니까. 그것뿐인 줄 알아? 나도 죽였다고. 뭐 세뇌당해서 그런 거기는 한데 그때는 1회차고 정신도 없었으니까. 그러니까 그렇게 죄책감 같지 않아도 돼.'

어떤 사이코패스가 저런 말을 입에 담을 수 있는지 묻고 싶다. 상처받은 빛기영의 마음은 누가 치료해 주나. 녀석이 말을 조심하는 것도 그런 연유일 거라고 생각했다.

"죄의 심판이 무엇인지, 제가 가지고 있었던 죄가 뭐였는지 조금은 알 것 같습니다. 부정하고는 있었지만 그건……."

"네가 아니었다!"

"……."

"네 모습이 아니었어……."

"그것뿐만이 아닙니다. 머릿속에 나타나는 이미지 중에는 쓰로누스 님의 모습도 있었습니다. 이 기억은 조금 더 편안한 기억이에요."

"그건……."

"함께 밤하늘을 바라보고 있었습니다."

"그…… 그건……."

"정확히 어디인지는 떠오르지 않지만……."

'너도 기억하지? 그때 우리 좋았잖아. 완전 행복했었자녀.'

"쓰로누스 님은 인간은 별과 같다고 하셨습니다. 그들이 빛나는 모습이 아름답다고, 그래서 인간을 사랑한다고 말씀하셨죠. 어째서 제게 자신을 선택했는지도 물으셨습니다. 그럼 제가 대답을……."

늠름한 천사가 홀린 듯이 입을 열어왔다.

"내가 인간을 닮았기 때문이라고."

"네. 쓰로누스 님은 인간들처럼 고민하고 후회한다고. 걱정하고, 별것 아닌 것들 때문에 깊은 생각에 빠진다고……. 당신은 더 빛날 수 있다고, 더 강해질 수 있고, 더 성장할 수 있다고, 다른 천사님들보다 더욱더 높게 떠 있을 수 있다고. 그게 제가 쓰로누스 님을 선택한 이유라고……."

"그렇지…… 그랬었지."

"언젠가 다시 이 풍경을 보러 오자고. 밤하늘의 별을 올려다 보자고."

"분명히…… 그랬었다."

아깐 아니라고 했으면서 지금은 또 그랬었단다. 녀석의 태세 전환 솜씨를 보니 살짝 기대되기도 했다.

은근슬쩍 얼굴을 흘겨보자 확실히 감상에 빠져 있는 것만 같다. 눈가가 살짝 축축해진 것은 기분 탓인지 모르겠다.

"그때의 대화는 제 가슴속에, 영혼에 새겨져 있습니다."

"그런 것이냐."

"물론 괴로운 기억도 함께 말입니다. 이런 상황에서 이런 말씀을 드리는 게 이상하고, 제가 생각하기에도 당황스럽기는 하지만……."

"……."

"저는 죄를 저질렀습니다."

"……."

"인간들에게 씻을 수 없는 죄를 저질렀어요. 그것은 구원이 아니었습니다. 분노의 표출이었으며 광기 그 자체였습니다. 쓰로누스 님의 말처럼 그들은 별입니다. 무한한 가능성을 지닌 별, 스스로 빛나고 어둠을 환하게 빛내는 별 말입니다. 저는 그 별들을 짓밟고 부쉈어요. 이유가 뭐든 그건 중요하지 않습니다. 중요한 것은 제가 죄를 저질렀다는 것 하나예요. 네. 희미한 기억 속에 남아 있는 그 문장 때문일지도 모릅니다. 제가 그들과 함께하고 싶어 하는 이유 말입니다. 덜 빛나거나 모양이 모났거나 설사 빛나지 못하는 별이라고 한들 상관없어요. 그들은 살아가야 합니다."

"이기영."

"저는 그들과 함께하고 싶습니다. 그렇기 때문에 그 별들이 사라지게 하는 것에 반대하고 있는 겁니다. 지금도 다르지 않습니다."

"무슨 뜻이냐."

"저는 이곳에 들어온 제 가족과 친구들을 살리고 싶어요. 그게 제 속죄이고 저에게 주어진 역할입니다."

"어째서 나에게……."

'뻔하지.'

"저는 쓰로누스 님이 저와 함께해 줬으면 합니다."

"……."

"다시 한번 별이 가득한 하늘을 올려다보고 싶습니다. 함께."

빌드업이 부족하기는 했지만 나쁘지는 않았다. 내가 굳이 빌드업 하지 않아도 우리 쓰로누스가 북 치고 장구 치고 혼자 빌드업 다 해주고 있었을 텐데 뭐가 필요할까.

아니, 정말로 기초 공사를 쌓아놓은 것은 가면의 영웅이다.

나 역시 조금은 긴장될 수밖에 없었던 상황, 솔직히 쓰로누스에게 주는 마지막 기회나 다름이 없다.

'나를 실망시키지 마.'

내가 생각해도 이례적인 일이다.

'나를 실망시키면 안 돼.'

용서라는 단어는 빛기영과 어울리는 단어가 아니었으니까.

다시 한번 소매를 꽉 붙잡고 시선을 마주치자 놈의 눈이 흔들리는 것이 느껴진다.

하지만 먼저 시선을 피한 것은 녀석 쪽.

'그래. 시바, 기대한 내가 병신이지.'

"나는……."

'그래요. 시바.'

"나는 그렇게 할 수 없다. 나는…… 사명과…… 책임이…… 그래. 사명과 책임이다. 하…… 하지만 다른 방법을 찾을 수도 있다."

'마음껏 떠드세요. 시바, 하나도 안 들려요. 다른 방법을 왜 네가 찾아? 시바. 내가 찾아야지. 짜증 나 죽겠네. 이 새끼.'

"다른 이들에게도 잘 말한다면 새로운 방법을 찾을 수 있을지도 몰라. 케루빔이라면 틀림없이 이해를……."

"야. 쓰로누스."

"어……."

"나를 봐. 이 머저리야."

콰아아아아아아아앙!!

폭음이 들려오며 한쪽 벽이 무너진 것은 바로 그때. 한 인형이 검을 들고 이쪽을 찌르려고 하는 것이 시야에 비쳤다.

물론 당황하지는 않았다. 애초에 내가 시킨 일이었으니까.

당황한 것은 오히려 쓰로누스 쪽이다. 너무나도 갑작스러운 상황에 녀석은 미처 반응하지 못한 채로 내 앞을 막아섰다. 아마 쓰로누스를 노렸다면 유효타를 먹일 수 없었을 거라고 장담할 수 있다.

번쩍이는 회색빛 때문에 잠시 감았던 눈을 뜨자 시야에 비친 것은 쓰로누스의 얼굴. 아까와 다른 점이 있다면 가슴을 뚫고 나온 회색의 검이 보였다는 것.

"형한테서 떨어져. 개자식."

'아이고, 내 동생 라파엘 왔구나.'

무능력한 천사의 손에서 나를 구해준 라파엘의 당당한 모습을 보자 속이 다 시원해진다.

감사의 인사를 하기 전에 이 새끼한테도 한마디 해줘야지. 그렇지?

"······내가 왜 너를 선택하지 않았는지 알겠다. 왜 네가 버림받았는지 알겠어. 쓰로누스."

"괜······ 괜찮으······ 냐."

"병신 새끼."

'우리 애가 기술이 없어서 그렇지 힘은 좋아요.'

요단강 익스프레스를 필사적으로 역주행한 라파엘은 강했다. 지옥에서 살아 돌아온 묵직한 검으로 쓰로누스의 가슴을 관통한 녀석은 0.5 김현성 정도로 믿음직스럽다. 아니, 0.6 김현성 정도는 되는 것 같다.

날개를 펼친 채로 계속해서 회색빛의 힘을 주입하는 모습. 모르긴 몰라도 저 회색빛은 비둘기들에게 꽤 치명적으로 작용하지 않을까. 상극인 건 너무 당연해 굳이 말할 필요도 없고,

아마 독처럼 천사의 탈을 쓴 악마의 내부를 갉아먹고 있을 것이다. 고통으로 일그러진 놈의 얼굴이 내 예상이 맞았다는 걸 말해주고 있는 것 같았다.

"괜…… 괜찮……."

"죽어."

"쿨럭…… 쿨럭."

이윽고 라파엘의 검이 녀석의 가슴에서 뽑혀 나온 순간, 천천히 허물어지는 녀석의 모습이 시야에 비쳤다.

이쪽에 손을 뻗으며 허우적거리고 있었지만 악마의 손아귀를 허용할 수 있을 리 만무, 살짝 몸을 뒤로 빼는 것이 맞다.

옆으로 힘없이 쓰러지는 놈의 뒤로 보이는 것은 피를 뒤집어쓴 채로 활짝 웃고 있는 라파엘이었다.

"형."

'아이고, 그래. 우리 회색빛의 용사 왔어? 아주 믿음직스러워. 그래. 그래야지.'

"형."

우리 성검 용사의 얼굴에는 해냈다는 성취감이 서려 있다. 자신의 존재를 증명하기 위해 열심히 뛰어왔고 결국에는 그걸 보여줬으니 기분이 좋은 게 당연하지 않을까.

손이 부들부들 떨리는 걸 보면 아직도 흥분이 가라앉지 않은 모양. 얼굴에는 빛과 함께 걸어가고자 하는 신념이 새겨져 있었다.

쓰러져 있는 쓰로누스와 우리 라파엘의 차이점이 바로 이거다. 녀석이라고 왜 의문점을 가지지 않겠는가. 녀석은 김현성을 악으로 규정했었고 결국 우리 회귀자에게 뚝배기가 터져 사경을 헤매고 있었다.

조금만 생각해 보면 의문점을 가지는 것도 무리가 아니리라. 라파엘의 마지막이 그리 좋았던 건 아니었으니까. 하지만 라파엘은 모든 의심을 이겨내고 이 자리에 있다. 본인이 버림받지 않는 방법을 확실하게 알고 있는 것이다.

의문을 가지지 않는 것. 깊게 생각하지 않는 것. 무한한 신뢰를 가지고 빛을 따르는 것. 빛이 인도한 길을 아무 의심 없이 걸어가는 것.

회색 비둘기와의 차이점이야 굳이 열거할 필요도 없다.

'그래. 네 역할이 컸지. 진짜.'

회귀자의 상처를 치료한 것도 라파엘이 아니었던가.

'많이 듬직해졌네.'

버티고 버티다 보면 언젠가 승리하는 법이라는 걸 다시 한 번 실감하게 된다. 생명 유지 장치를 떼지 않은 걸 이렇게 자랑스러워 하게 될 날이 올 줄이야.

그새 많이 자란 것 같지 않은가. 한때는 꼴도 보기 싫은 얼굴이었지만 지금은 저절로 미소가 지어졌다.

'내가 뭐라고 했어. 누나. 이거 떡상한다고 했지.'

내가, 시바, 이거 무조건 되는 거라고 했잖아. 그때 안 팔길 잘했네, 진짜. 이런 게 판단력이라는 거지. 올라갈 주와 내려갈 주를 구분하는 짐승 같은 감각. 투자의 귀재 이기영.

본래부터 몸을 꽉 채우고 있었던 회색빛의 마력은 조금 더 늘어나 있는 것 같았고 스텟도 상승한 게 눈에 띈다. 경험적인 부분이야 어쩔 수 없지만 라파엘은 규격 외로 강하다.

　물론…….

　'그게 쓰로누스를 이긴다는 말은 되지 않지만.'

　바닥에 쓰러져 숨을 헐떡이고 있는 꼴은 가관이다. 정신을 다른 곳에 빼앗겼던 건지, 아니면 애초에 막을 생각이 없었던 것인지는 모르겠지만 결과적으로 놈은 죽어가고 있었다.

　물론 굳이 놈에게 시선을 고정시키지는 않았다. 지금은 눈앞에 있는 라파엘이 먼저였으니까.

　일단은 믿기지 않는다는 표정을 보여주는 게 먼저이지 않을까. 정말로 내 눈앞에 있는 모습이 현실이냐는 듯, 내가 눈으로 보고 있는 게 꿈이 아니냐는 듯 의문을 품는 것이 자연스러운 반응이다.

　눈에는 눈물을 가득 담고 있어야 했고 종국에는 또르르 흘리는 게 괜찮을 것 같다.

　'아, 근데 얘 아까 내가 하는 소리 들었으려나? 욕도 했었던 것 같은데.'

　사소한 문제가 있는 것 같기는 했지만 뭐 문제는 없다.

　'원래 사람이라는 게 자기 듣고 싶은 것만 듣는데 뭐.'

　감동적인 재회에 병신 새끼 정도야 애교에 가깝다.

　"라파엘……."

　"네."

"라파엘…… 라파엘 님?"

"네."

"라파엘 님."

이제야 목 놓아 불러보는 그 이름, 내 동생 라파엘.

"네."

다시 생각해 보니 눈물을 보이는 건 당당한 빛기영과 어울리지 않은 것 같다. 흘러내리는 눈물을 중간에 멈추는 것은 힘들지만 꾹 참아보자. 연약하지만 마음은 강한 뚝심 있는 포지션이 마음에 들었으니까.

"고맙습니다. 라파엘 님. 제…… 제 목소리를 들어주셨군요."

"흐릿하기는 했지만 계속해서 듣고 있었어요. 깜깜한 어둠 속으로 가라앉는 와중에도 저를 부르는 목소리가 들려서……. 네, 일어나라는 목소리가 계속해서 들려왔어요."

'그건 내가 부른 거 아닌 것 같은데.'

"형을 구해달라는 목소리였어요. 아마 베니고어 님이 저를 인도해 주신 거겠죠. 이렇게 만날 수 있을 거라고는 생각하지 않았지만…… 오래 걸렸네요. 이렇게 앞에 서기까지."

'이야, 성장했구나. 라파엘.'

"정말로 오래 걸린 것 같아요. 제 미약한 힘이라도 보탤 수 있어서 정말로 다행……."

"아니요. 그리 오래 걸리지 않았습니다. 라파엘 님. 그리고…… 절대로 작은 힘이 아닙니다. 선택받은 힘이고 대륙을 구원하기 위한 힘입니다. 이렇게 오랜만에 보니 뭐라고 말을 해야 할지…… 하고 싶은 이야기가 많습니다. 네. 정말로 말입니다."

"저도 마찬가지예요, 형. 몸은 괜찮으신가요? 어디 다치시거나 불편하신 곳은 없으신가요? 혹시 이 악마들이 형에게……."

이 새끼들 진짜 나쁜 놈들이야. 진짜 다 죽어야 되는 놈들이라구.

"이 악마는 어떻게…… 죽이는 게 좋을까요?"

이런 것도 좋아. 하나하나 판단을 이쪽에 맡기니까 얼마나 행복해. 당연히 죽여야지. 지금 살려두면 화근이 될지도 몰라. 리타이어 상태기는 한데 원래 애네 명이 조금 질기잖아.

대답은 하지 않았지만 고개는 끄덕여 주자. 무언의 긍정에 라파엘이 검을 크게 치켜드는 것이 시야에 비쳤다.

바로 옆에서 거대한 목소리가 들려온 것은 바로 그때.

"여기다! 이곳입니다!"

"여기에 이기영이 있다!"

'비둘기 새끼들…….'

다른 생각을 할 수 있는 시간이 있을 리 만무, 귀를 울리는 굉음이 들려옴과 동시에 몸이 이동되는 것이 느껴진다.

나는 반응하지 못했지만 우리 성스러운 성검 용사는 적들의 공격에 반응했다.

몸이 붙들린 채로 빠르게 이동되는 감각, 하얀색 빛이 이쪽에 쏟아지는 것이 보였지만, 회색빛이 시야를 환하게 비춘 이후에 들어온 공간은 아까 전에 있었던 장소와는 다른 장소였다.

"죄송해요."

'이 새끼들 반응 빠르네. 척하면 척이죠. 시바. 케루빔 새끼. 벌써 풀어놨구나? 아 근데 쓰로누스는 막타 쳤어야 됐던 거 아닌가.'

라파엘이 시간이 없다고 판단했다면 어쩔 수 없지만 아쉬운 것이 사실.

만약 쓰로누스가 다시 일어나 인류에게 검을 겨눈다고 생각하면 위협적이라는 말로도 부족하다.

'이건 안 좋은데.'

놈들이 쓰러져 있는 쓰로누스를 발견할 것이고 이기영이 다시 인류에 붙었다고 확정 지을지도 모른다. 아니, 지금쯤이면 이미 모든 걸 깨닫지 않았을까.

라파엘에게 안겨 이동되는 와중에도 생각을 멈출 수 있을 리가 없었다. 어떻게 움직이는 게 가장 효율적인지에 대해 생각해 봐야 했기 때문이다.

라파엘이 여기까지 닿은 것을 보면 아마 전장의 범위가 넓어졌을 것이다. 굳이 망원경으로 보지 않아도 확신할 수 있다.

상륙 작전은 성공했고, 조혜진은 부대를 나눠 신전 전체를 전쟁터로 사용하고 있을 것이다. 조혜진이 바보가 아닌 이상에야 무언가 노리고 있는 게 있을 테니 그걸 처리하려고 하는 거겠지.

물론 이쪽의 구출도 포함되어 있었겠지만 정말로 조혜진이 내 구출만을 목적으로 이곳에 쳐들어왔다는 생각은 들지 않는다. 이 정도 리스크를 감당하려고 하는 게 맞다면 분명히 뭔가 숨겨둔 수가 있다. 분명히.

"어디로 가는 게 좋을까요? 형? 일단 본대와 합류를…… 아니, 방주 쪽으로…… 길은 막혀 있지만……."

'여기서 곧바로 라파엘에게 안겨서 방주로 되돌아가는 게 맞나.'

잘 선택해야 돼. 잘 선택해야 한다. 아직 내가 할 수 있는 게 있으니까.

'세라핌.'

내가 태세 전환 버튼을 눌렀다는 걸 알고 있을까?

아마 직접적으로 전해 듣지는 못했을 거다. 케루빔과 세라핌은 걷는 노선이 달랐고 현시점에도 서로 다른 것을 위해 움직이고 있다. 만약 알고 있다고 해도 세라핌이 그걸 믿어주느냐는 또 다른 이야기고…….

이기영이 다시 태세 전환 버튼을 눌렀다는 사실을 인정하는 건, 본인이 믿고 있는 죄의 심판을 부정하게 되는 일이다.

결정을 내리는 것은 순식간, 선택 역시 한순간에 이루어졌다.

"아니요. 라파엘 님은 먼저 돌아가세요."

"네?"

"아직 해야 할 일이 있습니다. 너무 멀리 떨어지지 않은 곳에서 계시면 곧바로 신호를 보내겠습니다."

무리수일 수도 있겠다는 생각이 들기는 했지만…… 지금은 주사위를 던져야 할 타이밍이다.

물론 이기는 게임이기 때문에 주사위를 던지는 것은 아니다. 어디까지나.

'갚아야 할 게 있지.'

세라핌한테는 갚아야 할 게 있었으니까.

"하…… 하지만."

"정말로 중요한 일입니다. 긴박한 일이에요."

"……."

"위험하다는 사실은 알고 있지만 꼭 해야 합니다. 믿어주세요. 틀림없이 아무 일 없을 겁니다."

녀석은 거절하지 못할 것이다. 무언가 뜻이 있을 거라고 판단하는 것 이전에, 현재의 상황이 그리 좋지 않다는 걸 라파엘 역시 의식하고 있다. 비둘기 병력이 이쪽을 압박하고 있다는 걸 느끼지 못할 리가 없다. 나를 안은 채로 전투를 치를 수 없을 테니, 차라리 나를 안전한 곳으로 보낸 이후에 추적자들을 처리하는 게 맞다고 생각하고 있을 것이다.

안 그래도 본인이 미끼가 되는 걸 상정하고 있던 찰나에 나온 제안이라는 거다. 선택지는 적었고 판단은 빠르다. 휙휙 뒤바뀌는 배경 사이로 라파엘의 목소리가 들어와 내리꽂혔다.

"적어도 안전한 곳에 세워 드릴게요. 그리고…… 멀지 않은 곳에 대기하고 있을 테니 꼭 신호를 보내주세요."

"감사합니다. 가능하다면 이쪽으로 향하는 악마들을……."

"네. 막아볼게요. 형. 딱 20분, 20분 후에 찾아갈게요."

"20분이 지나도 아무 신호가 없으면 곧바로 찾아와 주시면 됩니다. 꼭."

'꼭 찾아와야 돼. 알겠지? 나 버리면 안 된다.'

"네."

대답을 하면서도 시선은 다른 곳을 향하고 있다.

곧바로 몸을 날리는 것을 보면 추적자들을 빠르게 처리해야겠다는 마음을 먹은 모양인 것 같았다.

시간이 부족한 것은 이쪽 역시 마찬가지. 말 그대로 이건 시간 싸움이다. 세라핌의 귀에 이기영 배신 썰이 귓구멍에 들어가기 전에 빠르게 작업을 쳐야 했다.

'누나. 준비됐어? 지금 빠르게 해야 돼. 시간 없어.'

영혼의 파트너가 필요한 일.

'이지혜. 시바, 얘 어디 갔어. 도대체 어디서 뭐 하고 있어?'

망원경으로 있을 만한 곳을 확인해 봤지만 도통 보이는 것이 없다.

'아. 얘 진짜, 시바, 혹시 진짜로 영혼 빼앗긴 거 하고 있는 거 아니야?'

계속해서 망원경으로 격전지의 주변을 살피자 시야에 비친 것은 조혜진과 도미니온스.

-그녀를 어떻게 했지?

-해야 할 일을 했을 뿐입니다.

-어떻게 했냐고 물었다!

-저 역시 말씀드렸습니다. 해야 할 일을 했을 뿐이라고.

'아…… 시바. 누나 진짜. 하지 말라고 했잖아. 진짜.'

이런 상황에서 그런 거 하고 싶냐고 진짜.

-그녀의 영혼을 되찾고 싶으신 거라면 와보십시오. 그게 가능하다면 말입니다.

도미니온스에게 영혼을 빼앗긴 이지혜 하지 말라고. 시바, 한시가 급하다고 진짜.

-다시 한번 소개드리겠습니다. 제 이름은 도미니온스. 영혼 약탈자 도미니온스입니다.

"아…… 진짜 영혼 약탈자 같은 거 하지 말라고……."

to be continued

임제열 퓨전 판타지 장편소설
WISHBOOKS FUSION FANTASY STORY

뽑기 게임에서 살아남는 법

"빌어먹을 인생."

정말 쓰레기 같은 인생이었다.
친구도, 가족도, 연인도 없었다.

어차피 망해 버린 그런 인생.

"그냥 폰 게임이나 해야지."

뽑기 게임에서 살아남는 법

지랄맞은 현실이 되어버린 게임 속에서
다시 한번 최고가 되겠다.

Wish Books

밥만 먹고 레벨업

박민규 게임 판타지 장편소설
WISHBOOKS GAME FANTASY STORY

바사삭, 치킨, 새벽 1시에 먹는 라면!
그런데 먹기만 해도 생명이 위험하다고?

가상현실게임 아테네.
먹고 싶은 음식을 먹을 수 있는 유일한 방법!

[식신의 진가가 발동됩니다.]
[힘 1, 체력 1을 획득합니다.]

「밥만 먹고 레벨업」

"천년설삼으로 삼계탕 국물 내는 놈이 세상에 어디 있냐!"
"여기."

Wish Books
나는 될 놈이다
글쓰는기계 게임 판타지 장편소설
WISHBOOKS GAME FANTASY STORY
판타지 온라인의 투기장.
대장장이로 PVP 랭킹을 휩쓴 남자가 있다?
"아니, 어디서 이런 미친놈이 나타나서……."
랭킹 20위, 일대일 싸움 특화형 도적, 패배!
"항복!"
'바퀴벌레'라고 불릴 정도로
끈질긴 생명력을 가진 성기사조차 패배!
"판타지 온라인 2, 다음 달에 나온다고 했지?"
평범함을 거부하는 남자, 김태현!
그가 써내려가는 신개념 게임 정복기!

만 년 만에 귀환한 플레이어

나비계곡 퓨전 판타지 장편소설
WISHBOOKS FUSION FANTASY STORY

어느 날, 갑작스럽게 떨어진 지옥.
가진 것은 살고 싶다는 갈망과 포식의 권능뿐.

일천의 지옥부터 구천의 지옥까지.
수십만의 악마를 잡아먹고 일곱 대공마저 무릎 꿇렸다.

"어째서 돌아가려 하십니까?"
"김치찌개가… 김치찌개가 먹고 싶다고."

먹을 것도, 즐길 것도 없다.
있는 거라고는 황량한 대지와 끔찍한 악마뿐!

"난 돌아갈 거야."

「만 년 만에 귀환한 플레이어」

무공을 배우다

목마 퓨전 판타지 장편소설
WISHBOOKS FUSION FANTASY STORY

"무(武)를 아느냐?"

잠결에 들린 처음 듣는 목소리에 눈을 떴을 때,
눈앞에 노인이 앉아 있었다.

"싸움해 본 적 있나?"
"없는데요."

[무공을 배우다.]

20년 동안 무공을 배운 백현,
어비스에 침식된 현대로 귀환하다!

'현실은 고작 5년밖에 지나지 않았다고?'